KB081504

최치원
❸
꿈꾸는 별

최치원 ❸
꿈꾸는 별

초판 1쇄 인쇄 | 2021년 02월 05일
초판 2쇄 발행 | 2021년 02월 15일

지은이 | 최진호
펴낸이 | 최화숙
편집인 | 유창언
펴낸곳 | 집사재

등록번호 | 제1994-000059호
출판등록 | 1994. 06. 09

주소 | 서울시 성미산로2길 33(서교동) 202호
전화 | 02)335-7353~4
팩스 | 02)325-4305
이메일 | pub95@hanmail.net|pub95@naver.com

ⓒ 최진호 2021
ISBN 978-89-5775-258-6 04810
ISBN 978-89-5775-255-5 04810(세트)
값 16,000원

• 저자의 허락을 받아 다음 저서에서 내용 일부를 인용했음을 밝혀 둡니다.
  최영성 校註 『교주 사산비명(校註 四山碑銘)』(도서출판 이른아침 2014. 3. 20 발행)
  최상범 엮음 『고운 최치원의 생애』(도서출판 문사철 2012. 11. 15 발행)
• 도서판매 수익금은 전액 최치원 인물기념관 건립에 지원됩니다. 사회복지법인 탑코리아 문화복지재단은 '한류
  성지인물기념관' 건립모금을 추진하고 있습니다. 기부한 금액은 세법에 의거 비용 처리되며 뜻있게 사용됩니다.
  (농협계좌 : 301-0027-4482-71 문의전화 : 010-4955-6400)

최치원

❸

꿈꾸는 별

최진호 장편소설

집사재

최치원 ❸   꿈꾸는 별

최진호 장편소설

| 차 례 |

시성들과 소통

처남 고운과 이별한 항구를 출항하여 얼마간 순항했으나 당나라에서 고국 신라로 돌아가는 것을 신들이 방해하기 때문인지 험난한 해풍이 일어나 파도가 사나워 항해를 도저히 할 수 없게 되자 인근 항구로 귀항하지 않을 수 없었다.

치원은 고국 신라에 하루속히 가고 싶은 마음 때문에 여러 번 항해를 시도했으나 도저히 바다를 건널 수 없었다. 할 수 없이 유산乳山이라는 곳에 이르러 배를 멈추고 풍랑이 잦아들기를 십여 일이나 기다리다가, 끝내는 곡포曲浦에 정박해서 그해 겨울을 보내게 되었다.

겨울을 보내는 동안 12세 때부터 당나라에 유학해 공부하면서 나라와 백성에게 이익을 주고 백성을 사랑한 역사적 인물들을 곰곰이 생각해 보았다. 부족국가 시대의 요임금과 순임금은 법과 기본 원칙에 의한 덕치德治를 실현했다. 그럼으로써 백성은 점점 생활이 풍요롭고 여유로워져 심지어 자기 나라의 군주가 누구인지도

꿈꾸는 별의 세계

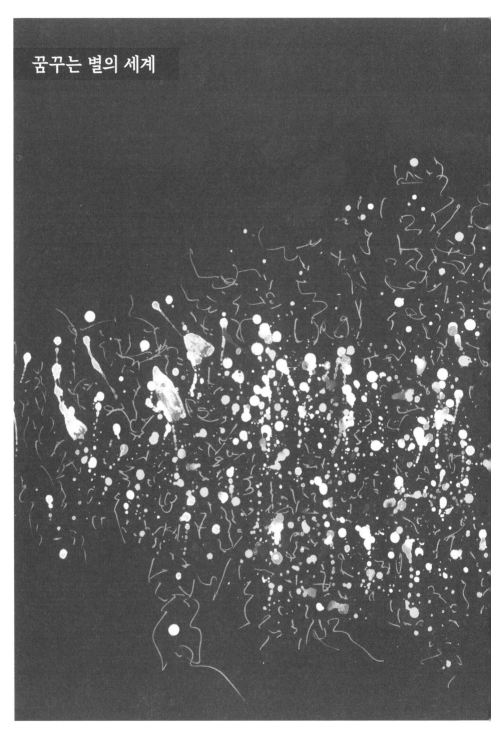

꿈꾸는 별의 세계 중요성을 형상화한 이미지. 백성들이 태평성대하게 잘 살 수 있는 시대를 꿈꾸면서
심법개혁을 주장한 것임.

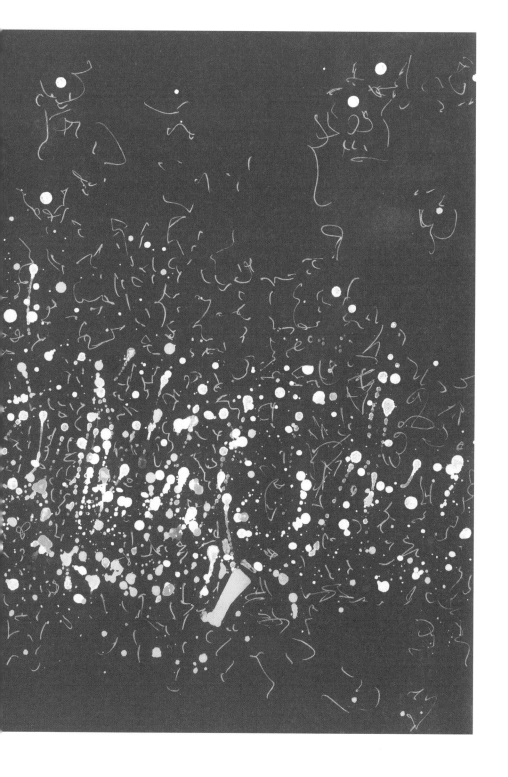

모르고 격양가擊壤歌를 부를 수 있는, 평화롭고 자유스러운 세상이 되었다. 임금 역시 백성이 태평성대하게 잘 살 수 있도록 덕치를 실현시키면서 선양禪讓이라는 정권 이양 방식을 택해 다음 임금을 정하는 국가를 만들었다.

선양은 당시 가장 도덕을 잘 갖춘 사람을 혈통계승이 아닌 여러 지도자 합의에 의하여 민주적 선거로 새로운 임금으로 선출하는 방식이었다. 따라서 혈연에 따라 왕위를 세습하는 방식과는 차원이 다른 왕위 계승 방법을 선택하여 능력 있는 지도자 덕분에 백성들이 자유롭고 평화스럽게 살아간 요순시대의 태평성대가 제일 먼저 생각났다.

그다음으로 생각난 것은 춘추전국시대. 나라와 나라 간 전쟁이 계속되고 있을 때 진나라 진시황은 13세 어린 나이에 왕위에 올랐다. 진시황은 거상 여불위 재상(진시황의 생부)의 도움을 받아 정치를 해나가면서 큰 꿈을 키웠다. 그의 큰 꿈은 춘추전국을 한 국가로 만드는 것이었다. 그러기 위해 그는 기원전 221년 자기 나라 백성에게 천하통일을 선포했다.

통일된 하나의 나라를 새롭게 세우는 것이 그의 큰 꿈이었다. 세계 중심 국가로 되기 위해 정치, 경제, 사회, 문화, 과학 등 각 분야에서 가장 뛰어난 인재를 등용하는 것이 급선무였다. 진시황은 인재 등용 조건으로 출신국이나 신분의 귀천을 구별하지 않았다.

각 전공 분야별 인재가 제시하는 내용을 면밀히 분석하고 검토한 후 인재를 등용하고, 그 목표를 실현시킬 수 있도록 지원을 아끼지 않았으며 다소간 시행착오가 발생하더라도 용서하는 관용의 정치를 이행함으로써 인재들은 권한과 책임을 지는 범위 내에서 국가와 백성을 위해 소신껏 봉사할 수 있었다. 그러므로 국가는 더욱더 발전하게 되었다.

그는 특히 춘추전국을 통일한 후 유사시를 대비하여 백만 명의 군인을 특수 훈련시켜 강력한 국방정책을 유지하였다. 통일된 나라 주변의 이민족인 부여, 거란, 몽골, 여진족의 침공을 막으려고 만리장성을 쌓아 외세의 침략을 막았다.

또한 통일된 나라가 하나로 뭉치기 위해 통일되기 전의 언어와 도량형, 문자, 화폐를 통폐합하여 사용토록 백성들에게 지속적으로 교육해 실용주의를 실현시켰다. 진시황이 황제가 된 것을 시기하여 제후에 봉해진 친모의 정부情夫 노애가 새로운 황제가 되고자 진시황제를 몰아내는 반란(노애의 난)을 일으켰으나 유사시를 위해 준비된 강력한 군사력으로 반란군을 쉽게 진압함으로 '노애의 난'은 실패하고 말았다.

그 뒤 진시황제는 반란군 괴수 노애를 거열형에 처하도록 하여 다시는 역적 반란이 일어나지 못하도록 강력한 정치를 실현했다. 그 후 노애 반란군 제압에 가장 공을 많이 세운 친부親父 여불위 재상마저도 귀양을 보냈다.

귀양 이후 여불위 재상은 진시황제가 자기를 추종하는 세력을 찾아낸 뒤 누명을 씌워 반드시 죽일 것이라 예감하여 귀양살이 1년 뒤쯤 자결하였다.

진시황제는 공과 사를 분명히 하였고 자기 잘못에 대하여 신하가 고하는 것이 정당하다고 판단되면 즉시 받아들여 시정함으로써 백성과 신하들로부터 존경을 받았다.

그러나 반대하는 세력들은 과감히 처형함에 따라 반대 잔존세력들로부터 독재자라는 누명을 쓰기도 했다. 이러한 역사적 인물에 대하여 잘한 것과 못한 것, 즉 빛과 그림자를 사실 그대로 평가하여 후세 사람인 사마천이 역사를 기록하게 되었다.

치원은 후세 사람들에 의해 역사가 평가된다는 것을 깨닫고 고국에 돌아가면 나라와 백성을 위해 이익이 되는(利國利民) 최대의 공약수를 찾아 덕의 실용주의 정치를 반드시 실현시키겠다고 마음속 깊이 다짐하였다.

출항이 늦어지는 동안 꿈속에서 종리권선사와 여용지 도사가 나타나 '치원 너는 신라국 조상들의 북두칠성님이 항상 도와주는 덕분에 마음먹고 노력하는 대로 잘 될 것'이라고 하신 말씀이 항상 머릿속에 남아 있었다.

그리고 무역풍이 불기 시작하는 이듬해 3월, 치원 일행은 장보고의 상단이 운행하는 배를 타게 되었다. 산둥반도를 멀리 밀치듯 멀어지는 대륙의 땅을 뱃전에서 바라보며 치원은 몇 년 동안 고난과 영광의 나날을 보냈던 지난날들을 하나하나 회상하였다.

비록 서해의 거센 파도와 풍랑에 흔들리는 선상에서 해신 용왕의 도움이 있어서인지는 모르지만 모처럼 자신을 되돌아볼 여유로움을 얻은 치원은 과거급제 이후 관직 발령이 20세 이후 날 것이라는 소식을 접하고 당나라 오대명산을 비롯하여 유명산을 찾아다니면서 그 지역의 시성들과 만나서 정답게 시를 주고받은 두순학, 양섭오만, 이전 등과 정답고 아름다운 글들을 서로 나누었던 잊을 수 없는 아름다운 추억을 되새겨보았다. '전란일지' 중에 고병 대장군에게 올렸던 30수의 공덕시도 새삼 새롭게 가슴에 스며들었다.

또 진성산 태위나 귀연음헌 태위나 장안에서 이웃으로 살던 우신미 장군, 진사 전인에게 보낸 글들이 생각나고 특히 벗이자 손위 처남인 고운이 치원에게 지어보낸 환송시와 그에게 화답해준 글들을 생각하며 지난날들에 있었던 갖은 회상에 젖어들었다.

배찬 대감이 자신에게 베풀어준 은혜를 표현했던 글, 그리고 계원필경을 조용히 되뇌어봤다.

양자강 동남쪽의 장산으로부터 멀지 아니하고 백성들 수만 명이 살아 상업 활동이 활발히 이루어지고 있는 율수현으로 전 예부시랑 배찬 대감을 찾아뵈었을 때, 배찬 대감은 최치원을 반갑게 맞이하고 차 한 잔을 나누었다. 배찬 대감은 오랜 관직 생활을 통하여 백성들을 가족, 친지처럼 대하면서 정을 주고 마음을 비우면서 봉사했을 때가 가장 보람 있고 즐거웠다고 치원에게 상세히 설명해 주었던 것이 회상되었다.

배찬 대감의 고고하고 청렴한 인품에 감복을 받고 치원은 헤어졌다. 그 이후 배찬 대감은 예부상서로 승진되어 수로를 따라 장안 왕경으로 가는 길에 회남을 지날 때 친히 치원이 근무하는 율수현을 방문하여 다시 찾아주었다. 치원은 대감께서 멀리 떨어져 있는 자신을 자식처럼 항상 생각해 주고, 제자가 독립하도록 보살펴 주었고 또한 지난날 매번 따뜻한 얼굴로 맞아주고 어려운 사정을 말만 하면 즉석에서 들어 주고, 평소에도 일찍이 삼천궁의 선가(30평)를 내려준 은혜에 깊은 감사의 뜻을 전했다.

"앞으로도 백골난망으로 정성을 다하여 모시겠습니다. 승진 소식을 늦게서야 알게 되어 송구스럽습니다. 사죄드립니다. 잠시만 기다려 주시기 바랍니다."

하고 치원은 서재로 가서 승진을 축하하는 아름다운 문장과 글을 써서 평소 자신을 보살펴 준 은혜에 대한 감사의 표시로 글 2수를 배찬 대감에게 올렸다.

1수
진실한 말과 비밀스런 가르침 하늘에서 주었고
해인의 진전이 바다를 나왔네
훌륭하여라 바다 구석에서 깊은 뜻 일으켰으니
그야말로 하늘의 뜻을 천재에게 맡겼네

天言秘教從天授 천언비교종천수 海印眞詮出海來 해인진전출해래
好是海隅興海義 호시해우흥해의 只應天意委天才 지응천의위천재

2수

바다 건너 산은 새벽 연기로 짙게 보이며
백 폭짜리 돛단배는 만 리 바람 맞이했네
슬플지라도 슬퍼마오 아녀자 일인가
헤어진다 하더라도 한탄만 하지 마오

海山遙望曉煙濃 해산요망효연농 百幅帆長萬里風 백폭범장만리풍
悲莫悲兮兒女事 비막비혜아녀사 不須怊悵別離中 불수초창별리중

구화산

　　배찬 대감 다음으로 회상되는 분은 두순학이었다. 그는 산수를
좋아하고 거문고에 능하며 당나라 장안사람들이 구화산인이라 불
렀고, 중국 역사상 손꼽을 수 있는 최고 시인 8명 중 이태백, 왕거

인, 도연명, 백거이 다음으로 유명한 시성으로서 율수현과 가까운
곳에 머무르면서 치원을 찾아와 만나고 서로 시를 주고 마음의 정
을 나누었다.

율수 최소부에게 줌

집안은 조용한데 제비참새 지저귀며
대낮에 창 아래에서 책을 베개 삼아 잠자네
다만 술 사려 하는 소리만 나그네에게 들려오며
만나는 사람 술값 계산할 돈이나 있는지 살피지 않네
마을 입구 예성별이 뜨면 학의 털날개 펼치며
냇가물머리 낚싯배 올라 달을 읊노라
구화산 늙은이 마음과 서로 통하며
관비는 허락지 않으니 시 한 편을 주네

贈溧水崔少府 증율수최소부
庭戶蕭條燕雀喧 정호소조연작훤　日高窓下枕書眠 일고창하침서면
只聞留客教沽酒 지문유객교고주　未省逢人說料錢 미성봉인설료전
洞口禮星披鶴氅 동구예성피학창　溪頭吟月上漁船 계두음월상어선
九華山叟心相許 구화산수심상허　不許官婢贈一篇 불허관비증일편

최치원은 구화산 두순학에게 답례의 시를 올렸다.

난이 끝난 뒤 여행 중 벗을 만나

생각해 보니 유도에 대해 형통하지 못하니
십년지기인 형에게 향하는 마음 쏠리고 쏠리네
난세에 가벼이 의탁함을 따르지 말며
모름지기 선현들 이름 숨기기나 배우세
대국이 안정되는 날 언제 올지 모르며
구산의 원숭이도 운경에 들어갈 수 있다네
여기서 스스로 함께 돌아가는 것만 못하며
가을 바람에 돛대 달고 편지 한 장 보낸다오

亂後旅中遇友人 난후여중우우인
念子爲儒道未亨 염자위유도미형　依依心向十年兄 의의심향십년형
莫依亂世輕依託 막의난세경의탁　須學前賢隱姓名 수학전현은성명
大國未知何日靜 대국미지하일정　舊山猶可入雲耕 구산유가입운경
不如自此同歸去 불여자차동귀거　帆挂秋風一信程 범괘추풍일신정

　당나라 남방 북방 문학의 대표자 양섭오만은 진사시험 동기로서 당나라에 유학온 신라 문인 및 승려들과 자주 교류하였는데 태백산 여행을 마치고 양섭오만이 최치원에게 시 두 수를 지어 주었다.

태백산

절구 1수首

영화로운 자리에는 친하기도 어려워라

갈림길에 잠시 괴롭다고 한탄 마오

오늘 아침 먼 이별에 다른 말 없으며

한 조각 붉은 마음은 부끄러울 일 없네

榮祿危時未及親 영록위시미급친 寞嗟岐路蹔勞身 막차기로잠로신

今朝遠別無他語 금조원별무타어 一片心湏不愧人 일편심수불괴인

절구 2수首

해질녘에 변방의 빛 높이 떠 있고

멀리 모래섬 나무에는 저녁 연기 자욱하니
머리 돌려 바라보니 정이란 끝이 없으며
하늘가 외로운 돛단배 물결 가르며 날아가네

殘日塞鴻高的的 잔일새홍고적적　暮煙汀樹遠依依 모연정수원의의
此時廻首情何限 차시회수정하한　天際孤帆破浪飛 천제고범파랑비

최치원이 오만에게 답례의 시를 지어주었다.

그대 알고 난 뒤 몇 번째 이별이던가
이번에 헤어지자니 더욱더욱 한스럽네
전쟁터 곳곳마다 일들이 많은데
언제인가 다시 만나 시 읊으며 술 마시려나
강가에 길따라 저 멀리 나무들은 들쑥날쑥하니
말 앞쪽 산봉우리에는 찬구름이 내려앉네
가다가다 좋은 경치 만나면 새 작품 보내 주고
혜강의 게으름은 부디 본받지 마시게

自識君來幾度別 자식군래기도별　此回相別恨重重 차회상별한중중
干戈到處方多事 간과도처방다사　詩酒何時得再逢 시주하시득재봉
遠樹參差江畔路 원수참치강반로　寒雲零落馬前峯 한운영락마전봉
行行遇景傳新作 행행우경전신작　莫學嵇康盡妨慵 막학혜강진방용

삼청산

강남의 명승지로 가려면 교통 중심지인 우이현(지금 강소성 우이현)을 통과해야 되는데 우연히 이곳에 와서 이전이라는 사람을 만났다. 이전이 최치원의 시문을 두순학으로부터 전해 들어서 알고 있었으므로 자기 집에 가서 술 한 잔 나누면서 이야기를 나누자고 하였다.

도교·불교 참선 공부에 대하여 소통하면서 객지 생활에서 친구와 재회함으로 인하여 생기는 우정의 기쁨과 감격의 정을 오랫동안 간직하기 위해서 신선이 머물고 있는 삼청산의 아름다운 겨울 풍경을 보고 서로 시를 주고받았다.

이장관이 최치원에게 먼저 시를 지어주었다.

잠시 선방에 놀러왔다가 차마 떠나지 못하니
이처럼 보기 드문 산수를 사랑하기 때문이네
좋은 경치에 눌러 앉을 수 없음을 걱정하지만
한가이 시 읊으며 집에 돌아갈 줄 모르네
스님은 물줄기 찾아 얼음 깨 물 길으며
학은 솔가지 끝에 눈 뿌리며 날아가네
일찍이 도연명의 시와 술로 즐겼더라면
속세의 명리를 벌써 잊었으려나

暫遊禪室思依依 잠유선실사의의　爲愛溪山似此稀 위애계산사차희
勝景唯愁無計住 승경유수무계주　閑吟不覺有家歸 한음불각유가귀

僧尋泉脈敲冰汲 승심천맥고빙급 鶴起松梢擺雪飛 학기송초파설비

曾接陶工時酒興 증접도공시주흥 世途名利己忘機 세도명리기망기

이장관이 지어준 시에 최치원이 화답시를 지었다.

외로운 나그네 다시 한 번 신세지며
가을바람 자니 달라진 것 한탄하네
문앞 버들잎이 시들어 새 세월이 되었으나
나그네 걸친 옷은 지난해 것 그대로 일세
구름처럼 아득한 길에 근심은 깊어가고
파도 건너 고향집엔 꿈엔들 돌아가려나
봄날 제비처럼 찾아온 이몸이 우스우며
대들보 높은 집에 또 날아왔네

孤蓬再次接恩揮 고봉재차접은휘 吟對秋風恨有違 음대추풍한유위

門柳已凋新歲葉 문류이조신세엽 旅人猶着去年衣 여인유착거년의

路迷霄漢愁中老 노미소한수중노 家隔煙波夢裏歸 가격연파몽이귀

自笑身如春社燕 자소신여춘사연 畵梁高處又來飛 화량고처우래비

당나라 황소의 난 전란 중 관직업무를 수행하면서『전란일지』
에 기록하여 최고사령관 고병 장군에게 보고했던 업무일지 중에
서 그의 업무 능력을 높이 평가하고 칭송하는 뜻에서 사도상공(고

병을 칭함)의 공덕이라는 시가 생각났다.

1수
병기兵機

뜻과 업을 오로지 춘추로 단련하여

일찍이 큰 뜻 품어 나라의 원수 무찔렀네

이십 년 이후로 하늘 아래의 일들은

한왕의 높은 베개 유후를 의지한 것 같네

惟將志業練春秋 유장지업연춘추 　早蓄雄心剗國讎 조축웅심잔국수

二十年來天下事 이십년래천하사 　漢皇高枕倚留侯 한황고침의유후

2수
필법筆法

서재 창문을 들여다 보니 용이 잠시 누워 있으며

귀신이 묘한 법 전하여 기이하게 붓 끝을 돕네

외국 사람들도 다투어 배우려 하며

오직 수적을 얻을 수 없어 한탄하네

見說書窓暫臥龍 견설서창잠와룡 　神傳妙訣助奇峰 신전묘결조기봉

也知外國人爭學 야지외국인쟁학 　惟恨無因乞手蹤 유한무인걸수종

3수

성잠性箴

성해 바다 물결 맑아 깊은 근원 보았으며

묘한 이치 연구하여 도문을 열었네

글과 글씨 모두 아름다운 흔적을 전하는데

어찌하여 모름지기 오십 언을 다시 쓰랴

波澄性海見深源 파징성해견심원　理究希夷闢道門 이구희이벽도문

詞翰好轉雙美跡 사한호전쌍미적　何須更寫五十言 하수갱사오십언

4수

설영雪詠

오색 붓으로 육출화 엮어 내며

삼동에 읊조리니 사방에서 자랑이네

절구가 연구보다 나은 중 이제사 알았으니

이제부터 꽃다운 이름 사가를 무색케 했네

五色豪編六出花 오색호편육출화　三冬吟徹四方誇 삼동음철사방과

始知絶句勝聯句 시지절구승연구　縱此芳名掩謝家 종차방명엄사가

5수

사조射鵰(독수리를 쏘다)

한 화살로 쌍독수리 떨구니

만리길 오랑캐 무리 그 날로 사라지네
위대한 이름 사막에 길이 떨치며
오랑캐들이 또다시는 요임금에게 짖지 못하리오

能將一箭落雙鵰 능장일전낙쌍조　萬里胡塵當日銷 만리호진당일소
永使威名振沙漠 영사위명진사막　犬戎無復吠唐堯 견융무부폐당요

6수

안화安花

반초는 장래가 어두운지라 붓을 던져 버리고
군사를 몰아 봉후 자리를 마련하였네
고을 이름 안화인지라 능히 선정을 베풀며
하황 땅을 다시 찾으려 하네

班筆由來不暗投 반필유래불암투　旋驅熊準待封侯 선구웅준대봉후
郡名安和能宣花 군명안화능선화　更持何湟地欲收 갱지하황지욕수

7수

연병練兵

농수의 가을 소리에 변방 풀밭은 한가하며
곽장군은 장안에 잠시 들렀네
태평 천자께서 재략을 어여삐 여기시어

진병을 청하시고 종일토록 바라보시네

隴水聲秋塞草閒 농수성추새초한 霍將軍暫入長安 곽장군잠입장안
太平天子憐才略 태평천자연재략 曾請陳兵盡日看 증청진병진일간

8수

반계磻溪

돌에 새긴 글 묘하게도 신이 들어온 발자취이며
한 번 둘러보면 다시 한 번 새로워라
능히 왕사의 대업을 일찍이 이루었으니
복숭아꽃 자두꽃 만대까지 봄을 이어 가리라

刻石書蹤妙入神 각석서종묘입신 一廻窺覽一廻新 일회규람일회신
況能早遂王師業 황능조수왕사업 挑李終成萬代春 도리종성만대춘

9수

사호射號(범을 쏘다)

톱같은 어금니 갈퀴발톱 왕의 군대를 막아
화살 한 발로 멸하니 사해가 놀랐네
백액 호랑이 앞세워 내치니 오랑캐의 간담이 부서지며
돌을 부쉈다는 말이 헛소리임을 알았네

鋸牙鉤爪礙王桯 거아구조애왕정　一箭摧班四海驚 일전최반사해경
白額前驅羌膽碎 백액전구강담쇄　方知破石是虛聲 방지파석시허성

10수

진성秦城

용검을 들고 용정을 진압하니
왕도의 외호에 딸린 빗장 영구히 폐지되었네
변방의 오랑캐 모두 쓸어 버리고
해 저문 날 차가운 풀피리 소리에 취하여 읊조리네

遠提龍劍鎭龍庭 원제용검진용정　外戶從玆永罷扃 외호종자영파경
掃盡邊塵更無事 소진변진갱무사　暮千寒角醉吟聽 모천한각취음청

11수

산사람 사당生祠

예부터 남만 오랑캐 다스리기 어려웠는데
교지에서 그 누구를 생각하고 깨우쳤는가
만대에 걸친 왕조 청사에
계동에 세운 산사람의 사당이 홀로 전해올 뿐이네

古來難化是蠻夷 고래난화시만이　交趾何人得去思 교지하인득거사
萬代聖朝靑史上 만대성조청사상　獨傳溪洞立生祠 독전계동입생사

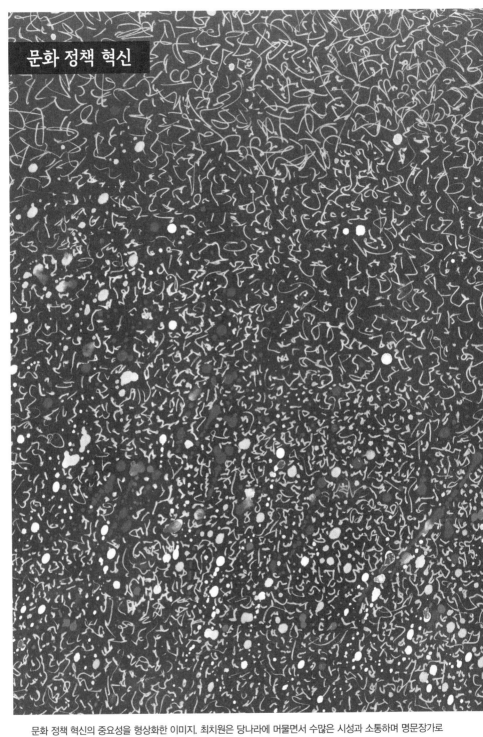

문화 정책 혁신

문화 정책 혁신의 중요성을 형상화한 이미지. 최치원은 당나라에 머물면서 수많은 시성과 소통하며 명문장가로
이름을 날렸다. 특히 그는 전란 중에도 30수의 시를 써서 고병 장군의 업적을 칭송했다.

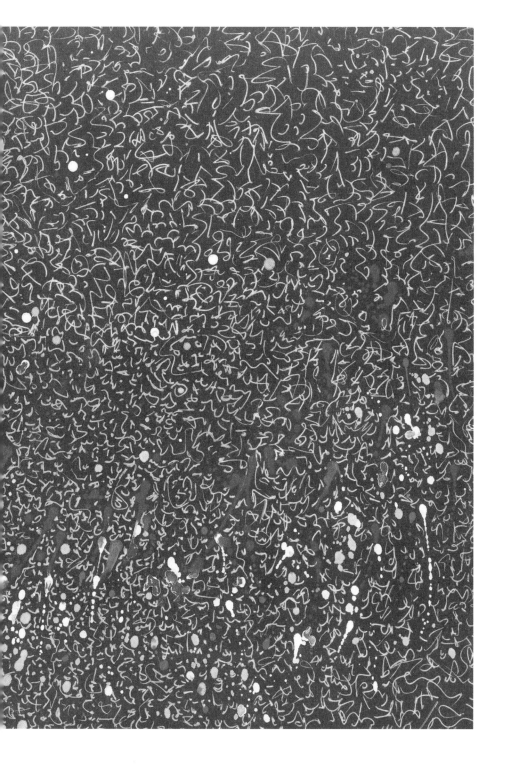

12수

사편射鞭(채찍을 쏘다)

미늘창 가닥 맞히기 쉽지 않다 말하지 말며

버들 잎 뚫기 어렵다 말아라

모름지기 사막에 공을 세워 볼 것이며

채찍 쏘아 맞춘 솜씨로 오래도록 변방이 안전하네

休說戟枝非易中 휴설극지비이중　若言楊葉是難穿 약언양엽시난천

須看立節沙場上 수간입절사장상　永得安邊爲射鞭 영득안변위사편

13수

안남安南

서쪽 오랑캐 평정되자 남방 오랑캐 일어나니

도호가 능히 오랑캐 위세 꺾었네

만리 봉토 국경 일 만 호구에

한 번 휘둘러 바람과 비 모두 거두어 돌아가네

西戎始定南蠻起 서융시정남만기　都護能摧驃信威 도호능최표신위

萬里封疆萬戶口 만리봉강만호구　一麾風雨盡收歸 일휘풍우진수귀

14수

천위경天威徑(천자의 위력을 떨치다)

용문을 뚫고 끊어 몸이 수고스러우며

화악을 쪼갬으로써 신이라 부르네

바다와 산 길 두루 열리며

여덟 나라 다투어 온 내빈 앉아서 령을 내리네

鑿斷龍門猶勞身 착단용문유노신　擘分華嶽徒稱新 벽분화악도칭신

何如劈開海山道 하여벽개해산도　坐令八國爭來賓 좌령팔국쟁내빈

15수

착구경窄口徑

사물을 건짐에 능히 조화심 돌아

산을 몰아내고 바다를 엎어 전공을 깊게 세웠네

안남 땅을 얻어 안남이 경계를 이루니

이제부터 남만 오랑캐 병사 다시는 침범하지 못하리라

濟物能廻造化心 제물능회조화심　驅山堰海立功深 구산언해입공심

安南眞得安南界 안남진득안남계　縱此蠻兵不敢侵 종차만병불감침

16수

수성비收城碑

공과 업은 이미 정북부에 표시되었으며

위대한 이름은 처음으로 진남비를 세웠네

마침내 구리 기둥 안 썩는지 알아냈으며

하물며 유종이 색실로 꿰매었네

功業己標征北賦 공업기표정북부　威名初建鎭南碑 위명초건진남비

終知不朽齊銅柱 종지불후제동주　況是儒宗綴色絲 황시유종철색사

17수

집금오執金吾

한바탕 바람과 우레로 여덟 오랑캐 평정하고

대궐로 달려가 천자 얼굴 기쁘게 했네

왕손으로 벼슬하여 부귀영화 다 누리나

임금 위한 마음 잠시라도 한가롭지 못하네

一陣風雷定八蠻 일진풍뢰정팔만　來趨雲陛悅天顔 내추운폐열천안

王孫仕宦多榮貴 왕손사환다영귀　心爲匡君不蹔閒 심위광군불잠한

18수

천평天平

바다와 태산에 연기와 먼지 운성을 둘러싸는데

멀리서 한 칼 휘둘러 참창을 떨구었네

정벌의 깃발 안 움직이고 항복 받아내니
영원토록 천평이 땅과 더불어 평안하리라

海岱煙塵匝鄆城 해대연진잡운성　**遙揮一劍落欃槍** 요휘일검낙참창
征旗不動降旗盡 정기부동항기진　**永使天平地亦平** 영사천평지역평

19수

조어정釣漁亭

꽃 아래 비단 자리에 앵무새 술잔 날리며
비단 소매 바람 앞에 자고사를 부르네
신선 집안에 시와 술로 흥겨워져서
한가롭게 달을 읊으며 봉호를 추억하네

錦筵花下飛鸚鵡 금연화하비앵무　**羅袖風前唱鷓鴣** 나수풍전창자고
占得仙家時酒興 점득선가시주흥　**閒吟煙月憶蓬壺** 한음연월억봉호

20수

상인相印(재상의 인장)

징조가 편도에 감응한다고 일찍이 말했거늘
삼태성 별이 장성에 인접하였네
장맛비 맞아가며 대궐로 데려오려한 것
요분한 기운 없애가며 표범 활집 펼치네

早說休徵應佩刀 조설휴징응패도 台星光接將星高 태성광접장성고

欲迎霖雨歸龍闕 욕영림우귀용궐 看滅妖氛展豹韜 간멸요분전표도

21수

서천西川

멀리 용 깃발로 구성을 지키고

몽고 왕을 구슬러 전쟁을 그치게 했네

란파가 술잔의 술 뿜어대니 우습다며

우사와 풍백이 스스로 따라 다니네

遠持龍活旆龜城 원지용활패구성 威懾蒙王永罷兵 위섭몽왕영파병

應笑欒巴噀杯酒 응소란파응배주 雨師風伯自歸行 우사풍백자귀행

22수

평만平蠻(오랑캐 평정)

공협과 관동지방에 오랑캐 전쟁이 그치며

동쪽 오랑캐 평정하고 남쪽 오랑캐 땅 갈라 눌렀네

또한 나성을 쌓으니 금성으로 변하였고

남쪽 오랑캐 길이 소멸되니 그 공덕은 소멸되지 않으리

邛峽關東蠻塵絕 공협관동만진절 平夷鎭扼蠻地裂 평이진액만지열

又築羅城變錦城 우축나성변금성 蠻兵永滅功不滅 만병영멸공불멸

23수

축성築城

한 마음으로 능히 뭇 사람 감동되어 합심하니

철옹성은 높아지고 검각은 낮아졌네

산화루에 올라 자주 바라보니

강과 산들이 좋은 시제를 제공하네

一心能感衆心齊 일심능감중심제　鐵甕高呑劍閣底 철옹고탄검각저

多上散花樓上望 다상산화루상망　江山供盡好時題 다산공진호시제

24수

형남荊南

범이 울부짖고 용 오르듯 산협을 빠져 나오니

복성의 별 비추며 진운이 걷히네

굴원과 송옥의 충혼이 있다면

바람 앞을 향하여 한 잔 술 올리네

虎吼龍驤出峽來 호후용양출협래　福星才照陣雲開 복성재조진운개

遙思屈宋忠魂在 요사굴송충혼재　應向風前奠一杯 응향풍전전일배

25수

조운漕運

물길 건너는 배 업.이미 다 펼쳤더니

바닷물 달여 마침내 부국의 공 이루었네

능히 우리 황제와 더불어 바쁘지 않도록 하며

의뢰할 심사를 위해 사방통으로 계책하니

濟川已展爲舟業 제천이전위주업 煮海終成富國功 자해종성부국공

能與吾君緩宵旰 능여오군완소간 爲資心計四方通 위자심계사방통

26수

절서浙西

구강의 도적들 소문 듣고 간담이 무너지니

만호의 수심찬 눈썹 해를 향해 열렸네

초나라 춤 오나라 노래 어찌 이리도 즐거우며

서로 만나 상공 오신 것 서로가 축하하네

九江賊膽望風摧 구강적담망풍최 萬戶愁眉向日開 만호수미향일개

楚舞吳歌一何樂 초무오가일하락 相逢相賀相公來 상봉상하상공래

27수

항구降寇(적군의 항복)

오로지 덕으로 전란을 없애고자 하니

장평전에서 방자한 죽임 길이 웃을 일이오

태구에서 베푼 작은 은혜 다시 생각해 보니

말 한마디로 많은 생명 건진 것만 하리오

唯將德化浴銷兵 유장덕화욕소병　長笑長平恣意坑 자의장평자의갱
更想太丘行小惠 갱상태구행소혜　何如言下濟羣生 하여언하제군생

28수
회남淮南
여덟 고을의 영화는 도태위보다 더 하며
새 변방이 조용함은 곽표요를 숨기게 하네
옥황이 종일토록 금솥을 걸어놓고
회남왕이 손수 선약 다리는 것 기다릴 거야

八郡榮超陶太尉 팔군영초도태위　三邊靜掩藿嫖姚 삼변정엄곽표요
玉皇終日留金鼎 옥황종일유금정　應待淮王手自調 응대회왕수자조

29수
상청궁上淸宮(상청궁 조회)
게으름 없이 재계하는 마음 옥황상제께 조회하는 것
신선이 되기 위한 것 아니라 사람 구제 위한 것이라오
하늘에 향기로운 초나라 못에 바람 불어오니
강남 강북이 오래오래 봄날을 이루리라

齊心不倦自朝眞 제심불권자조진 豈爲修仙欲濟人 기위수선욕제인
天上香風吹楚澤 천상향풍취초택 江南江北鎭成春 강남강북진성춘

30수

진정陳情

속된 눈으로 얼음 눈같은 모습 보기 어려우니

아침 내내 소산사 읊조렸네

이 한 몸 의지함이 개와 닭과 같으니

어느 날 하늘에 오를 때 버리지나 마소서

俗眼難窺氷雪姿 속안난규빙설자 終朝共詠小山詞 종조공영소산사
此身依托同鷄犬 차신의탁동계견 他日昇天莫棄遺 타일승천막기유

그리고 또 회상되는 문인들과 시문구가 생각났다.

태위에게 드리는 시

해내 사람 어느 누가 해외인 가련히 여기며

어디로 나루터 통하는지 나루터 물어 가네

본래 녹봉을 구한 것이지 이익을 추구한 것 아니며

다만 어버이 영화 위한 일 자신 위한 것 아니네

나그네 길 이별의 수심은 강위에 내리는 비가 되며

고향의 뜰로 돌아가는 꿈 하늘가에 봄이네
물 건너 넓은 파도만큼 큰 은혜 만나 행복하며
십년 쌓인 갓끈 먼지 씻어내야 하겠네

陳情上太尉時 진정상태위시

海內誰憐海外人 해내수련해외인 問津何處是通津 문진하처시통진
本求食祿非求利 본구식록비구리 只爲榮親不爲身 지위영친불위신
客路離愁江上雨 객로이수강상우 故園歸夢日邊春 고원귀몽일변춘
濟川幸遇恩波廣 제천행우은파광 願濯凡纓十載塵 원탁범영십재진

좌주상서에 드리는 절구삼수

1수首

해마다 유원에는 가시나무 침범하며
전장터 곳곳마다 연기 먼지 가득차고
오늘 아침에서야 선부님 뵈려고 가며
좁은 눈 넓게 떠서 문장을 보게 되네

年年荊棘侵儒苑 연년형극침유원 處處煙塵滿戰場 처처연진만전장
豈料今朝覲宣父 기료금조근선부 豁開凡眼睹文章 활개범안도문장

2수首

난시에 다치지 않는 것도 무사한 일이며

난봉이 놀라서 제향을 떠나가네

기수에서 목욕하던 모든 제자들 생각하며

해마다 봄 빛깔 짙어지면 이별의 슬픔 장이 굳어가네

亂時無事不悲傷 난시무사불비상 鸞鳳驚飛出帝鄉 난봉경비출제향

應念浴沂諸弟子 응념욕기제제자 每逢春色耿離腸 매봉춘색경리장

3수首

물 건너며 빠질 무렵 건져주길 끝내 바랐으며

좋은 글 기쁘게 받아보며 말미를 잘 보냈네

원한을 읊조리며 창해로 돌아가니

깊은 은혜 갚지 못해 진주같은 눈물만 흐르네

濟川終望拯湮沈 제천종망증인침 喜捧淸詞浣俗襟 희봉청사완속금

唯恨吟歸滄海去 유한음귀창해거 泣珠何計報恩深 읍주하계보은심

귀연음헌 태위에게 드림

가을 가고 봄 오는 믿음 능히 지키며

따듯한 바람 찬 비 모두 많이도 겪었네

비록 허락을 받아 알지만 다시 큰집에 의지하며
들보 오래도록 더럽힐까 스스로 부끄러웠네
사나운 매 피하여 섬으로 가며
강이나 못에서 노는 원앙새 백로 부러웠네
오로지 앞으로 명품 노랑 참새로 오르며
구슬의 의미도 모르고 나 홀로 꾸짖네

歸燕吟獻太尉귀연음헌태위

秋去春來能守信 추거춘래능수신　暖風凉雨飽相諳 난풍량우포상암
再依大廈雖知許 재의대하수지허　久汚雕梁却自慙 구오조량각자참
深避鷹鸇投海島 심피응전투해도　羨他鴛鷺戲江潭 선타원로희강담
只將名品濟黃雀 지장명품제황작　獨讓銜環意未甘 독양함환의미감

장안에서 이웃에 사는 우신미 장군에게

상국 땅 타향살이 오래되니
만 리 떠난 이 봄 부끄러움 많구나
안자처럼 누추한 살림으로
맹자같은 좋은 이웃 얻을 줄이야
도 지키며 옛글 배우니
사귐에 어찌 가난을 꺼리겠는가
타향살이 알아줄 이 없으니

황산

그대 자주 찾는 것 싫다 마오

長安旅舍與于愼微長官接隣 장안여사여우신미장관접린

上國羈棲久 상국기서구　多慚萬里人 다참만리인

那堪顔氏巷 나감안씨항　得點孟家隣 득점맹가린

守道惟稽古 수도유계고　交情豈憚貧 교정기탄빈

他鄕少知己 타향소지기　莫厭訪君頻 막염방군빈

이름난 진사 전인의에게

꽃동산에 취하여 헤어지니 꽃잎이 소매에 가득하고

아늑한 좁은 길 읊으며 오니 달은 휘장에 걸려있네

成名後酬進士田仁義見贈 성명후주진사전인의견증

芳園醉散花盈袖 방원취산화영수 幽逕吟歸月在帷 유경음귀월재유

　당나라 국자감 유학 시절부터 과거공부를 같이 하면서 가장 가까이 지냈던 고운은 내국인 과거시험에 장원급제한 친구로서 항상 치원을 배려해 주었다. 그리고 부유한 가정에서 부모의 도움을 받고 공부했기 때문에 동문수학하는 학생들의 어려움을 배려해 주었다.

　세상을 살아가는 동안 모든 사람들에게 지도해 주고 배려해 주는 모습을 지켜보고 치원 자신도 친구처럼 살아야겠다고 마음 깊이 다짐했던 것도 새롭게 회상되었다. 치원이 고국 신라로 돌아가려고 하자 헤어지기 아쉬워 이별의 추억을 만들고자 함께 여행을 하자고 하였다. 여행 도중 치원과 황산 바위들의 절경을 구경하고 와서 환송의 시를 고운이 두 수 지어 주었다.

환송의 시

1수
내 들으니 바다에 세 마리 금자라 있다는데
금자라 머리 위엔 높은 산을 이었고
산 위에는 구슬 궁전
자개 대궐 황금 궁전이며

산 아래에는 천리만리

넓은 파도라네

그 옆 한 점 계림이 푸르며

자라산 정기 품어 기특한 수재 태어났네

열두 살에 배 타고 바다 건너 와

문장으로 중화 땅을 흔들어 놓았네

열여덟 나이에는 문단을 휩쓸고

한 개 화살로 금문책을 쏘아 맞추었네

送時송시

我聞海上三金鼇 아문해상삼금오 **金鼇頭載山高高** 금오두재산고고

山之上兮 산지상혜 **朱宮貝闕黃金殿** 주궁패궐황금전

山之下兮 산지하혜 **千里萬里之洪濤** 천리만리지홍도

傍邊一點鷄林碧 방변일점계림벽 **鼇山孕秀生奇特** 오산잉수생기특

十二乘船渡海來 십이승선도해래 **文章感動中華國** 문장감동중화국

十八橫行戰詞苑 십팔횡행전사원 **一箭射破金文策** 일전사파금문책

2수

바람 따라 바다로 떠나

달을 벗 삼아 사람들 틈에 이르네

돌아다녀도 머무를 곳 없는지라

멀고도 먼 동쪽으로 돌아가네

因風離海上 인풍리해상 伴月到人間 반월도인간

徘徊不可住 배회불가주 漠漠又東還 막막우동환

최치원은 고운의 시를 들어보고 너무나 고마움을 느끼고 친구 고운에게 늦은 봄 '사자 고운'과 '중양절 국화' 제목의 시 2수로 화답하였다.

봄바람에 온갖 꽃향기 맡아 보았으며

마음만은 길게 늘어진 버들가지처럼 넉넉하네

소무의 글 먼 변방에서 전해오며

장주의 꿈은 떨어지는 꽃잎 쫓아가기 바쁘네

남아있는 경치에 아침마다 취하는 것 좋으려만

이별의 심정 일일이 헤아리기 어려워라

때는 바로 기수에서 멱 감는 절기이니

예전에 놀던 곳 생각에 애끊는 백운향이네

暮春卽事和顧雲友使 모춘즉사화고운우사

春風遍閱百般香 춘풍편열백반향 意緒偏饒柳帶長 의서편요류대장

蘇武書回深塞盡 소무서회심새진 莊周夢逐落花忙 장주몽축낙화망

好憑殘景朝朝春 호빙잔경조조춘 難把離心村村量 난파이심촌촌량

正是浴沂時節日 정시욕기시절일 舊遊魂斷白雲鄕 구유혼단백운향

'중양절에 국화'를 읊음

자주색 꽃받침 붉은 꽃잎 온갖 것 다 있으며
흔하거나 속된 것 찾아보기 드물구나
어찌 가을 석달 동안이나 피어나며
국화만 홀로 공양하니 아홉 날 저녁이 기쁘다네
술 익어가는 향기로 좌석이 훈훈해지며
해 그림자 움직여 서리낀 난간에 걸렸네
다만 시객의 많은 한탄 들어주며
바람 앞에 떨어지는 모습 차마 못 보겠네

和顧雲侍御重陽詠菊 화고운시어중양영국
紫萼紅葩有萬般 자악홍파유만반　凡姿俗態少堪觀 범자속태소감관
開如開向三節秋 개여개향삼절추　獨得來供九夕歡 독득래공구석환
酒泛餘香薰坐席 주범여향훈좌석　日移寒影掛霜欄 일이한영괘상란
只應時客多惆悵 지응시객다추창　零洛風前不忍看 영락풍전불인간

　그리고 최치원은 수진사 양섭오만과 하늘의 문이라고 하는 천
문산 여행을 마치고 석별의 정을 몹시 아쉬워하며 시를 적어 양섭
오만에게 주면서 언제 또다시 만날지 모르지만 이별하더라도 마
음만은 늘 잊지 않겠다고 했다.

천문산

1수

바다 뗏목 배 한 해 걸러 왔다 가는

재주 모자라 금의환향 부끄러워라

무성에서 헤어질 때에는 낙엽지더니

멀리 봉래섬 찾아가니 꽃피는 철이구나

골짜기 꾀꼬리 높이 날아 멀리 갔으며

요동 흰 돼지 바치려 하니 부끄러워라

마음잡고 다음 모임을 도모하여

광릉 풍월에 술잔을 기대하세

海槎誰定隔年廻 해사수정격년회 衣錦還鄉愧不才 의금환향괴부재

惜別蕪城當葉落 석별무성당엽락 遠尋蓬島邇花期 원심봉도이화기

谷鶯遙想高飛去 곡앵요상고비거 遼豕寧慚再獻來 요시영참재헌래

好把壯心謀後會 호파장심모후회 廣陵風月待銜盃 광릉풍월대함배

2수
바다 건너 산은 새벽 연기로 짙게 보이며
백 폭짜리 돛단배는 만 리 바람 맞이했네
슬플지라도 슬퍼마오 아녀자 일인가
헤어진다 하더라도 한탄만 하지마오

海山遙望曉煙濃 해산요망효연농 百幅帆長萬里風 백폭범장만리풍

悲莫悲兮兒女事 비막비혜아녀사 不須怊悵別離中 불수초창별리중

그리고 과거급제한 후 일찍이 동도東都(지금의 낙양)를 유람하며 건부乾符 원년(874) 시절 함께 불교성지 화산의 아름다운 산수 등을 돌아보면서 옛 친구들을 생각하며 지은 시들이 또다시 회상되었다.

헤어지는 벗에게 주노라

낙수의 물소리에 움트는 풀과 나무
숭산의 구름 속에서 옛 누대가 비추네.

留贈洛中友人 유증낙중우인

화산

洛水派聲新草樹 낙수파성신초수 崇山雲影舊樓臺 숭산운영구루대

연주에서 이원외에게 드림

연잎은 가을비에 떨어지고
버들가지 새벽바람에 시끄러우며
정신은 온통 책에다 쏟고
세월을 술잔에 맡겨보내누나

兗州留獻李員外 연주유헌이원외

芙蓉零落秋池雨 부용영락추지우 楊柳簫蔬曉岸風 양류소소효안풍

神思只勞書卷上 신사지노서권상 年光任過酒杯中 년광임과주배중

자화산에 올라

화각 소리에 조석으로 물결 일고
청산에는 고금인들이 어린거리네

登慈和山 등자화산
畫角聲中朝暮浪 화각성중조모랑 **青山影裏古今人** 청산영이고금인

장안 버드나무

안개 낀 바닥은 천개의 버들가지
날 저문 붉은 다락에는 한 곡의 노래

長安柳 장안류
煙低紫陌千行柳 연저자맥천행류 **日暮朱樓一曲歌** 일모주루일곡가

동생 엄부를 보내며

구름이 하늘 길게 덮으니 용의 기세 뛰어나고
바람은 가을 달 높이 부니 기러기 나란히 나네

送舍弟嚴府 송사제엄부

雲布長天龍勢逸 운포장천용세일 風高秋月雁行薺 풍고추월안행제

봄날

바람이 밀려드니 꾀꼬리 소리에 자리가 시끄러우며
해가 기우니 꽃 그림자 숲속으로 넘어가네

春日 춘일
風遞鶯聲喧座上 풍체앵성훤좌상 日移花影倒林中 일이화영도림중

이름난 진사 전인의에게

꽃동산에 취하여 헤어지니 꽃잎이 소매에 가득하고
아늑한 좁은 길 읊으며 오니 달은 휘장에 걸려 있네

成名後酬進士田仁義見贈 성명후수진사전인의견증
芳園醉散花盈袖 방원취산화영수 幽逕吟歸月在帷 유경음귀월재유

강가에서 봄날 감회

눈 크게 뜨고 산 바라보니 안개 밖으로 저물어가고
마음 상해 노 저으며 돌아가니 달은 더디만 가네.

江上春懷 강상춘회

極目遠山煙外暮 극목원산연외모 傷心歸掉月邊遲 상심귀도월변지

진사장교가 시골에서 병중에 보낸 시에 화답함

시 한 가지로 사해에 유명해지며
낭선이 경쟁한들 송년과 비슷이나 하려나
소아로 하여금 새로운 품격을 세웠으며
어진 짓 지켜내기는 선현들을 따라가네.
밤이면 명아주 지팡이 잡고 고요한 달빛에 외로우며
아침이면 갈대 발 올리니 먼 마을에 연기오르네
병이 오니 장빈의 시구 읊으며
성밖에 들어오는 배 어부 노인에게 이 시를 부치네.

和張進士蕎村居中見奇蕎字松年 화장진사교촌거중견기교자송년
一種詩名四海傳 일종시명사해전 浪仙爭得似松年 낭선쟁득사송년
不唯騷雅標新格 불유소아표신격 能把行臟繼古賢 능파행장계고현
藜杖夜携孤嬌月 려장야휴고교월 葦簾朝捲遠村煙 위렴조권원촌연
病來吟寄漳濱句 병래음기장빈구 因付漁翁人郭船 인부어옹인곽선

　　20세 젊은 나이 때 율수현 현위로 근무하면서 억울하게 죽은 쌍녀자매의 영혼을 '시'로 달래주어 현실 세계의 백성들을 태평성

대하게 잘 살아가도록 하기 위해 '글'로써 쌍녀분시로 은유했던 일
이 보람되었고 특히 전란 중에도 황제로부터 자금어대를 하사받
고 관직 생활하면서 고병 총사령관에게 보고 드린 전란일지가 생
각나며 즐겁게 시간을 보낸 것이 더욱더 회상되었다.

아버지 최견일 공公

　며칠 전부터 서라벌성의 서문 위에는 여덟 자 폭이나 되는 황금색과 붉은색의 커다란 당나라 황제로부터 자금어대를 받은 최치원을 축하하는 깃발이 내걸려 바람에 나부끼고 있었다. 깃발들은 마치 사립문에 기대어 행상을 마치고 돌아올 지아비를 그리워하는 아녀자의 애절한 마음을 실은 것처럼 보였다.

　깃발에는 '귀국 환영, 당 신라 사신 최치원 도통순관', '천하를 감동시킨 천재 최치원 사신 귀국 환영', '황소의 격문으로 천추의 명성을 얻은 문장가 최치원 도통순관 환영' 등과 같은 글귀가 질서 정연하게 씌어 있었다.

　아침 일찍 월성을 빠져나온 영은사迎恩使 일행은 최치원이 도착하기만을 기다리고 있었고 여느 때와 달리 한산한 거리를 오고 갈 뿐이었다. 얼마 지나지 않아 치원이 탄 것으로 보이는 수레가 희뿌연 먼지를 일으키며 서문을 향해 달려오고 있었다. 그러자 영은사 일행은 마치 황제를 영접하듯 옆으로 길게 늘어서더니 이내 두 손을 앞으로 모은 채 수레가 멈추기를 기다렸다. 마침내 최치원 내외와 일행이 탄 수레가 서문에 다다랐다.

"당 사신 최치원 도통순관께서는 해로와 육로를 거쳐 멀고 먼 길을 오시면서 얼마나 노고가 크셨습니까? 대왕마마께서는 오랜 여정에 시달린 도통순관께서 과로로 인해 몸이 불편한 곳이 생기지나 않았는지에 대해 염려하고 계십니다. 도통순관 내외께서는 무탈하신지요?"

최치원이 수레에서 내리자 영은사 일행은 정중하게 예를 갖추며 안부부터 물었다.

"풍랑 때문에 귀국 일정이 다소 늦어졌습니다만 별다른 탈은 없소. 여러 대신께서 이렇게 나와 환영을 해 주시다니……. 헌데, 대왕마마께서는 강녕하신지요?"

뜻밖의 환대에 매우 흡족한 최치원이 입가에 미소를 가득 머금었다.

"강녕하시다마다요. 대왕마마께서는 도통순관이 하루 속히 여독을 푸시고, 아버님 되시는 고 최견일 대인의 장례를 잘 치르시는 대로 입궁하시라는 어명이 있었습니다. 빠른 시일 내에 입궁하여 주십시오. 대왕마마께서 몹시 만나고 싶어 하십니다."

관복을 단정하게 차려입은 대신이 앞으로 나서며 말했다. 순간 아버지의 장례에 관한 이야기를 들은 최치원은 가슴 한구석이 다시 한 번 뻐근해지고 있음을 느꼈다. 포구에 도착하자마자 반야 부인이 보낸 서찰을 통해 이미 모든 사실을 알고 있었다.

풍랑 때문에 치원의 일정이 늦어진 사이 아버지 최견일은 17년 가까이 기다렸던 아들의 얼굴을 보지 못하고 끝내 눈을 감았다. 아버지의 임종 소식을 들은 최치원은 억장이 무너지는 심정으로 바닷가에 주저앉아 한참동안 소리 내어 울며 끓어오르는 슬픔을 주체할 수가 없었다.

최치원 도통순관이 돌아오시거든 그때 내 묘를 쓰시오. 내 묏자리는 치원이 잡도록 해야 하오. 뼈만 수습하여 그때까지 미탄사에 잠시 맡겨 주시오. 그리고 내 아들이 돌아와 좋은 자리를 잡아 묘를 쓰거든, 그 묘비 앞에 당나라 황제의 자금어대를 잠시만 올려놔 주시구려.

당나라에서 이름을 떨친 장한 아들을 기다리며 쓴 아버지의 유언장을 읽자 최치원은 그만 하늘을 원망하며 밤새 통곡을 했다. 하지만 힘없는 인간이 자연의 이치를 거스를 수는 없는 일이었다. 이미 돌이킬 수 없는 상황을 맞이한 터에 무심한 하늘을 탓한들 무엇 하랴. 여기에 생각이 머물자 최치원은 겨우 마음을 다잡은 후 서둘러 서라벌로 향했던 것이다.

"황제가 황금 물고기 어패를 채워 주셨대."
"그것 좀 보여 주지."
"부인은 당나라 여인이라지?"

"당나라에서도 몇 번째 가는 엄청난 부잣집 딸이래. 오빠는 도통순관과 같은 해에 장원 급제한 당나라 천재라지 아마?"

"당나라 장안에서도 명문세도 가문이래."

"도대체 무슨 벼슬을 받을까?"

"당나라에서 고관을 지냈고 사신이 되어 오는데 3등급이나 4등급 벼슬을 주지 않겠어?"

몇몇 백성들이 모여 수군거렸다. 그때 신라 골품제도를 잘 알고 있는 한 사내가 나서며 미욱한 여인들을 타박했다.

"거, 모르는 소리. 아무리 뛰어난 인물이라도 그건 안될 소리지. 제아무리 당나라에서 고관대작을 했더라도 신라에서는 육두품 출신이잖아. 잘 해야 7등급이나 8등급 벼슬을 받을 거야."

신라의 골품제도 이야기가 나오자 모두 하나같이 입을 다물었다. 최치원 일행의 수레가 서문을 통과하여 월성으로 들어가자 더 많은 사람들이 구름같이 몰려들어 저마다 수군거리며 부러워했다. 한 사내가 그 사이를 비집듯 어렵게 통과하자 풍물패가 풍악을 울리는가 싶더니, 궁중에서 보낸 아름다운 무희들이 화려한 의상을 입고 춤을 추며 최치원 일행을 환영하고 있었다.

남자들은 모두 허리를 굽혀 최치원 일행이 탄 수레 안을 유심히 살피고 여인들은 깡충깡충 토끼 춤을 추면서 수레 안을 훔쳐보았다. 하지만 최치원 일행이 탄 수레에는 휘장이 쳐져 있었다. 그것은 서역 왕자와 경교를 믿는 서역 사람, 배찬 대감의 딸인 밀리엄 수녀 등이 같이 동승했기 때문에 신라 사람들에게 보이지 않게 하기 위한 최치원의 치밀한 계획과 배려 덕분이었다.

그리고 최치원은 검은색 깃발을 수레 앞에 걸어 쓸쓸히 세상을 떠난 아버지에 대한 애달픈 마음을 대신했으며, 자식으로서 아버지의 마지막 길을 배웅하지 못한 죄스러운 마음을 표현했다.

최치원이 탄 배가 서해안에서 갑작스런 풍랑을 맞아 배 안에 갇혀 꼼짝도 못한 채 풍랑이 잦아들기만을 기다리던 때에 최견일은 안타깝게도 마지막 숨을 거두었다.

17년 가까이 기다렸던 아들. 자금어대를 차고 귀국하면 왕 앞에 함께 나가 감사의 인사를 하는 꿈을 수없이 꾸다가 끝내 생을 마감한 것이다. 그 애통함을 아들에게 남기는 유서 한 장에 고스란히 쏟아부었던 것이다.

최치원은 흔들리는 수레 안에서 아버지의 유언장을 다시 한 번 펼쳤다. 순간 또다시 눈물이 앞을 가렸다. 그는 혹여 일행이 불편해할까 염려하여 고개를 들어 먼 하늘을 바라보며 애써 눈물을 감추었다.

주작대로를 달리던 수레가 좁은 골목길에 다다르자 드디어 꿈에 그리던 집 한 채가 나타났다. 언젠가 보리를 구하러 서라벌에 들어와 멀찍이 서서 지켜보며, 차마 소리 내어 부르지 못했던 그리운 어머니와 가족들이 있는 곳이었다.

이윽고 집 앞에 수레가 멈추었다. 집 안으로 들어서는 치원을 바라보자, 반야 부인은 반갑다는 인사도 못한 채 그저 뜨거운 눈물만 주르르 흘릴 뿐이었다. 치원과 호몽이 큰절을 올렸을 때도 반야 부인은 아무런 표정의 변화도 없이 꼿꼿이 앉아 빈 천장만 바라보았다.

그러더니 이내 눈을 감으며 쓰러져 혼절을 하고 말았다. 아들 치원이 돌아온다는 소식은 며칠 전부터 들었지만, 겨울 동안 오지 않는 아들을 기다리다가 하늘처럼 믿고 의지하던 지아비마저 세상을 떠난 후에야 비로소 아들의 얼굴을 보게 되었다.

그러니 얼마나 안타까웠겠는가. 그토록 기다리던 아들의 얼굴을 보자 반야 부인은 그만 정신줄을 놓아 버린 것이다. 호몽은 그런 반야 부인의 곁을 지키며 선식을 만들어 시어머니의 속을 달래주는가 하면, 기력을 회복시키는 선약을 지어 규칙적으로 올렸다. 현준스님도 그 곁을 떠나지 않고 밤낮으로 천수경을 외우며 어머니의 안정을 기원했다.

서라벌의 남쪽, 황룡사로부터 조금 멀리 떨어져 자리 잡은 미탄사 근처 최치원 집 주위에는 이른 아침부터 수많은 사람이 몰려와 줄지어 서 있었다. 모두 소복차림이거나 검은색 상복으로 차려입고 서서 제를 올린 뒤 차례차례로 문상을 했다. 상복을 갖춰 입은 치원도 이들을 맞이해 공손하게 예를 갖춘 뒤 접대를 했다.

문상을 마친 사람들이 돌아서며 자기들끼리 소곤거렸다.

"아버지의 공덕이 커서 자식이 잘 됐을 거야."

"우리 집안에도 저런 아들 하나 나오면 안 되나……."

"아, 당나라 고관들도 저 사람 앞에서는 몸조심을 했대요."

"아버지 견일도 경문왕과 어릴 때부터 동문수학하던 죽마고우 竹馬故友 관계였었지. 또한 얼굴은 얼마나 잘 생기고 글을 잘 썼노? 당대의 명필이었지."

"그뿐인가? 불사는 얼마나 많이 했고……."

"그나저나 어머니가 너무 안 됐어. 아마 이 서라벌 안에서 금실이 제일 좋았을 터인데. 부부간에 그만한 금실이 어디 있겠나?"

"부부간에 금실이 너무 좋으면 어느 한쪽이 빨리 간대. 그러고 보니 저 반야 부인은 두 번째 남편을 잃은 거네? 첫째 남편은 백제 계 사람이었고, 그 아들이 현준스님이잖아."

최견일의 장례는 사흘 동안 이어졌다. 장례가 끝난 다음 날, 궁에서 일찍이 사람이 나와 최치원을 찾았다.

"입시入侍하시라는 어명입니다."

풍랑에 시달리다가 한참 만에 서라벌에 도착한 치원은 오자마자 아버지의 장례를 치르느라 잠을 제대로 자지 못해 정신이 혼미할 지경이었다. 그래서 그는 그런 상태로 국왕을 알현하는 것은 예의가 아니라고 생각했다.

"왕께서 입시하라 하시니, 가긴 가야겠는데 몸이 영 좋지 않소. 맑은 정신으로 왕을 알현할 수 있도록 약을 좀 지어 주시오."

따뜻한 물로 목욕을 하며 피로를 씻어 낸 치원이 호몽에게 일러 선약을 지어 달라고 했다. 호몽은 송홧가루에 미량의 단사와 금가루를 넣고 신약을 지어 주며, 치원의 머리 위에 손을 얹고 병구완을 위한 주문을 외웠다.

"이 약을 드시면 한나절은 맑은 정신으로 견디어 내실 겁니다. 잘 다녀오세요."

치원은 입가에 옅은 미소를 지으며 호몽이 건네주는 선약을 단숨에 넘기고 일어섰다. 대문 밖으로 나가니, 궁에서 보내온 마차가 치원을 기다리고 있었다. 치원이 마차에 올라앉자 마차가 삐거덕거리며 움직이기 시작했다.

치원이 탄 마차가 사람들이 많은 저잣거리를 지나 이내 황룡사 앞에 다다랐다. 치원은 황룡사를 바라보며 만감이 교차하는 것을 느꼈다. 꿈에서도 그립던 황룡사……

당나라에 있으면서 신라와 서라벌을 생각할 때 제일 먼저 떠오르던 것이 황룡사의 9층 탑이었다. 황룡사 담장에는 노란 물감에 흠뻑 젖은 듯한 개나리가 또 다른 꽃망울을 터뜨리고 있었다.

지금 서라벌의 거리에서 보는 사람들은 오랫동안 그리던 동족이었다. 서역인들처럼 키가 크지는 않지만 그 어느 민족보다 단아한 모습을 갖춘 동방의 예의 바른 백성들이었다. 모처럼 살펴보는 신라인들의 얼굴이 무척이나 깨끗하고 친근하게 다가오는 것이 마치 아름답게 미소짓는 얼굴이 빛을 발하고 있다는 느낌을 받았다. 그들이 입고 있는 옷도 모두 세련되어 있었다.

치원은 마차 밖으로 고개를 내밀어 살랑살랑 불어오는 봄바람의 향내를 맡았다. 그것은 내 고국의 정결한 바람이고, 거리에 내려앉는 햇살은 꿈에서도 그리던 동방의 햇살이었다. 장안과 낙양에서 보던 고루거각은 아니지만, 서라벌의 집들은 신라의 문화가 살아 숨 쉬는 듯 단정한 자태를 드러내는가 하면, 모두 기와를 얹은 품위 있는 문명의 역사가 숨 쉬는 집들이었다.

그냥 나무를 때면 연기가 난다고 하여 왕실에서는 숯으로 밥을 짓고 난방을 하도록 지시하기도 했다. 그래서인지 서라벌은 유난히 깨끗해 보였다. 그때 어디선가 은은한 풍악소리가 울려 퍼지고 있었다.

헌강왕은 옥좌에서 일어나 붉은 서역 카펫이 깔린 길을 품위 있게 천천히 걸어 나왔다.

"어서 오시오. 당나라 머나먼 타관에서 얼마나 고생이 많았소? 16년이었던가, 17년이었던가?"

헌강왕은 치원에게 다가와 다정스레 손을 잡았다.

"네, 17년째이옵니다, 대왕마마."

치원은 분에 넘치는 환대에 송구스러워하며 황급히 일어나 헌강왕을 부축해 옥좌에 바로 앉도록 했다. 왕이 옥좌에 앉자 치원은 큰절을 올렸다.

"대왕마마, 외지에 나가 거친 바람을 쐬고 돌아온 소신을 이처럼 환대해 주시니 몸 둘 바를 모르겠사옵니다. 천수를 하시옵소서. 만수를 하시옵소서."

세수로 치자면 치원보다 대여섯 살 아래인 헌강왕이지만 재위 10년을 넘긴 통치자로서의 위엄과 관록을 훌륭히 갖추고 있었다. 그러나 헌강왕은 기이하게도 야위어 있었고 손등에는 살집마저 없어 검푸른 핏줄이 그대로 드러나 있었다. 뿐만 아니라 볼도 홀쭉하여 주름이 늘어난 탓인지 나이에 걸맞지 않게 노쇠해 보였다.

"공은 짐에게 천수하라 만수하라 하지만, 사실 짐은 요즘 건강에 자신이 없소. 조금만 걸어도 숨이 차고 진땀이 난다오."

헌강왕은 주름이 많은 자신의 볼을 쓸어 보이며 쓸쓸한 표정을 지었다.

"천부당만부당하신 말씀이십니다. 약관을 방금 지낸 옥체가 아니십니까? 앞으로 소신과 함께 산천도 구경하시고 가능하시다면 당나라에도 한번 가보시는 것이 좋을 것입니다. 지금은 전란이 끝나가는 시점이라 좀 어수선합니다만, 전황이 가라앉으면 소신이 마마를 직접 모시고 가겠습니다. 희종 황제와 세수가 비슷하시니 좋은 친구가 되실 것입니다."

치원이 고개를 조아리며 말했다.

"좋은 말이오. 나도 경과 함께 천하의 중심인 장안도 구경하고, 당나라의 역대 황릉이 모셔져 있는 낙양도 찾고, 장강과 태산을 두루 구경하고 싶소. 당나라에 관한 얘기는 차차 나누도록 합시다. 어서 자리에 앉으시오."

헌강왕은 마치 오랜 벗을 대하듯 스스럼없이 말을 이어갔다.

그때 최치원은 그대로 선 채 가슴에 품고 온 당나라 희종 황제의 서신과 임명장을 꺼냈다.

"신 최치원, 당 희종 황제폐하의 신임장과 황음을 올리도록 하겠사옵니다."

최치원이 아뢰자, 헌강왕은 다소 당황한 듯 정색하며 옥좌에서 몸을 일으켜 반듯한 자세로 고쳐 앉았다.

"그래, 무엇을 가져오셨소?"

그러자 최치원은 희종 황제의 임명장과 서찰을 머리 위로 들어 올려 왕에게 올렸다. 헌강왕도 바른 자세로 황제의 서찰과 임명장을 받았다. 그러더니 좌중을 둘러보며 밝은 목소리로 말했다.

"아니, 이것은 공을 신라 전담 사신으로 임명하는 임명장이 아니오? 아, 그렇지 않아도 전란 중이고 당나라의 궁중 소식에 모두 어두워서 사신을 보내도 도대체 어디로 보내느냐, 공문서를 보내도 누구에게 보내야 하느냐, 하는 문제가 항상 마음에 걸렸었는데 이제 공이 신라에 온 당나라의 사신이 됐으니 모든 문제가 해결된 셈이오. 깜깜한 밤에 등불을 얻은 격이 됐구려. 자, 그리고 존엄하신 황제의 서찰은 내 천천히 읽어 보리다. 읽고 난 후에 공에게 상의할 일은 즉시 하문할 것이오."

헌강왕은 치원을 바라보며 매우 흡족한 듯 입가에는 연신 웃음이 끊이지 않았다. 자리에 앉은 치원이 차를 한 모금 마시고 나자 헌강왕은 허리를 굽혀 치원에게 가까이 오라는 손짓을 했다.

"그대의 선친께서 조금만 더 강건하셨더라면 장한 아들의 금의환향한 모습을 보실 수 있었을 터인데……. 참으로 애통한 일이오. 짐도 조의를 표하는 바이오."

"황공하옵니다."

"그래, 부친의 묘는 어디에 쓰셨소?"

최치원은 스스로 거대한 산과 바위가 되어 모든 백성들이 자유스럽고 평화롭게 사는
세계를 꿈꾸었는데 그런 세계를 회화하여 작품화하였음.

"소신이 배를 타고 오는 도중에 운명하셨기 때문에 가묘를 썼고, 우선 미탄사에 모셨습니다."

치원은 안타까운 표정으로 아뢰었다.

"오랜만에 고국에 돌아왔고, 우리 서라벌을 위해 앞으로 사신의 임무를 성실히 수행하게 될 공을 위하여 짐이 무엇인가를 좀 해주고 싶소."

눈을 감고 잠시 생각에 잠겼던 헌강왕이 밝은 얼굴로 치원을 바라보며 말했다.

"이렇게 소신을 지극히 환대해 주신 것만으로도 황감할 따름이옵니다. 더 이상 무엇을 바라오리까. 옥체가 피곤하실 터인데 그만 물러갈까 하옵니다."

치원이 자리에서 일어나 허리를 굽혀 아주 정중한 예를 올리면서 아뢰었다. 그러자 헌강왕은 손사래를 치며 서둘러 치원의 손을 잡았다.

"아니오, 아니오, 더 계시오. 자, 그럼 우선 그대의 선친의 묏자리를 토함산에 쓰도록 합시다. 그 토함산에는 곡사, 그러니까 우리 왕실에서 대숭복사로 부르는 그 유서 깊은 국찰이 있지 않소. 바로 그 국찰은 그대의 선친께서 불사를 하신 곳이 아니오. 그 국찰 밑에 편히 쉬시는 것이 마땅할 것이오. 그곳에 누우시면 이제 신라의 대당 사신이 된 최치원 공을 자연스럽게 만날 수 있지 않겠소? 아마 선친께서도 매우 좋아하실 게요."

치원은 무척이나 감격한 나머지 눈물을 흘렸다.

"황공무지로소이다. 소신 몸 둘 바를 모르겠사옵니다. 이 하해와 같은 은혜를 어찌 갚겠습니까? 앞으로 소신의 머리카락을 잘라 짚신을 삼는 마음으로 대왕마마를 모시겠사옵나이다."

치원은 흘러내리는 눈물을 소맷자락으로 닦으면서 왕을 향해 몇 번이고 허리를 굽혔다.

"좋소. 그대가 보국하는 길은 앞으로 많을 것이니, 짐과 함께 서라벌을 위한 귀한 일들을 도모해 봅시다."

최치원과 정겨운 마음을 나눈 헌강왕은 큰 소리를 내어 웃었다. 그러더니 잠시 후 무언가를 깊이 생각한 후 다시 입을 열었다.

"무덤만 세우면 뭣하겠소? 그 무덤 앞에 품위에 맞는 묘석도 세우고 그 묘석에 무엇보다 당당한 이름 석 자가 새겨져야 할 것이오. 그동안 진골과 성골의 이름 밑에만 '공公' 자를 새겨 이름 석 자를 고이 간직하였소만, 이번 기회에 짐의 선친과 동문수학하며 죽마고우로 지내셨던 공의 선친에게도 이름과 함께 공이라는 품위를 하사하겠소."

최치원의 놀라는 모습을 보자 헌강왕은 매우 뿌듯해했다.

"대왕마마, 과분하신 처사이옵니다. 백골이 난망이옵니다."

최치원은 헌강왕의 분에 넘치는 처사를 보고는 뼈에 사무치는 감동을 받았다. 그는 자리에서 일어나 굵은 눈물방울을 떨어뜨리며 또다시 무릎을 꿇고 고개를 숙였다.

"그동안 속가에서 공의 선친을 어찌 불렀소?"

"네, 견肩 자 일逸 자로 불렸습니다."

그러자 헌강왕은 내관에게 일러 지필묵을 내오도록 했다.

沙梁部 崔肩逸 公 之墓 사량부 최견일 공 지묘

최치원은 헌강왕이 직접 써서 하사한 묘비명을 받아들고는 애써 소리를 죽이며 슬피 울었다.

"대왕마마, 신은 17년 동안 외지를 떠돌며 불효만을 해 왔습니다. 임종조차 곁에서 맞이하지 못하였습니다. 그런데 이제 대왕께서 하늘과 같은 성은을 베푸시어, 육두품으로서는 최초로 왕명으로 하사하신 떳떳한 이름과 '공公' 자까지 얻었으니, 제 선친은 지하에서 이제 대왕마마께 큰절을 올리실 것이옵니다. 대왕마마의 은혜가 높은 하늘에 닿고 넓은 바다에 퍼졌습니다. 소신은 왕실과 백성들을 위하여 신명을 바치고 대왕마마와 사직을 위하여 제 가문을 바치겠나이다."

최치원은 이마를 바닥에 찧으며 울부짖듯 아뢰었다. 비록 아버지의 임종조차 지키지 못했던 못난 아들이지만, 뒤늦게나마 이렇게라도 아버지가 가는 길을 밝힐 수 있다는 생각에 치원은 전율을 느꼈다.

토함산에는 이른 아침부터 사람들이 몰려들어 길게 줄을 서고 있었다. 최치원의 아버지인 최견일이 왕으로부터 '공'이라는 품계를 받아 대숭복사의 발치에 묻히는 날이었다. 아들 덕에 육두품으로서는 최초로 '공'의 품계를 받고, 서라벌 사람들이 신성한 산으로 받드는 토함산에 눕게 된 것이다. 더욱이 토함산에는 신라의 국찰인 대숭복사가 있어 서라벌 사람들 모두 최견일을 부러워했다.

"암, 받을 만한 자격이 충분히 있고도 남지. 토함산에 누울 자격이 있고 말고. 경문대왕과는 죽마고우였다지. 곡사鵠寺라고 불리던 조그만 절을 숭복사崇福寺로 증축할 때 살아생전 직접 불사를 하지 않았나. 글씨도 잘 써서 발원문까지 썼었지. 암, 경문대왕께서도 감탄하신 명필이었지."

그에 대하여 알 만한 사람들은 모두 고개를 끄덕였다.

"아무리 불사를 많이 하고 명필이면 뭐해? 육두품이 감히 이 토함산에 누울 수 있겠어? 이게 다 아들 잘 둔 덕이지. 아, 아들이 당나라에서 장원 급제하고 허리에 자금어대를 차고 있으니까, 임금께서도 이런 파격적인 대우를 하시는 거 아니야?"

"그리고 최치원은 당에서 보낸 사신이래. 당 황실이 서라벌로 보낸 공식 사신이야."

그때 누군가가 큰 소리로 말했다.

"그러면 최치원은 당나라 관리야, 신라 고관이야? 도대체 어느 편이야?"

"아, 그걸 몰라서 물어? 당나라 위세가 강하면 당나라 관리 행세를 하고, 우리 신라에서 잘해 준다고 하면 얼른 신라의 관직을 받는 거지. 아, 꽃놀이패지 뭐……. 그래서 죽자고 당나라로 건너가 그곳에서 과거에 급제하려고 이 땅의 부모들 모두 그렇게 집 팔고

논 팔고 해서 당나라로 유학 보내는 거 아니겠어?"

저마다 최치원을 부러워하면서도 진골과 성골에 국한된 신라의 직제에 대한 안타까운 심정을 토로했다. 그때 최치원이 반야 부인을 부축하고 모습을 드러냈다. 그러자 수군거리던 사람들이 모두 입을 다물었다.

어느덧 세월이 흘러 반야 부인도 이제 나이가 들어 반백의 형색을 하고 있었지만 예전의 아름다운 미모와 기품은 여전했다. 뒤를 이어 호몽이 차분한 걸음걸이로 다가왔다.

"당나라 여인이래. 어마어마한 부잣집 딸이라지? 저 개운포(지금의 울산)에도 저 집안의 상단이 있대. 오빠라는 사람이 최치원 대인과 같은 해에 함께 장원 급제한 당나라의 최고 수재래."

호몽이 나타나자 사람들은 다시 입을 열고는 저마다 귀동냥으로 들은 이야기를 주섬주섬 꺼내느라 여념이 없었다.

"글쎄, 저 부인이 어마어마한 도술을 쓸 줄 안대. 하루저녁에 천 리도 가고 하늘을 훨훨 날 수도 있대."

한 여인이 사람들 사이를 비집고 들어가며 조심스럽게 말했다.

"남의 말이라고 그렇게 허황되게 말해서 되는가? 여자가 무슨 도술을 쓰나? 그 입들 조심해."

웬 노파가 나서더니 혀를 끌끌 차며 핀잔을 주었다. 그날 의식의 절정은 헌강왕이 하사한 '최견일 공'이라는 묘비명을 확인하는 일이었다. 왕이 하사한 오석 위에 하얀 종이가 씌워져 있었다. 이윽고 그 당지가 벗겨지고 나자 '사량부 최견일 공 지묘沙梁部 崔肩逸 公

之墓’라는 당당한 묘비명이 나타났다.

“대왕마마께서 직접 하사하신 묘비명이래. 아, 참 부럽기도 하다.”

이 모습을 바라본 사람들 모두 낮은 신음을 토해냈다. 그때 최치원이 사람들 앞으로 성큼성큼 걸어 나왔다. 그의 허리에는 두 개의 주머니가 채워져 있었다. 오른쪽 허리에는 은실 주머니가, 왼쪽 허리에 금실 주머니가 매어져 있었다. 오른쪽 허리에 찬 것은 비은어대緋銀魚袋였고, 왼쪽 허리에 찬 것은 다름 아닌 당나라 황제에게 받은 자금어대紫金魚袋였다.

치원은 묘지 앞에 무릎을 꿇고 앉아 허리에 차고 있던 두 개의 어대를 모두 풀어 오석 위에 조심스레 내려놓았다. 크지는 않지만 은빛과 금빛으로 빛나는 그 물고기 모양의 어패 두 개가 햇살을 받아 찬란히 빛나고 있었다.

‘최치원 도통순관, 이제야 아버님을 뵈옵니다. 이 불효자를 용서하여 주시옵고, 부디 극락왕생하소서.’

최치원은 한참 동안이나 꿇어앉아 아버지와 조용히 마음속으로 대화를 나누었다. 아버지의 유언대로 당나라 황제에게 받은 자금어대를 바치고 나니 그동안 참아왔던 서러움이 봄날의 풀잎처럼 되살아나고 있었다. 살아생전 그토록 불사를 많이 하며 공덕을 쌓았던 대숭복사 아래에 있는 양지 바른 곳에 아버지의 유해를 모시니 한결 마음이 놓이기도 했다.

더구나 치원의 아버지는 남달리 불심이 깊었던 터라, 부처님 곁에 누우면 밤낮으로 스님들의 독경소리를 들어 극락왕생을 할 수 있을 것이라는 기대감도 있었다.

그러나 장례행렬을 따라온 사람들의 관심은 그가 꺼내 놓은 황금 물고기와 은색 물고기에 쏠려 있었다. 모두 무언가에 홀린 듯 목을 길게 빼고는 당나라 황제의 하사품을 바라보았다.

"저걸 차면 언제든지 당나라 황궁에 들어갈 수 있다는구먼. 어디 그뿐인가? 황제를 직접 만날 수 있다고 하잖아."

"정말? 황제를?"

"그리고 대역죄만 지지 않으면 어느 누구도 건드릴 수 없대."

"아이고 세상에 태어나서 저런 영화를 누린다면 죽은들 한이 있을까?"

"그래서 사람은 많이 배워야 하는 거야. 죽을 때까지……."

"누군 몰라서 안 하나? 우리 같은 사람들이 무슨 공덕을 쌓아 최치원 같은 자식을 얻으며 무슨 힘이 있어 이십 년 동안 자식을 당나라에 보내노? 하루하루 먹고 살기도 급급한 판에……."

"아 그러니까 육두품들이 논밭 다 팔고도 모자라 집까지 팔아서 자식들을 모두 당으로 유학 보내는 거 아니야? 저것 봐, 오늘 여기에 온 육두품들이 얼마나 되는지……. 모두 부러운 눈으로 바라보고 있잖아."

"오늘 여기에 모인 육두품들이 줄잡아 삼백 명은 되겠는데……. 아마 저 사람들 자식들 중 한두 명은 이미 당나라에 가 있을 걸?"

그러면서 모두 자신들의 처지를 한탄하며 한숨을 내쉬었다.

이윽고 일꾼들의 분주한 움직임에 힘입어 봉분이 장엄하게 그 모습을 드러냈다. 그러자 해인사에서 온 고승들과 현준스님이 앞으로 나서 최견일 공의 극락왕생을 기원하는 지장경을 봉독했다.

독경 소리가 온 산야에 퍼지자 사람들 모두 엄숙히 고개를 숙인 채 고인의 명복을 빌었다. 그리고 독경 소리에 맞추어 사람들은 비로소 최견일 공의 묘비와 그 위에 얹혀 있는 당나라 황제의 자금어대와 비은어대를 향해 공손히 허리를 구부렸다.

임금이 승하하거나 성골이나 진골의 능을 조성한 후 이승을 하직하는 행사 외에, 서라벌에서 벌어졌던 장례로는 이만한 큰 행사가 없었다. 실로 놀라운 광경이 서라벌에서 처음 일어난 것이었다.

최치원은 고개를 들어 텅 빈 하늘을 바라보았다. 어디선가 이름 모를 큰 새 한 마리가 날아들더니, 독경 소리에 맞추어 힘찬 날갯짓을 하며 먼 하늘로 거침없이 날아올랐다.

한림학사

    최견일 공의 장례가 끝난 지도 벌써 3개월이 지났다. 그래도 최치원의 집과 미탄사에는 문상객들의 발길이 끊이지 않고 있었다.

    집 안에서 지친 몸과 마음을 다독이던 치원은 어느 날, 당나라에서 찾아온 조문 사절을 맞이했다. 놀랍게도 조문 사절 중에는 고병 장군의 막하에 있다가 황실로 들어가 예부시랑을 맡고 있는 고운이 있었다. 그는 치원과 둘도 없는 친구이자, 호몽의 오라버니이기도 했다.

    그 덕분에 신라 조정에서는 한바탕 난리가 났다. 당나라 황제의 조문 사절단이 왔는데, 그 단장이 놀랍게도 황제의 신임이 두터운 예부시랑이었으니 조정에서는 예기치 않았던 긴장감이 자연스럽게 흘렀다. 그러나 한편으로는 그가 바로 최치원의 처남이었기에 적잖이 안도를 하는 눈치였다. 다른 사절단 같으면 온갖 예우를 갖춰 맞이해야 되는 문제로 한바탕 곤욕을 치러야하겠지만 일단 최치원의 처남이라고 하니 간소하면서도 친근한 예우로 맞이하자는

데 의견을 모았던 것이다.

서라벌에 도착한 고운은 사절단과 함께 월성으로 가 헌강왕에게 예를 올린 뒤 곧장 치원의 집으로 향했다. 이때 놀랍게도 신라의 상대등(총리급) 김위홍金魏弘이 동행을 했다. 최치원과는 사적 교감이 있는 사이라지만, 어쨌든 당나라에서 보낸 공식 사절이었기 때문에 고운이 최견일의 빈소에 들러 무사히 조문을 할 수 있도록 하기 위한 헌강왕의 세심한 배려가 있었던 것이다.

고운 사절단이 몰고온 수레에는 쌀 100석과 비단 100필도 실려 있었다. 당나라 황제가 치원의 상가에 내리는 특별 조의금인 셈이었다. 사실 치원과 고운은 오랜만에 만난 벗이자, 처남과 매부 지간이었기 때문에 호몽과 함께 서로 얼싸안고 친분을 나누고 싶었지만 상대등 위홍이 곁에 있었기 때문에 서로 정중하게 예를 주고받았다.

"삼가 견일 공의 애사에 황제 폐하의 조의를 전합니다."

고운이 먼저 애도의 마음을 전했다.

"황공하옵게도 황제 폐하께서 소신의 망부에게까지 조의를 전해 주시니 하해와 같은 은혜에 감복할 뿐입니다."

치원도 허리를 굽혀 정중히 인사를 했다.

"우리의 사부이시며, 지금은 황제 폐하의 사부가 되신 배찬 대감께서도 조의를 전하셨습니다."

"아이고, 사부이신 배찬 대감께서도……"

치원의 눈가에는 눈물이 고이기 시작했다.

"회남 절도사이신 고병 대장군께서도 조의를 표하셨습니다."

"아, 우리의 대장군 고병 절도사께서……."

그제야 치원은 참았던 울음을 터뜨리며 통곡을 했다.

"끝으로 북문상회에서도 조의를 표하셨습니다."

"아……. 장인어른과 장모님께서도요."

치원의 탄식이 점점 깊어지고 있었다. 고운의 정중한 조의 표명이 끝나자 곁에 서 있던 상대등 위홍이 근엄하게 허리를 굽혔다.

"다시 한 번 월성에 계신 대왕마마의 조의를 전합니다."

"대왕마마께서는 이미 망자가 되신 제 아비를 위해 분에 넘치는 충분한 은혜를 베풀어 주셨습니다. 육두품인 저희 망부에게 공이라는 칭호를 내리셨고 견일이라는 이름까지 내려 주셨습니다. 지하에서도 폐하를 향해 망부가 큰절을 올리고 계실 것입니다."

치원이 월성을 향해 허리를 깊숙이 구부렸다.

"끝으로 저의 각별한 조의도 전하는 바입니다."

위홍이 다시 한 번 헛기침을 하고 나서 자신의 뜻을 전했다.

"국사로 한없이 바쁘실 상대등께서 친히 이곳으로 납시어 조의를 표하여 주신 데 대하여 몸 둘 바를 모르겠습니다. 황공하옵니다."

치원이 상대등을 향해 고개를 숙였다.

그날 밤 최치원의 집에서는 외부인의 문상을 받지 않고 각별히 정을 나눌 사람들만 모였다. 오랜만에 오라버니를 만나게 된 호몽이 상복을 입은 채 오라버니를 지그시 바라보며 만감에 젖어 있었고, 그 곁에는 배찬 대감의 딸인 밀리엄 수녀가 다정스러운 자매처럼 조용히 앉아 있었다.

"아버지와 어머니 건강은 어떠세요?"

호몽은 진작 묻고 싶었지만 치원의 혼란스러운 마음을 배려하였다가 이제야 친정 소식을 물은 것이다.

"괜찮다. 운하와 장강이 있는 회남 지역은 너도 알다시피 날씨도 좋고 풍광이 좋아 장안에 계실 때보다 오히려 더 잘 지내고 계신다."

고운이 얼굴에 미소까지 띠며 호몽을 안심시켰다.

"수녀님께서도 스승님 걱정은 하지 않아도 됩니다. 지금은 젊은 황제 폐하를 모셔야 하기 때문에 성도의 황궁에 계십니다만 머지않아 제가 모실 겁니다. 제가 배찬 스승님을 날씨 좋고 경치 좋은 회남 지역으로 꼭 모셔올 것입니다."

차마 입이 떨어지지 않는 밀리엄 수녀의 속마음을 알아차린 고운이 배찬 대감의 근황에 대해 소상히 알려 주었다. 그러더니 고운은 주위를 조심스럽게 둘러보고는 아주 나직한 목소리로 치원에게 말했다.

"사실 지금 우리 당은 위기에 처해 있네. 겉으로는 장안이 회복되고 황소의 난이 평정되었지만 사실은 지금부터가 문제일세. 갑자기 세력을 얻은 이극용이나 주전충 같은 장군과 절도사들이 우리 황제 폐하의 말을 듣지 않고 있네. 아니, 천하의 민심이 밀물처럼 그들에게 달려가고 있네. 그래서 멀리 사천 땅에 계신 우리 황제는 절해고도에 갇혀 있는 수인(감옥 내에 있는 사람)의 신세가 되어 가고 있네. 아무도 황제의 명에 복종하지도 않고, 절도사들과 장군들의 눈치만 살피고 있네. 아, 우리 황실과 당의 운명이 어찌될 것인지 걱정이 태산이네."

고운의 깊은 탄식은 당나라 황실에 켜 놓은 황초의 촛농보다 더 뜨겁게 달아오르고 있었다. 호몽은 심지가 타들어가듯 흐느끼고 있었다. 촛불처럼 꺼져가는 나라 생각을 해서 그런지, 고국에 있는 부모님이 그리워 그런 것인지, 그토록 담대하고 대찬 호몽마저 눈물을 훔치고 있었다.

'주님, 당나라와 황제를 보호해 주소서……:'

얼굴빛이 유난히 창백한 밀리엄 수녀가 손에 들고 있던 묵주를 조용히 만지며 이따금 아주 작은 목소리로 기원을 했다. 그때 고운이 치원을 향해 또 다른 소식을 전해 주었다.

"고병 대장군 주변에도 불길한 일이 벌어지고 있네. 그동안 최도통순관이 간곡히 간하여 곁에 붙어 있던 여용지와 제갈은 같은 방사方士(도술을 쓰는 사람)들을 잘 물리쳤지 않은가? 그러나 자네가 신라로 돌아가고 황제께서도 대장군이 자꾸 머뭇거리며 장안을 탈환하지 않으니까, 제도행영병마도통직과 염철전운사직마저 거두셨다네."

고운의 눈에는 수심이 가득 차 있었다.

"그랬었구만……. 참으로 안타까운 일일세."

치원도 고개를 떨어뜨리며 한숨을 쉬었다.

"그런데 최근에는 상황이 더 나빠지고 있네. 스스로 도사라고 자처하는 그 여용지와 제갈은이 군막에 돌아와 대장군을 그릇된 길로 이끌고 있네. 전각을 더 늘리는가 하면 날마다 도술판을 벌인다고 하면서 막대한 재물을 쏟아부으며 자신들의 잇속을 차리고 있네. 자기들에게 재물을 가져다주는 자들에게 누각이나 전각을 짓게 하고, 벼슬자리를 내 주고 있다네. 어디 그뿐인가? 어린 여인들을 대장군의 침소에 들여보내 대장군의 총기마저 흐리게 하고 있어 걱정이야. 머지않아 불행한 일이 벌어질 것만 같네. 우리가 곁에서 모실 때에는 그렇게 절도 있으시고 학문이 깊으셨던 대장군께서 이제 판단력이 흐려져 군령을 잘못 내려 부장들에게 불만을 사기도 해. 아마도 부장들 중에서 반드시 반기를 들고 큰 사고를 낼 자가 나올 걸세. 참으로 안타까운 일이야."

계속되는 고운의 탄식은 보는 이로 하여금 안타까운 감정만을 들끓게 했다.

"나무관세음보살……."

밀리엄 수녀 곁에 앉아 조용히 대화를 엿듣던 현준스님이 염주를 돌리며 낮은 신음을 토해냈다. 치원의 집에서는 이들이 내뱉는 탄식과 신음이 밤새도록 끊이지 않았다.

어느덧 계절이 바뀌어 싱그러운 초여름에 접어들었다.

그동안 치원의 집에 머물던 고운이 당나라로 돌아간 뒤에도 서라벌 사람들은 모이기만 하면 최치원과 그의 집안에 대해 이런저런 이야기들을 후렴처럼 되뇌고 있었다.

"아, 참 대단했어. 세상에 아들을 두려면 저런 아들을 두어야지."

"아니 글쎄, 중국 황제가 조문 사신을 보내다니……. 왕가의 사람도 아닌데. 게다가 보잘것없는 육두품인데 말이야."

"내 자식도 허리에 황제가 내려 준 자금어대를 차고 다닐 그런 날이 올까?"

"에라 이 사람아, 꿈꿀 것을 꾸어야지. 그런 일은 천 년에 한 번 생겨날까 말까 한 일이야. 우리 신라가 세워진 지 천 년이 다 돼 가는데 지금껏 당으로 건너가 혼자서 장원 급제를 하고 허리에 황제가 내려 준 자금어대를 찬 사람이 있었나? 최치원이 처음이었어. 아마 마지막이 될 수도 있을걸?"

"허긴, 열두 살 어리고 어린 나이에 바다를 건너고 혼자 6년을 공부해서 약관이 되기도 전에 어사화를 따낸 것은 정말 최치원이 처음이었지. 암, 처음이고 말고."

"아, 당나라 사람들도 죽기 전에 진사 소리 한 번 듣는 것이 소원이라는데, 하물며 서라벌 사람인 최치원은 열여덟에 당나라 진사가 되었으니……."

"그게 다 과거제도 때문이 아니겠어? 아, 천하의 누구라도 글재주만 있으면 시험을 쳐서 진사가 될 수 있는 문이 열려 있기 때문이 아니겠냐고?"

누군가가 갑자기 끼어들더니 열을 올리며 말했다.

"그렇지, 바로 그거야. 우리 서라벌에서도 과거 시험을 볼 수 있다면 누구든 열심히 공부하지 않겠어? 태어날 때부터 누구는 성골이요, 누구는 진골이요, 누구는 육두품이나 오두품이요 그리고 천민이요, 하면서 딱 이렇게 신분 제도를 만들어 갈라놓으니 어떻게 하나?"

모여 있던 사람들 모두 고개를 끄덕이며 그 말에 찬동을 했다. 신라의 신분 제도에 관해 모두 적잖이 부아가 난 모양이었다. 그러다가 무언가에 놀란 듯 서로 얼굴을 바라보고 있다가 얼른 입을 닫은 후 헛기침을 해대며 뿔뿔이 흩어졌다.

그 시각에 치원은 비로소 상복을 벗고 대청마루에 앉아 제법 따가운 햇살을 받으며 녹음이 짙게 드리워진 먼 산을 바라보았다. 간혹 귓가를 울리는 매미소리에 어느새 꽤 많은 시간이 흘렀음을 직감했다.

서라벌에 돌아와 아버지의 3년 상을 치르고 있는 동안 몸과 마음은 이미 지칠 대로 지쳐 있었다. 그래도 헌강왕의 세심한 배려로 아버지를 토함산 기슭의 양지바른 곳에 모셨으니 치원은 더할 나위 없이 만족스러웠다.

더구나 당 황제가 보낸 고운과 모처럼 정겨운 시간을 보냈던 지난 일들을 회고해 보니 힘들고 지쳤던 나날들이 아름다운 추억으로 스쳐 지나가자, 치원으로서는 힘겨운 세월도 물 흐르듯 유유히 지나가 버렸다.

치원은 눈을 감고 깊은 상념에 빠져들었다.

그때 신라 왕실에서 사람을 보내왔다.

"지금 바로 입궁하시라는 어명이옵니다."

어명이라는 말에 치원은 서둘러 관복으로 갈아입고 월성으로 향했다. 초여름의 따가운 햇살이 치원의 발걸음을 재촉하고 있었다.

치원은 당나라 황실에서 내려 준 자색 관복을 입고, 허리에는 자금어대와 비은어대를 좌우로 차고 있었다.

"지난번 과분하게 조의을 베풀어 주신 하늘 같은 은혜에 감사드립니다. 망부와 함께 대왕께 고개 숙이오며 충성을 다짐하옵니다."

치원이 왕에게 다가가 큰절을 올렸다.

"상을 다 치렀으니 말인데 최치원 도통순관은 언제까지 당나라 관복을 입을 것이며, 언제까지 당 황제의 자금어대를 차고 다닐 거요? 여기가 당나라 땅이오?"

상대등 위홍이 못마땅한 표정을 지으며 큰 소리로 치원을 나무랐다. 순간 치원은 몹시 당황했다. 갑작스럽게 따지는 상대등의 어투도 놀랍거니와 당나라 관복이나 관등을 무시하는 듯한 태도가 더욱 놀라웠다.

'천하의 당나라지만 지금은 전란에 시달리고 있고, 황제 자신도 황궁에 들어가지 못하고 서촉 땅 어딘가에서 헤매고 있다. 그러니 신라 왕실이 당나라 황실을 가볍게 여기는 것도 어쩔 수 없는 일일

것이다.'

생각이 여기까지 미치자 치원도 마음을 진정시켰다.

"신은 귀국하자마자 성은을 입어 상을 치르는 일에만 정신을 쏟다 보니 다른 것은 잊고 있었사옵니다. 더욱이 귀국한 이후로 왕실로부터 직을 받은 바가 없어 이렇게 당의 관복을 입었을 뿐이옵니다. 그리고 소신은 당의 황제로부터 제수받은 직이 정오품에 해당하는 도통순관이기 때문에 그 직에 머물러 있을 뿐이옵니다."

치원은 잔뜩 화가 나 자신을 노려보고 있는 상대등을 의식한 나머지 무척 겸손한 태도로 일관했다.

"그래요? 그렇다면 앞으로도 계속 우리 신라에는 없는 도통순관직을 자랑하고 다닐 거요?"

치원의 겸손함을 패배를 인정하는 것으로 받아들인 상대등은 더욱 기세가 등등하여 아예 치원을 조롱하고 나섰다. 몹시도 비아냥거리는 상대등을 바라보며 치원도 마음이 상하기는 마찬가지였다. 불혹의 나이를 갓 넘긴 상대등은 그야말로 혈기가 방장하여 왕 앞이라는 것도 잊은 채 옥좌 위의 대들보가 울리도록 큰 소리로 치원을 질타했다.

"숙부……. 아니 상대등, 고정하세요. 이건 도통순관이 잘못한 것이 아니지 않습니까? 상중에라도 짐이 진작 관직을 내렸어야죠. 자…… 자, 상대등께서 준비하신 관직을 내리시지요. 우리 신라로서는 당에서 도통순관까지 지내고 사신으로 임명된 인재니까, 좋은 직책을 마련해 주세요."

헌강왕이 나서 웃으며 상대등을 만류하는 덕에 비로소 상대등도 입을 다물었다.

"최치원이 고국에 돌아와 최초로 받는 관직이니 만큼 대왕께서 직접 하사하셔야지요."

그러면서 상대등은 미리 대기하고 있던 대신으로부터 임명장을 건네받아 곧바로 헌강왕에게 올렸다.

"자, 먼저 귀국을 축하하고 다소 관직 임명이 늦어 미안하오. 최치원에게 시독侍讀 겸 한림학사翰林學士, 수병부시랑守兵部侍郎, 지서서감知瑞書監을 내리노라. 그대의 고국인 신라를 위해 진력하기를 바라노라."

헌강왕이 근엄한 표정으로 교지를 읽은 후 최치원에게 전해 주면서 얼굴 가득 미소를 지었다. 최치원은 황급히 엎드려 임명장과 관직을 받았다.

그가 받은 여러 관직은 파격적인 것도 아니고 하찮은 것은 더더구나 아닌 것이다. 신라 조정에서 최치원을 일단 신라 최고의 학자로 인정하였고, 또 최치원이 고병의 막부에서 군사직을 맡았었기 때문에 신라의 관직으로는 병부, 즉 군사의 일을 관장하는 고위직도 맡을 수 있었다. 그러나 그에게 정말로 주어진 소명은 상대등의 입에서 나왔다.

"사실 우리 왕실이나 여러 현직을 맡은 중신들 중에는 당나라에 가서 공부하고 빈공과에 급제한 이들이 적지 않소. 그러나 현재 황제가 계신 당나라 황실과 직접 통할 수 있고 문서를 주고받을 수 있는 사람은 최 한림학사가 적격일 것이오. 의복이나 음식도 하루가 다르게 유행이 바뀌는데, 나라와 나라 사이 일을 보는 데도 어제가 다르고 오늘이 다르다는 것은 세상 변화가 시시각각으로 변하고 있기 때문이 아니겠소. 일 년도 안 된 지난해까지 당나라에서 중책을 맡고 있던 최 한림학사가 이제부터는 당나라로 가는 모든 국서를 관장하여 당 황실에서 볼 때 신라에서 오는 문건들이 격이 높다는 말을 들을 수 있도록 노력해 주시오.”

조금 전까지만 해도 최치원을 조롱하던 상대등의 얼굴에는 비아냥거리는 웃음은 사라지고 알 수 없는 야릇한 미소가 흘러나오고 있었다.

헌강왕이 어린 나이에 왕위에 올라 아무것도 모를 때에 숙부로서 섭정까지 해 주었던 상대등 위홍은 여전히 신라 왕실의 실세였다. 그걸 아는 최치원은 상대등에 대한 좋지 않은 감정을 억누르며 애써 허리를 구부렸다.

“아무튼 축하하오. 조금 있다 사가로 가면 왕실에서 내려 준 우리 서라벌의 관복으로 갈아입고 다시 입궐하시오. 대왕께서 직접 내려 주신 관복이니 만큼 중하게 입으시오. 그리고 입궐할 때에는 부인과 당에서 함께 온 외빈들을 모두 데리고 들어오시오. 아시다시피 우리 헌강대왕마마는 아직도 젊으시고 마음이 동해바다보다도 넓으신 분입니다. 사십을 넘긴 이 몸은 저녁마다 이어지는 연회에 많이 지쳐 있소. 연회가 시작될 때 당에서 온 사람들을 보고 대왕마마께 허락을 받아 퇴청할 것이오. 젊으신 대왕마마를 모시고 오늘 저녁은 마음껏 놀아 보시오. 그동안 선친 상 중이었으니……."

상대등 위홍의 목소리는 점점 누그러지고 있었다. 그러나 이상하게도 최치원은 헌강왕보다 상대등이 더 어렵고 무섭다는 생각이 들었다. 아무튼 상대등은 비단에 싸인 관복을 최치원에게 전해 주고는 휭하니 나가 버렸다.

"상대등께서 말씀하신 대로 저녁에 다시 입궐하시오. 과인이 경을 위하여 멋진 연회를 베풀어 주리다. 참, 한림학사와 당에서 함께 온 서역 왕자는 우리 서궁에 잘 지내고 있소. 이따가 연회에서 만나겠지만 미리 한번 보고 가시오."

그러면서 헌강왕은 내관에게 일러 피루즈 왕자를 데려오라는 명을 내렸다. 왕의 얼굴에는 연신 미소가 끊이지 않았다. 잠시 후 어전에 나타난 피루즈 왕자는 치원을 보더니 무척이나 반가워하며 얼싸안았다.

"왕자님, 그동안 어찌 지내셨습니까?"

오랜만에 피루즈 왕자를 만난 치원도 반갑기는 마찬가지였다.

"아주 좋았어요. 여러 공주님과 함께 월성거리도 구경하였고 바닷가 구경도 하였습니다. 동해바다가 무척 맑고 아름다웠습니다. 또 여기에서 새 친구도 만났어요."

"새 친구라니요?"

"처용이라는 사라센(이슬람교도, 아랍계)입니다. 아주 재미있는 친구죠."

피루즈 왕자는 어린아이처럼 마냥 들뜬 표정을 지으며 그간의 신라 생활이 무척이나 즐겁고 행복했다고 치원에게 전해 주었다.

"피루즈 왕자, 이따가 처용도 부릅시다."

헌강왕은 두 사람을 바라보며 아주 익살맞고 천진스럽게 웃어 주었다.

치원은 퇴청하여 대왕으로부터 하사 받은 관복과 흉배를 어머니 반야 부인에게 보여 주었다. 그녀는 관복과 흉배를 이리 보고 저리 만지며 또 울먹였다.

"아이고, 네 아버지가 계셨으면 얼마나 기뻐하셨을까? 장한 아들이 금의환향하여 대왕으로부터 높은 관직까지 받은 이 모습을 보셨어야 하는 건데……."

그러면서 반야 부인은 서둘러 눈물을 닦더니 아들의 관복과 흉배를 챙겨 방문을 나섰다. 어머니의 의도를 알아차린 치원과 호몽이 그 뒤를 따랐다. 바로 아버지 최견일의 위패를 모신 사당으로 가는 것이었다.

사당에 도착하자마자 치원은 청색 비단에 흰색 흉배를 단 그 한림학사 관복과 관모를 쓰고 정중히 예를 올렸다.

"아버님, 이 아들이 오늘 헌강대왕으로부터 관직을 받았사옵니다. 시독 겸 한림학사, 수병부시랑, 지서서감이옵니다. 부디 기뻐하여 주옵소서."

치원이 예를 올릴 때에 아내인 호몽도 함께했다. 이를 지켜본 반야 부인은 어깨를 들썩이며 흐느끼기 시작했다.

그렇게 고유제告由祭(중대한 일을 치른 뒤에 그 내용을 적어서 사당이나 신명에게 알리는 제사)를 마친 치원과 호몽은 안방으로 들어가 반야 부인에게도 큰절을 올렸다.

"어머니, 어린 제 마음을 깨우쳐 주시고 열두 살밖에 안 된 저를 당으로 보내 주셨습니다. 그 후 17년 동안 바다 건너에서 저를 위해 밤낮으로 기도해 주셨습니다. 어머니의 은혜와 정성으로 오늘 소자가 대왕마마를 위해 일할 수 있는 관직을 얻었습니다. 이 모두 어머니의 크나 큰 공덕 때문입니다."

치원은 반야 부인에게 다가가 두 손을 부여잡았다.

"어머님, 고생 많으셨습니다. 주야로 이이를 위해 기도해 주시고 바다 건너까지 곡물과 노잣돈을 보내 주시며 애쓰신 결과입니다."

호몽도 이 말을 끝내자마자 반야 부인에게 다가가 안겼다.

"얘야, 정말 고맙구나. 네가 치원이 곁에서 지성을 다해 준 결과가 아니더냐? 나야 마음뿐이었지."

반야 부인은 아들과 며느리를 끌어안고는 흡족한 미소를 띠며 잠시 눈을 감았다.

"그래, 대왕마마로부터 받은 관직은 도대체 무엇을 하는 것인고?"

반야 부인이 치원과 호몽을 번갈아 쳐다보며 물었다.

"네, 어머니. 시독이라는 것은 경서를 가지고 강의를 하는 직책입니다. 대왕마마나 대신들께 필요할 때마다 강의를 하는 교수의 직책입니다. 그리고 한림학사는 국서를 작성하는 중요한 임무를 수행하는 자리입니다. 저는 이 직책이 가장 저에게 맞는다고 생각합니다. 당나라 황제에게 올리는 모든 글이나 당나라에 보낼 국서도 제가 써 올리게 됩니다."

치원은 반야 부인이 쉽게 알아들을 수 있도록 차근차근 설명을 했다.

"옳거니, 참말로 자네에게 잘 맞는 직책일세. 그리고 수병부시랑이라는 것과 지서서감이라는 것은?"

"수병부시랑은 저 말고도 몇 사람이 더 있습니다. 병사들을 관리하고 국방을 관장하는 것인데 저와는 조금 안 맞는 것 같습니다. 대신, 지서서감은 국학과 같은 교육 기관과 문필 기관을 관장하는 것이라 또 저에게도 어울리는 직책입니다."

"옳거니, 모든 직책이 우리 아들에게는 잘 맞는 것 같으니 이 어미는 한없이 기쁘이. 내 오늘부터 그대를 한림학사로 부르겠네. 어미야, 너도 꼭 한림학사라고 부르거라."

반야 부인은 기분이 좋아 덩실덩실 춤이라도 출 기세였다. 그런 어머니를 바라보는 치원과 호몽도 입가에 연신 미소를 띠며 고개를 끄덕였다.

반야 부인과의 정겨운 시간이 마무리되자 치원은 곧바로 마르코 수도사와 밀리엄 수녀에게 사람을 보냈다. 즉시 예복을 갖춰 입고 입궐할 준비를 하라고 일러두었다.

그때 마르코 수도사와 밀리엄 수녀는 딴 곳에서 일을 보고 있었다. 그 딴 곳이라는 곳은 바로 일전에 치원이 알려 준 장소로서 이미 불타 없어진 언덕 위에 있는 보리의 집이었다.

그곳은 치원이 다니던 서당이었고, 술을 잘 마시던 보리의 아버지인 고산 선생이 언제나 콧노래를 흥얼거리며 큰 소리로 제자들을 가르쳐 주었던 정든 곳이었다.

그러나 근종의 난 때 고산 선생이 그 난에 가담하여 격문을 써 준 죄로 처형된 후 완전히 불타 버렸다. 서당도 불타고 치원과 보리가 가끔 쉬며 연정을 품었던 그 키 큰 홰나무까지 불에 타서 모조리 사라지고 말았다.

지금은 버려진 땅이 되어 있는 서당을 일찍이 마르코 수도사와 밀리엄 수녀에게 보여 준 일이 있었다. 치원이 당에서 돌아오자마자 두 사람을 데리고 서라벌의 이곳저곳을 보여 준 후 지난 시절의 추억이 담긴 이야기를 해 주며 흔적이 조금 남아 있는 불타 버려진 서당 터로 안내하자 두 사람은 환호하고 나섰다.

"우리가 필요한 땅이 바로 이런 곳이 아니겠어요? 서라벌 황도가 훤히 다 내려다보이고 언덕이 있는 곳 말이에요. 어떠세요, 수도사님?"

그날 밀리엄 수녀는 기쁜 감정을 억제하지 못하고 손뼉까지 치며 깡충깡충 뛰었다.

"자매님, 좋은 터를 얻은 것 같습니다. 여기에 성당을 짓죠."

마르코 수도사도 고개를 끄덕이며 목에 건 십자가를 만졌다.

이렇게 해서 두 사람은 서라벌에 온 후 그 터를 본 날부터 팔을 걷어붙이고 돌 고르기에 몰두했다. 그리고 이튿날부터는 인부들을 불러 모아 불타 버려져 있는 잔해를 정리하며 성당 짓기를 시작했다. 치원도 시간이 날 때마다 와서 일손을 거들었는데, 기초 공사를 하는 크기로 봐서 제법 큰 성당을 계획하고 있다는 것을 느꼈다.

서역 사람이 들어와 서당 터에 성당을 짓는다는 소문이 퍼지자, 그 옛날부터 황룡사 앞 동시東市에 들어와 구슬과 향료 그리고 서역 물품을 팔던 서역 사람이 제일 먼저 달려왔다. 서라벌에 일찍이 들어와 20년이 넘도록 장사를 하며 십자가를 지켰던 그 코가 큰 사람이었다. 현준스님과도 잘 알고 지내며 그 옛날 치원에게 구슬을 건네주었던 마음씨 좋은 서역 사람이었다. 이제 그 사람은 이미 나이 60을 넘긴 노구였다.

"수도사님, 자매님, 드디어 오셨군요. 저는 25년 전에 이곳에 왔고, 그동안 장사를 하며 십자가를 지켜 왔습니다. 저는 페르시아에서 온 장사꾼 아부틴이라고 합니다."

금발이 은발로 변하기 시작한 그 초로의 장사꾼은 겸손하게 허리를 구부리며 젊은 수도사와 수녀에게 인사를 했다. 아부틴의 느닷없는 방문에 마르코 수도사와 밀리엄 수녀는 깜짝 놀라며 일손을 놓고 말았다.

"아니! 25년 전에 오셨다고요? 이 서라벌에 말이에요? 그렇다면 경교를 아세요?"

밀리엄 수녀가 외치듯 말했다.

"천주의 뜻이 참으로 놀랍군요. 저는 장사꾼으로 왔습니다만

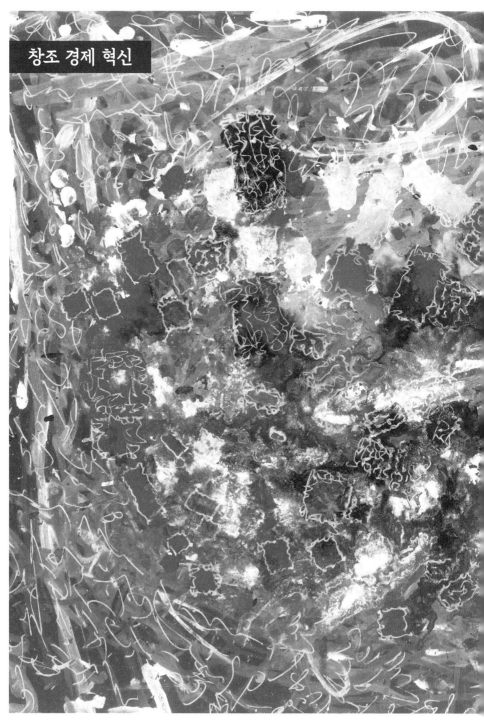

창조 경제 혁신의 중요성을 형상화한 이미지. 이와 관련 작중 인물 왕거인은 최치원에게 국가의 번영과 안위를 위해 해인사 뒤편 산 정상 가까운 곳 바위에 마애불을 새겨뒀다고 말했다.

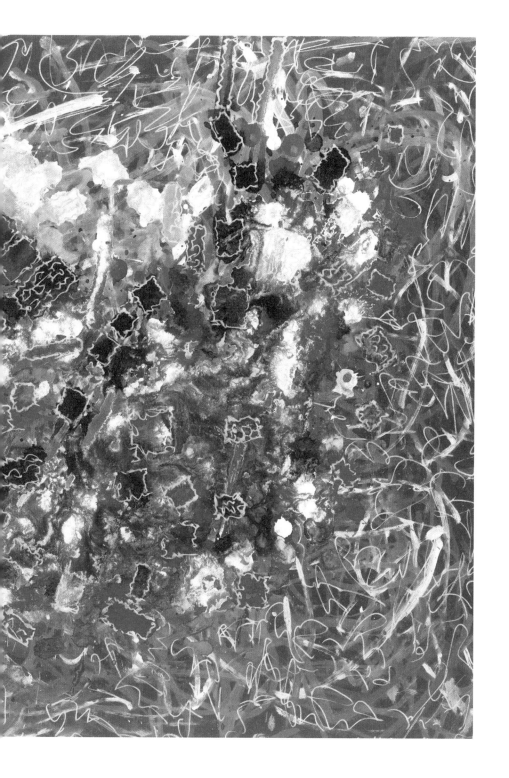

수도사님과 자매님은 정식으로 십자가를 들고 오셨군요. 사실은 저보다 먼저 장안에서 출발했던 교우들은 배를 타고 남해를 건너 왜倭로 가기도 했고, 말을 탄 사람들은 북쪽으로 달려 발해로 향하기도 했습니다.”

밀리엄 수녀의 입에서 경교라는 말이 흘러나오자 아부틴은 감격한 나머지 눈가에 물기가 촉촉이 어려 있었다. 세 사람은 얼싸안고 기도를 했다. 그 언덕 위에서 경교의 글귀를 읽으며 그들만의 의식을 치렀던 것이다. 그리고 각자의 목에 걸린 십자가를 꺼내 들고는 묵주를 돌리며 눈물을 흘렸다.

월성에서 서쪽으로 보이는 그 옛날 보리의 집이자, 치원의 서당 터에 새로운 희망의 빛이 드리우고 있었다. 마르코 수도사와 밀리엄 수녀는 치원이 보낸 사람의 전갈을 받고 입궐 채비를 서둘렀다.

왕의 잔치

'덩더덩~ 더쿵, 덩더덩~ 더쿵…….'

덩치가 아주 크고 기이하게 생긴 사내가 춤을 추고 있었다. 발이 처진 내실에서 숨죽이고 그 모습을 지켜보던 공주와 옹주들이 모두 키득키득 웃고 있었다.

사내는 마치 들판에서 허수아비가 춤을 추듯 장단에 맞추어 어깨를 들썩이더니 이내 허리를 배배 꼬며 엉덩이를 흔들었다. 사내가 춤사위를 이어갈 때마다 발 뒤에서는 공주와 옹주들이 계속 입을 막고 낄낄대며 속삭이고 있었다.

"아이고, 속도 없는 인사라니……. 저 사내의 부인도 여기에 와 있는가?"

"그럼요. 저기 있잖아요, 공주님. 눈썹을 그리고 입술에 빨간 연지를 바른 저 여자요. 인물이야 서라벌에서도 알아준다니까요."

"인물이 좋으면 뭐해? 자고로 여인은 마음씨가 하늘처럼 높고 바다와 같이 넓어야지."

"정절이 밥 먹여 주나요? 인물이 반반하면 얼굴값을 하게 돼 있잖아요."

"옹주, 무슨 말을 그리 흉하게 하오. 반반한 여자라고 다 저 처용의 처와 같을까?"

"공주님, 우리 역사에 나오는 남모南毛와 준정俊貞도 처음에는 화랑처럼 정절이 뛰어나고 남의 모범이 되었답니다. 그러나 사내들이 너무 많이 따르고 궁성에서 높은 분들이 서로 다투어 먼저 이 미모의 여인을 차지하려고 결국 서로 질투하고 시샘을 했잖아요. 그 치정 싸움 끝에 원화源花라는 좋은 제도가 결국은 화류계로 변하고 말았잖아요."

"그럼, 처용의 처는 화류계 출신이란 말이야?"

"아마 그럴 걸요? 서라벌의 은밀한 곳에서 웃음을 파는 여자들이 점점 늘고 있다고 하잖아요."

"그만들 두오. 오늘은 외국 귀빈들이 많이 오지 않았소? 대왕마마께서도 왕림하실 것이고 상대등께서도 오실 것이오."

발 뒤에서 공주가 목소리를 높이자 옹주들의 수다는 잦아들었다.

"대왕마마 납시오!"

이윽고 내관이 큰 소리로 외쳤다.

모두 자리에서 일어나 허리를 굽히자, 반짝이는 금관을 쓰고 성큼성큼 걸어오는 헌강왕은 젊은 나이답게 얼굴빛이 화려하게 빛나고 있었다.

더욱이 널찍한 어깨와 키가 훤칠한 헌강왕의 뒷모습을 바라보던 나이 어린 나인들조차도 속을 태우며 아랫도리에 힘을 잔뜩 줄 정도였다.

공주와 옹주 앞에 앉아 있던 왕후와 비빈들도 왕의 시선을 잡아 두기 위해 한껏 멋을 내고는 헛기침을 해댔다.

그 모습에 대왕은 매우 흡족해하며 비빈들의 앞을 지나 왕후의 곁에 앉았다. 그리고 뒤를 이어 상대등 위홍이 큰 기침을 하며 들어와 왕의 바로 곁에 앉았다.

"처용은 무얼 하느냐? 어서 춤을 계속 보이거라."

처용이 춤을 멈추고 엉거주춤한 자세가 되자 대왕은 밝은 목소리로 말했다. 그러자 처용은 장단에 맞춰 다시 신나게 춤을 추었다.

"저 춤을 어찌 보시오?"

헌강왕이 짓궂은 표정을 지으며 왕후를 바라보았다.

"점잖은 춤은 아닌 것 같습니다."

왕후는 처용에게서 시선을 떼지 않은 채 입을 가리고 웃었다.

"그래도 지금 저 춤이 황룡사 대로 앞에서는 아주 인기랍니다. 젊은이들이 틈만 나면 장단에 맞춰 저 처용무를 추고 있다 하옵니다."

옆에 있던 빈이 나서며 수줍게 웃었다.

"아바마마, 저도 저 춤을 출 수 있습니다. 한번 춰 볼까요?"

발 뒤에서 옹주가 얼굴을 살짝 드러내며 말했다.

"아령아, 좀 참아라. 넌 다 좋은데 항상 멋모르고 남 앞에 나서는 게 문제다."

그러면서 대왕은 빙긋 웃었다.

"대왕마마, 오늘은 맘껏 노는 밤이 아닙니까? 이 경사스런 날에 지위고하와 남녀가 따로 있습니까?"

그때 상대등 위홍이 아무 때나 나서는 옹주가 못마땅한 듯 미간을 찌푸렸다. 장단이 고조되자 처용은 덩실덩실 신나게 춤을 추었다. 이어 그가 손짓을 하자 발 건너에 숨어 있던 그의 처가 나왔다. 마침내 두 남녀는 고관대작들의 시선을 아랑곳하지 않고 신나게 어울렸다.

처용 처의 춤사위는 아주 과감했다. 동작이 커질 때마다 허리의 속옷이 보이고 둔부 쪽에서도 속옷자락이 내비쳤다. 이를 지켜보던 상대등 위홍은 큰 기침을 하며 또다시 불편한 심기를 드러냈다. 그러면서도 그녀에게서 야릇한 시선을 거두지는 않았다.

"숙부, 오늘은 기쁜 날입니다. 어려운 국사는 모두 내려 놓으시고 함께 즐기시죠."

그러나 위홍은 대답 대신 다시 어흠, 어흠, 하는 소리만 낼 뿐이었다. 헌강왕이 그런 상대등을 바라보며 슬며시 웃었다.

"최 한림학사, 내가 얼마 전에 개운포로 갔어요. 그날 참 기이한 일이 있었지요. 갑자기 광풍이 휘몰아치며 외항에 있던 큰 배가 쓸려 들어왔는데, 아 글쎄 그 배에서 20명도 넘는 서역 사람들이 쏟아져 나오지 뭡니까? 아마 저 자의 아비 같은 사람과 서역 뱃사람들이 많았었는데, 얼마 후 날씨가 개고 드디어 배가 움직일 수 있게 되자 아비와 선원들은 모두 배를 타고 떠날 준비를 하고 있었지요. 아 글쎄, 그런데 저……저…… 저 처용이가 한사코 자기는 안 가겠다고 하면서 남아 있겠다고 하는 거요."

헌강왕은 최치원 내외를 바라보며 주위 사람들 모두 들으라는 듯이 큰 소리로 말하고 있었다. 그때 발 뒤에서 발칙한 옹주가 또 끼어들었다.

"대왕마마, 나라도 가지 않으려고 했을 걸요? 아, 배 타는 게 얼마나 힘이 드는데요. 서라벌처럼 살기 좋은 땅에 가까스로 닿았는데 뭣하러 또 배를 타겠어요? 저 처용은 현명한 판단을 한 거죠."

이번에는 위홍이 고개를 돌려 옹주를 바라보고는 혀를 끌끌 찼다. 아무리 옹주라지만 대왕의 말을 자르고 아무 때나 끼어드는 게 영 못마땅했던 것이다.

"아무튼, 그래서 난 저자를 데리고 서라벌로 돌아왔지요. 저렇게 키가 크고, 머리가 노랗고, 눈동자가 파란 서역 사내를 내 곁에 두고 싶었던 게요. 저 처용의 아비는 배를 세워놓고 몇 번이고 아들을 데리고 가려고 애를 썼는데, 저 처용이 한사코 내 발 아래에 엎드려 거두어 달라고 하니 난 오히려 그 아비를 달래고 선물을 주어 보냈지 뭐요. 상대등께서는 못마땅해 하셨지만 난 저자를 데려와 장가도 보내 주고 급간級干 벼슬도 내려 주었어요. 당나라 시인들의 시에 나오는 동시나 서시에 많이 몰려와 있는 서역 사람들의 동정을 살피고 그 사람들의 애로 사항을 들어 주는 직책이지요. 아주 좋은 직책일 거야, 우선 처용이 아주 좋아하니까……."

헌강왕은 고개를 뒤로 젖히고는 큰 소리를 내며 웃었다.

"대왕마마, 참으로 잘 하셨사옵니다. 황제의 나라에도 서역 사람들이 많고, 그래서 서역 사람들을 전담하여 일을 보는 관리가 있사옵니다. 급간을 시킨 것은 정말 영명하신 폐하의 용단이시옵니다."

최치원은 헌강왕이 나라와 사람을 구분하지 아니하고 사람 쓰는 결단에 감읍했다.

"그런데 저자는 하루에도 여러 번 자리를 깔고 엎드려 어딘가를 향해 예를 올리는데, 도대체 그게 뭐 하는 건지 모르겠소."

헌강왕이 의심의 눈빛으로 치원을 바라보았다.

"아마 회교를 믿는 회교도일 것이옵니다. 장안에도 회족들은 따로 모여 살며 자신들의 종교를 지키고 있사옵니다. 하루에 다섯 번, 자신들의 성지를 향해 절을 하는 것이옵니다. 마호메트라고 하는, 자신들이 존경하고 숭배하는 성인에게 예를 표하는 것이옵니다."

최치원이 소상하게 아뢰자 왕은 그의 학식에 감동을 하며 고개를 끄덕였다.

"그 마호메트라는 성인은 서역 성인이오? 그렇다면 야훼를 믿는 경교 신자와는 어떤 관계요?"

잠시 깊은 생각에 잠겨 있던 대왕은 다시 고개를 들어 치원을 바라보았다.

"마호메트나 야훼는 모두 서역에서 나온 성인의 이름이옵니다. 본시 두 종교의 경전은 비슷했고 교리도 비슷했는데, 지금은 서로

서로 등을 돌리고 있사옵니다. 그리하여 각각 다른 종교로 독립했고, 장안의 대안탑 근처에 서로 다른 예배처를 가지고 있사옵니다.

경교에서는 천주를 자신의 신으로 믿고 있는데, 마침 이 자리에 경교를 믿는 마르코 수도사와 밀리엄 수녀가 와 있사옵니다. 그전에 먼저 대왕마마께 아뢰올 말씀은, 여기 밀리엄 수녀는 황제의 나라에서도 대학자로 알려진 배찬 대감의 따님이라는 점입니다."

치원이 밀리엄 수녀를 가리키자 헌강왕은 곧바로 시선을 돌려 그녀를 주시했다.

"배찬 대감? 상대등께서도 알고 계시지요?"

대왕이 놀란 눈을 하고는 상대등을 바라보았다.

"예, 알다마다요. 예부시랑을 거쳐 지금은 황제의 곁에서 왕실의 사부로서 왕자들을 가르치며 왕실의 학풍을 지키고 계신 분이지요. 그 따님이 오셨다니 참으로 반갑소이다."

배찬에 대한 얘기가 나오자 상대등 위홍은 미간을 펴고 비로소 미소를 띠며 아는 체를 했다.

그때 최치원이 손짓을 하자 발 너머에 있던 밀리엄 수녀가 다소곳이 걸어 나왔다. 그녀는 위아래에 검은 예복을 걸치고 목과 머리 두건에 하얀 천을 댄 장식을 하고 있었다.

그 신비롭고 경건한 분위기에 대왕은 그만 입을 다물지 못했다.

"이렇게 대왕마마와 상대등 어른을 뵙게 되어서 참으로 영광이옵나이다. 저는 경교를 믿는 일개 수녀에 불과할 뿐이온대, 대왕마마와 상대등 어른의 초청을 받자와 몸 둘 바를 모르겠나이다. 제

아비를 대신하여 문후를 드리옵니다.”

밀리엄 수녀는 고개를 숙여 헌강왕과 상대등을 향해 예를 올렸다.

“당에 계시다 이렇게 좁은 나라에 오시니 감회가 어떻습니까?”

대왕은 환한 낯빛으로 밀리엄 수녀를 바라보며 물었다.

“네, 이곳 기후가 온화하고 산천이 수려하여 마음에 듭니다. 아침마다 남산을 오르는데, 산이 무척 아름답고 길이 가파르지 않아 산을 오를 때마다 마음이 편안해집니다. 특히 이곳의 어린 학동들은 무척이나 총명하고 예절이 매우 바른 것 같습니다. 제가 문을 연 경교당에서 이 학동들과 어울리는 일이 가장 재미있고 행복합니다. 학동들은 제가 보여 주는 그림자 연극을 제일 좋아합니다.”

밀리엄 수녀가 고개를 숙이며 겸손히 말했다.

“그림자 연극이라니요? 그게 뭡니까?”

대왕이 밀리엄 수녀에게 고개를 들이밀며 물었다.

“예, 장안에서는 흔히 볼 수 있는 그림자 연극입니다. 장안 성벽이 수십 리에 이르는데, 그 성벽에 흰 천을 설치하고 연극인들이 사람 모양과 짐승 모양을 그림자로 보여 주며 이야기를 전개하는 놀이입니다.”

옅은 미소를 띠며 말을 하는 밀리엄 수녀의 얼굴이 빛을 받아 화려하게 빛나고 있었다.

“호오, 그래요? 그럼 언제 나도 왕후와 함께 그 그림자 연극을 보고 싶소.”

“대왕마마께서 하명만 하시면 언제든지 그림자 연극 공연을 해

드리겠나이다."

그때 상대등이 두 사람 사이에 끼어들었다.

"수녀님께서는 어떻게 해서 경교를 믿게 됐습니까? 배찬 대감은 황제께서도 가장 아끼시는 대학자이신데, 그런 댁의 따님이 어떻게 경교의 수녀가 됐습니까?"

밝은 낯빛으로 얼굴에 미소를 머금고 있는 밀리엄 수녀를 보자 상대등 또한 표정이 한층 부드러워졌다.

"다 하나님의 뜻이라고 생각합니다. 제 집 가까이에 경교 성당이 있는데, 어렸을 때 그림자극이 좋아 성당을 드나들다가 하나님을 알게 됐고, 그 하나님의 길이 아름다워 보여 심취하게 되었습니다. 저와 함께 온 마르코 수도사를 소개하겠습니다. 마르코 수도사는 함께 오신 피루즈 왕자와 같은 나라 출신입니다. 파사대도독부 출신이지요."

밀리엄 수녀가 고개를 숙이며 겸손한 어투로 마르코 수도사를 소개하자, 그가 성큼성큼 걸어 나왔다. 그 역시 위아래로 검은 경교의 수도복을 입고 있었다. 대왕 앞에 선 마르코 수도사는 큰 키를 힘겹게 구부려 공손히 예를 올렸다.

"좋소. 우리 서라벌에서도 그대들에게 포교의 자유를 허락하겠소. 우리 서라벌의 원칙은 간단하오. 당에서 허락되는 종교는 우리 땅에서도 허락되지만 당에서 금하는 종교는 우리 땅에서도 금하게 될 것이오. 앞으로 마르코 수도사와 밀리엄 수녀는 황룡사의 법회에도 참석하시오. 나는 황룡사의 법회를 참 좋아하오. 덕 있는

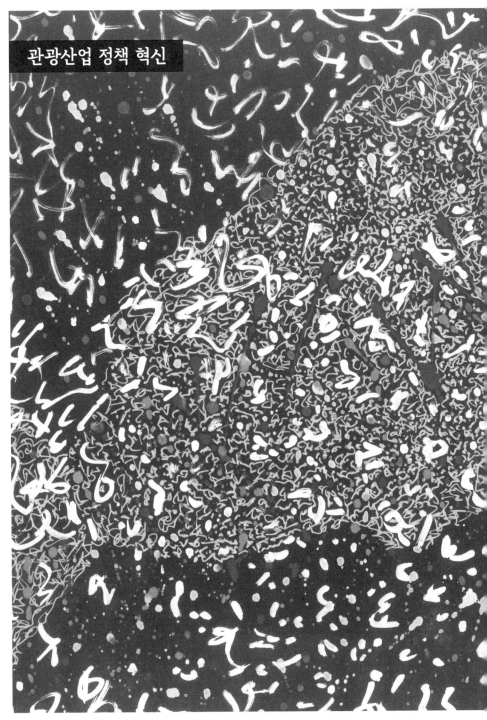

관광산업 정책 혁신

관광산업 정책 혁신의 중요성을 형상화한 이미지. 관광산업은 문화의 다양성을 존중하는 것으로부터 발전한다.
작품 속 신라의 모습은 이 같은 문화 다양성이 풍부해 세계와 융합한 문명시대를 보여준다.

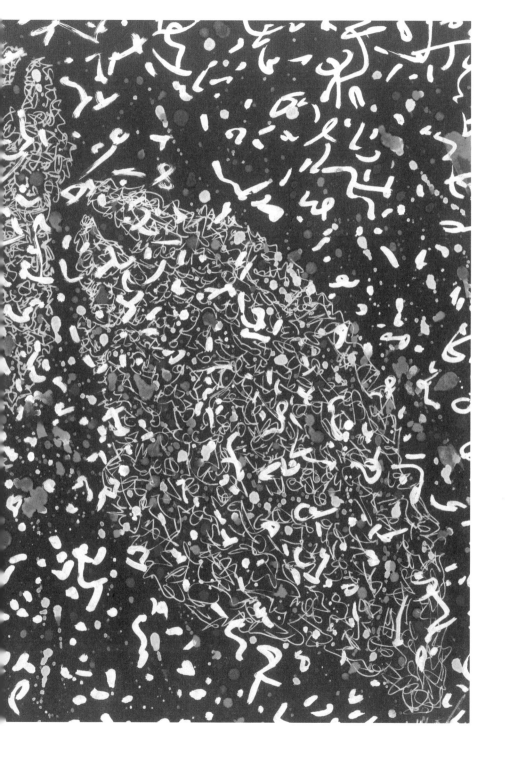

고승들이 불교의 깊고 오묘한 진리를 설파하실 때 그 도를 듣고 있으면 근심도 사라지고 잡다한 사바의 번뇌를 내 마음속에서 내려놓음으로써 무아지경에 이르게 된다오. 그래서 나도 성불할 수 있겠구나, 하는 희망을 갖게 되지요. 마르코 수도사나 밀리엄 수녀도 너무 자신의 종교만 옳다고 고집하지 마시고 불도와도 교분을 잘 나누어 보시오."

헌강왕은 마르코 수도사와 밀리엄 수녀를 번갈아 바라보며 흡족해했다.

"망극하옵고 지당한 말씀이시옵니다. 저희 경교는 다른 종교를 거부하지 않으며 조용히 저희들의 도를 따를 뿐, 굳이 저희 경교만을 고집하지는 않습니다. 저희들이 참석할 수 있는 기회를 허락해 주시면 기꺼이 황룡사 법회에도 참석을 하겠습니다."

밀리엄 수녀가 일어나 다시 한 번 허리를 굽히며 말했다.

"내가 황룡사에 나가면 대개 백고좌(백 개의 높은 자리를 마련하는 법회)를 설치하는데, 내 반드시 그대들의 자리도 높은 자리에 마련해 놓을 것이오."

그러면서 대왕은 환한 얼굴로 크게 웃었다. 그때 피루즈 왕자가 잰걸음으로 대왕 앞에 나섰다.

"대왕마마, 저도 황룡사 백고좌에 참석하고 싶나이다. 저는 어떤 종교도 믿지 않습니다만 대왕마마께서 납시는 황룡사 백고좌 법회에는 꼭 참석하고 싶습니다."

피루즈 왕자는 퍼런 눈동자를 굴리며 대왕의 얼굴을 뚫어져라 바라보았다.

"왕자는 노는 일에만 열중하는 걸로 알고 있는데, 어찌 법회에 나오겠다는 거요?"

상대등이 어린아이를 놀리듯이 장난기 어린 얼굴을 하며 피루즈 왕자를 쳐다보았다.

"상대등 어르신, 그 백고좌에는 예쁜 공주와 옹주들도 나오시지 않습니까? 저는 미인들을 좋아합니다. 특히 이 서라벌의 미인들을요."

그러더니 천진난만한 아이처럼 웃었다. 피루즈 왕자의 솔직한 대답에 대왕뿐만 아니라 연회에 참석한 모든 사람이 웃음을 참지 못했다.

"그러니까 피루즈 왕자는 제사에는 관심이 없고 젯밥에만 관심이 있다는 얘긴데, 그동안 왕자가 보아 온 공주나 옹주 중에서 누가 제일 마음에 들었소?"

대왕은 무척 재미있다는 듯이 큰 소리로 웃으며 말했다. 그러자 피루즈 왕자는 뒷머리를 긁적이며 옹주들이 앉아 있는 곳을 향해 시선을 던지며 수줍게 웃었다.

"아, 솔직히 말해 보시오. 내가 중매를 서리다. 누가 제일 마음에 들었던고?"

상대등도 웃으며 거들었다.

"정말 이 자리에서 제가 말씀을 올리면 그 사람을 저에게 주시겠습니까?"

왕자가 상대등의 눈치를 보며 머뭇거렸다.

"아, 말해 보라니까. 왕자답게! 용기 있게!"

대왕도 큰 소리로 웃으며 피루즈 왕자를 놀려댔다. 피루즈 왕자가 다시 한 번 옹주들이 앉아 있는 곳을 향해 고개를 돌렸다. 그러자 발 한쪽이 들리면서 고개를 숙인 옹주 하나가 나섰다. 모두 숨을 죽인 채 그쪽을 쳐다보았다. 옹주는 비단 천으로 얼굴을 가리고 조심스럽게 피루즈 왕자 쪽으로 다가왔다.

"아바마마, 허락해 주소서. 전 이 서역 왕자가 좋사옵니다."

옹주가 대왕의 발치에 앉아 상체를 숙여 큰절을 올리며 애원했다.

"고개를 들라. 네가 누구더라?"

대왕은 연신 웃어대며 일부러 짓궂게 물었다.

"대왕마마, 저 아령이옵니다."

아령이 낮은 목소리로 울먹이며 아뢰자, 대왕과 상대등은 마주 보며 웃었다.

"아령 옹주는 피루즈 왕자의 어디가 그렇게 좋던고?"

웃음을 멈춘 대왕이 진심으로 물었다.

"키가 훤칠한 것은 물론이요, 피부가 눈꽃보다 하얗고, 눈은 청명한 하늘보다 파랗고, 머리는 봄꽃보다 노란 것이 신비하지 않사옵니까? 전 왕자를 보는 순간부터 가슴이 떨렸사옵니다."

아령의 얼굴이 앵두처럼 붉게 변하고 있었다.

"고얀지고, 옹주 신분으로 서역인을 사랑하다니. 이거 국법을 어기는 일이 아니오?"

그렇게도 기쁨에 젖어 웃던 대왕의 얼굴에 노기가 가득했다. 하지만 이 모든 게 자신을 놀리려고 그러는 것인지 미처 알지 못한 아령은 그 두려움으로 인해 온몸을 떨었다.

"그러게나 말입니다. 대왕마마, 이러다가는 서라벌의 미인을 전부 서역 사람에게 빼앗기고 말겠습니다. 천하절색인 처용의 처가 서역인을 지아비로 만나더니, 이제는 옹주 중에서 제일 미인으로 소문이 난 아령 옹주까지 파사도독부의 왕자에게로 간다면 우리 서라벌에는 미인 흉년이 들고 말 것이 아니겠사옵니까? 대왕마마, 결혼을 허락하시면 아니 되옵나이다."

대왕이 옹주를 향해 짓궂은 장난을 벌이고 있다는 것을 일찍이 알아차린 상대등은 이에 가세하여 고관다운 엄숙한 목소리로 대답하며 아령을 노려보았다.

이 모든 상황을 알지 못하는 아령 옹주는 그 자리에 퍼질러 앉아 두 다리를 뻗더니 이내 소리 내어 울기 시작했다. 느닷없는 광경에 당황한 피루즈 왕자가 어리둥절하여 옹주를 일으켜 세우자, 비빈의 자리에서 웃음소리가 터져 나왔다. 흥을 더 돋우려는 듯이 대왕이 짐짓 자리에서 일어서려 하자, 아령 옹주는 대왕의 용포를 잡고는 더 큰 소리를 내며 울었다.

"대왕마마, 아령 옹주를 짝지어 주지 않으면 상사병으로 큰 일이 날 것 같사옵니다. 이쯤에서 윤허하여 주시지요."

상대등이 웃으면서 대왕에게 아뢰었다.

"왕자는 우리 옹주를 진정 행복하게 해줄 수 있겠느냐?"

그제야 대왕은 다시 얼굴에 미소를 가득 드리우고는 피루즈 왕자에게 물었다.

"저와 제 가문인 파사대도독부는 왕실의 명예를 걸고 맹세하겠나이다. 이 몸과 마음을 다 바쳐 아령 옹주의 미래 행복을 위하여 모든 것을 바치겠습니다."

피루즈 왕자는 허리를 크게 굽혀 다짐을 했다.

"좋다. 두 사람의 혼인을 내 허락하노라. 좋은 날을 잡아 식을 올리게 될 것이다."

마침내 대왕이 아령 옹주의 혼인 허락을 선언했다. 그러자 기다렸다는 듯이 악대가 큰 소리로 연주를 시작했다.

"나이 든 신은 분위기를 위하여 이만 자리를 뜨겠사오니, 허락하여 주시옵소서."

상대등은 대왕의 귀에 대고 조용히 아뢰었다.

"숙부…… 아니, 상대등. 같이 좀 노시지요."

대왕이 정색을 하고 손을 내저으며 상대등을 잡았다.

그때 최치원이 밀리엄 수녀에게 눈짓을 하자 밀리엄 수녀는 준비해 온 책을 대왕에게 바쳤다.

"이게 무슨 책인고?"

대왕은 의아한 눈빛으로 밀리엄 수녀를 바라보았다.

"진서晉書로 쓴 경교의 책입니다. 즉, 저희들의 성서입니다."

밀리엄 수녀와 마르코 수도사가 고개를 숙이며 대답했다. 그러자 멀찍이 서 있던 처용이 황급히 움직였다. 그러더니 자신의 부인에게 손짓을 하자, 기다렸다는 듯이 그녀도 책을 가져왔다.

"대왕마마, 이것은 회교의 책이옵니다. 코란이라고 하지요."

처용이 대왕 앞에 나서며 두 손을 모은 채 공손히 허리를 굽혔다. 대왕이 책 두 권을 받아 이리저리 넘기며 뒤적이다가 곧바로 위홍에게 넘겼다.

"소신이 꼼꼼히 살펴보겠습니다. 내용과 교리가 우리 국법에 어긋나지 않는지, 또 불법과 크게 다르지 않는지를 소상히 알아보겠습니다."

위홍 역시 책장을 넘기며 내용을 대충 훑어보았다.

"소신은 조금 피곤하옵나이다. 이만 물러가고 싶습니다만……."

위홍이 몹시 불편한 듯이 책을 들고 일어나며 어두운 낯빛을 드러냈다. 대왕은 그런 위홍을 바라보며 무언가 석연치 않은 감정을 느꼈지만 더 이상 그를 붙잡지 않았다.

위홍이 물러나고 악대는 더 큰 소리로 연주하며 흥을 돋우자 모두 술잔을 높이 들며 연회를 즐겼다. 그러면서 대왕은 눈을 가늘게 뜨고는 상대등 위홍이 사라진 곳을 향해 무연히 시선을 던져두고 있었다.

토함산

최치원의 집에는 모처럼 이른 아침부터 웃음이 끊이지 않았다. 동이 틀 무렵에 치원의 집으로 온 마르코 수도사와 밀리엄 수녀도 어린아이처럼 들떠 분주히 집안을 오가며 치원 내외가 짐 챙기는 것을 도와주고 있었다.

치원 내외를 비롯한 마르코 수도사와 밀리엄 수녀의 복장도 여느 때와는 달리 아주 가볍고 간편한 차림이었다. 모두 머리에 천을 두르고 밑에는 바지를 입었다. 키가 큰 마르코 수사도 서라벌 사람처럼 가볍게 누빈 옷을 입었고, 밀리엄 수녀도 수수한 평복 차림을 한 것이 언뜻 보아 신라의 평범한 여인처럼 보였다.

치원과 호몽은 당에서 입던 도복과 함께 점심에 먹을 여러 양식을 바랑에 담아 등에 걸쳤다.

"오랜만에 하는 나들이니 만큼 즐겁게 다녀오시게."

반야 부인은 대문 밖에까지 따라 나와 기쁜 얼굴로 이들의 나들이 길을 배웅했다. 치원은 어머니 혼자 집에 남겨두고 떠나는 것이 못내 아쉬운 듯 길을 걸으면서도 몇 번이고 뒤를 돌아 반야 부인을 보았다.

치원 일행이 동시를 지날 때 상인들은 호기심 어린 눈길로 네 사람을 바라보았다. 그들의 눈빛은 치원을 바라보다가 그 옆의 여인들에게 눈길이 갔다. 마르코 수도사에게 눈길이 이르자 경계와 의심의 눈초리로 변해가고 있었다. 이를 의식한 듯 마르코 수도사는 객점 상인들을 향해 부드럽게 웃으며 고개를 살짝 숙여 인사를 건넸다.

잠시 후 어느 객점 앞에서 호몽이 발걸음을 멈추었다. 그리고 지체 없이 객점 안으로 들어가 주전부리할 음식물을 비롯해 몸단장에 필요한 여성 용품 몇 가지를 샀고, 밀리엄 수녀도 다소곳한 평범한 여인네처럼 이것저것 물건을 골랐다.

객점에서 산 물건을 각자 바랑에 넣은 뒤 다시 발걸음을 재촉했다. 그때 객점 어디선가 큰 소리로 이들을 부르며 다급하게 뛰어오는 한 사내가 있었다. 치원 일행은 놀란 나머지 황급히 발걸음을 멈추고 뒤를 돌아보았다.

"섭섭하옵니다. 여기까지 오셔가지고 어찌 저희 객점에 들르지 않으십니까?"

그는 바로 나이든 서역 상인인 아부틴이었다.

"아…… 여기서 장사를 하고 계셨군요? 깜빡했어요. 정말 미안합니다. 이제 알았으니, 함께 들어가시죠."

밀리엄 수녀가 아부틴에게 사과를 하며 먼저 객점 안으로 들어갔다. 아부틴의 객점에는 다양한 서역 물건이 가득 차 있어 고개도 제대로 가누지 못할 정도였다. 향료와 장신구 그리고 대나무로 만든 담뱃대에 넣어서 빠는 물담배까지 갖추고 있어 그야말로 대단한 잡화상을 방불케 했다.

밀리엄 수녀는 뜻밖의 광경에 그만 눈을 동그랗게 뜨고는 연신 놀라는 눈치였다. 이를 지켜보던 아부틴이 이런저런 물건을 정성스럽게 챙겨 넣은 손가방을 밀리엄 수녀에게 건네주었다.

"아니, 이러시면……. 저희들은 지금 빈손으로 왔는데요."

밀리엄 수녀가 매우 난처해하며 아부틴이 내민 손가방을 차마 받지를 못했다.

"수녀님, 저는 이곳에 와서 부자가 됐습니다. 돈도 많이 벌었고, 착한 신라 여인을 얻어 가정도 이루었고, 자식도 많습니다."

아부틴이 입가에 미소를 가득 드리우며 너스레를 떨었다.

"자녀가 몇이에요?"

밀리엄 수녀는 아부틴이 억지로 떠맡기는 손가방을 겨우 받아 들며 아부틴의 가정사에 관해 물었다.

"아들 둘에 딸 셋입니다. 다음 달부터는 제 아내와 아이들과 함께 교당으로 나가겠습니다."

"아이고, 그러시면 좋지요. 고맙습니다."

밀리엄 수녀와 마르코 수도사는 아부틴의 말을 들으며 객점 안을 한 번 더 둘러본 뒤 인사를 하고 밖으로 나왔다.

그때 일행을 따라 온 꼬마들이 줄지어 서서 장난기 어린 눈빛으로 마르코 수도사를 뚫어져라 주시했다. 그러더니 한 녀석이 큰 소리로 외쳤다.

"서역 코쟁이다! 코쟁이다!"

그러자 곁에 있던 다른 무리의 아이들도 그 소리를 반복하며 손짓을 해댔다.

"그래! 나는 서역 코쟁이다. 너희들을 잡아갈 테다. 어흥! 어흥!"

마르코 수도사는 아이들의 놀림에도 연신 싱글거렸다. 심지어 아이들을 향해 호랑이 흉내를 내며 같이 놀아 주고 있었다. 그러자 순진한 아이들은 서역인이 행동하는 모습을 보고 놀란 나머지 뒷걸음을 하며 부리나케 달아나고 있었다.

"이리들 오너라. 아주 맛있는 거란다."

밀리엄 수녀가 허리춤에서 당나라의 부드러운 과자와 왜나라의 알록달록한 엿을 내밀며 아이들을 불렀다. 그러자 멀찍이 도망갔던 아이들이 돌아와 밀리엄 수녀가 나누어 주는 과자와 엿을 받아들고는 시시덕거리며 저잣거리로 달려갔다.

그 모습을 바라보던 치원 일행은 얼굴에 환한 미소를 띠었다. 시선을 돌려 오른쪽을 바라보니 멀리 남산이 보였다. 녹음이 길게 펼쳐진 탓인지 보는 이로 하여금 시야를 맑게 했다. 일행은 숨을 크게 들이마시고는 발걸음을 재촉했다.

"여보, 이게 얼마 만이에요? 당신하고 이렇게 호젓하게 원족(면산책)을 하다니요."

치원의 곁으로 바싹 다가온 호몽이 슬며시 팔짱을 끼었다.

"미안하오. 고국에 돌아올 때도 단숨에 오지 못하고 풍랑이 심해 한겨울을 꽁꽁 얼어붙은 바닷가에서 보내고, 또 도착하자마자 아버님 상을 치렀고 또 궁성에 들락거리며 인사를 올리는 터에 잠시도 쉴 틈이 없었구려."

치원이 호몽의 손을 부여잡으며 애잔한 눈빛으로 바라보았다.

"이거, 미안하게 됐습니다. 두 내외가 더 호젓하게 나들이를 하셔야 하는데, 저와 밀리엄 수녀가 걸리적거리는 꼴이 됐습니다."

앞서 걷던 마르코 수도사가 부러운 듯 농을 던졌다.

"그러게 말이에요. 한림학사 내외만 호젓이 와야 하는데, 우리 둘은 완전히 덤이잖아요. 괜히 따라왔나 봐요."

밀리엄 수녀도 일부러 뾰로통한 표정을 지으며 한마디 거들고 나섰다.

"정말 왜들 이러십니까? 저희들을 놀리기로 작정을 하셨습니까? 우리 내외는 두 분이 계셔서 여간 좋은 게 아닙니다. 사실 어머님을 모시고 오지 못한 점이 마음에 걸립니다만. 그러나 두 분이 곁에 계시니 여간 든든하지가 않습니다."

치원은 쑥스러운 듯 너스레를 떨면서도 부여잡은 호몽의 손은 끝내 놓지 않았다.

"그럼요. 두 분이 벗해 주시니 오늘 산행이 재미있어요. 여보, 제일 먼저 어딜 갈 건데요?"

호몽은 연신 싱글거리며 치원을 올려다보며 한쪽 눈을 찡긋해 보였다.

"글쎄, 어디로 향할까? 나도 잘 모르겠는걸."

치원이 짐짓 호몽을 외면하며 씨익 웃었다. 그리고 슬쩍 말머리를 돌려 부모, 자식 사이에도 충효가 반드시 존재하여야 되며 부부나 군신 사이에도 충효를 늘 지키면서 살아가는 지혜를 가르쳐 주기 위해서 옛날이야기를 꺼냈다.

경덕왕 때의 일이다.

모량리의 어느 가난한 육두품의 부인인 경조는 지아비가 죽고 난 뒤 아이를 낳았다. 잘 생긴 사내아이였는데, 어찌나 착하던지 잘 울지도 않았다. 그런데 그 아이는 넓은 이마가 툭 튀어나와 보는 사람마다 큰 성처럼 튼튼하다고 입을 모았다.

경조 부인은 그 유복자에게 대성大城이라는 이름을 지어 주었다. 어느덧 세월이 흘러 아이가 대여섯 살쯤 되었을 때 흥륜사의 점개漸開라는 스님이 탁발을 나왔다.

"시주를 하세요. 넉넉히 하세요. 시주를 정성껏 하시면 하늘이 만 배로 갚을 것입니다."

점개스님은 마당으로 들어서자마자 목탁을 두드리며 크나큰 소리로 주문을 외우며 말했다. 그러나 지아비도 없이 홀로 아이를 키우는 처지에 부처님께 시주를 한다는 것이 여간 어려운 일이 아니었던 터라 경조 부인은 난처해하며 머뭇거렸다.

머슴살이를 하고 돌아오던 대성이 이 광경을 지켜보고 얼른 뛰어오더니 스님에게 공손히 인사를 드리고 스님이 말씀하신 대로 따르는 것이 좋겠다며 어머니를 졸랐다.

"어머니, 제가 머슴살이해서 사두었던 밭을 팔아서라도 시주를 하시지요. 그래야 어머니와 제가 내세에서 복을 받지요. 그것도 만 배로!"

얼마 후 아들의 성화에 못이긴 경조 부인은 밭을 팔아 베 50필을 사서 정성스레 흥륜사에 바쳤다. 시주를 하고 난 이후 대성이는 특별한 원인도 없이 갑자기 죽었다. 더욱더 놀라운 일은 대성이가 죽던 그 시각에 서라벌에서 아주 잘 나가던 재상인 김문량이 이상한 꿈을 꾸었다.

"모량리에 살고 있는 김대성이라는 아이를 너희 집에 위탁하니 잘 키워라."

하는 도인의 말이 하늘에서 들려왔다. 꿈을 깬 김문량은 꿈이 하도 생생하여 모량리라는 마을을 찾아가서 김대성이라는 사람을 찾아보니 김대성은 얼마전에 갑자기 죽었다는 사실을 알게 되었다.

이러한 사실이 있는 뒤 부인은 아이를 가졌다고 하였다.

김문량이 꾸었던 꿈이 태몽을 암시한 것으로 알고 부인은 항상 몸조심한 끝에 건강한 사내 아이를 출산하였다. 아이가 7일간 주먹을 꽉 쥐고 있다가 주먹을 펴는 순간 대성大成이라는 두 글자가 새겨진 황금조각이 나왔다.

황금조각에 새겨진 글씨를 보고 아이의 이름을 대성이라고 지었다. 대성이가 자라는 동안 김문량은 새로 태어난 대성이의 장래를 위해 전생 어머니를 자기집으로 데려와 봉양하는 것이 좋을 것이라고 판단되어 극진히 봉양했다.

가난한 집에 태어난 김대성이 부처님께 전 재산을 시주한 덕분으로 부자집에 다시 태어나게 되고 전생의 어머니도 노후를 편안하게 보냈다. 그렇게 환생한 대성은 결국 자신도 재상이 되어 아찬이라는 높은 벼슬을 받았다.

"신이 절을 짓고 싶사옵니다. 저는 전생의 부모와 현세의 부모를 두고 있는 바, 전생의 부모를 위해 석불사(현재 석굴암)를 현세의 부모를 기리기 위해 불국사를 짓고자 하나이다."

대성은 대왕 앞에 부복하고 평소의 마음을 담아 간절히 발원했다.

"경의 뜻이 정 그렇다면 절을 짓도록 하시오. 신심을 다하여 아름답게 지으세요."

대성의 간절한 마음에 감동한 대왕은 흔쾌히 허락했다. 대성은 아름다운 가람을 위하여 지극정성으로 기도하니 지성이면 감천인지 백제 명인을 데려와 같이 불사하라는 계시를 받아 백제의 명인을 찾았다. 그리고 불사에 전력투구하기 위해서 관직마저 내놓은 후 오로지 24년 동안 매달렸지만 대성은 안타깝게도 이 불사를 마치지 못하고 75세의 나이로 세상을 떠났다.

그 후 대성이 못다 이룬 일을 신라 왕실에서 완성했다.

여기까지 이야기를 들려준 치원이 숨을 고르기 위해 잠시 말을 멈추었다.

"그렇다면 지금 우리가 어디로 향하고 있는지를 알겠네요. 그 뒤부터는 제가 얘기를 좀 해볼까요?"

호몽이 장난스럽게 웃으며 치원을 바라보았다.

"어디, 부인의 얘기를 들어 봅시다."

치원이 고개를 끄덕이자 호몽이 다음 이야기를 이어갔다.

김대성은 아름다운 신라의 돌로 절을 짓고자 했으나 돌을 잘 다루는 석공이 신라에는 없었다. 그래서 백제 사람인 아사달 명인을 초청했다.

아사달은 불사에 능한 사람이라 매일 목욕재개하고, 전심전력을 다하여 불사에 임하면서 3년 동안 석탑을 만드는 일에만 마음과 몸을 바쳤다.

아사달이 3년 동안 돌아오지 않자 백제의 여인 아사녀는 듬직한 지아비인 아사달이 그리워 밤잠을 설치기 일쑤였다. 그리운 남편에 대한 연정을 참지 못한 아사녀는 아사달을 찾아 서라벌 불국사 건립현장까지 찾아가게 되었다.

"백제에서 온 아사달님을 만나게 해주세요. 먼 길을 찾아왔답니다."

아사녀는 불국사 문지기에게 간곡히 청하였다. 그러나 성스러운 공사가 진행되고 있는 불국사에는 왕명에 의하여 아무나 들어 갈 수가 없도록 하라는 지시를 받았기 때문에 문지기가 계속 지키고 있었다.

천리길을 멀다 않고 찾아 온 그녀는 한꺼번에 세상이 무너지는 듯하였다. 남편을 만나려는 애절한 사랑은 여기서 좌절되고 아사녀는 매일매일 불국사 앞을 서성거리며 먼발치에서라도 남편을 바라보고 싶었다. 그러나 매번 완강한 문지기의 저지로 그 작은 소망도 이룰 수가 없었다. 매일같이 그 측은한 광경을 보아야 하는 문지기는 보다 못해 그녀를 달래기 위하여 이야기를 꾸며댔다.

"탑이 완성될 때까진 아무도 만날 수 없소. 탑이 완성되면 저기 영지라는 연못가에 탑의 그림자가 비칠 거요. 탑의 공사가 완성되는 날에 그 탑의 그림자가 못에 비춰질 것이니 그때 찾아오면 남편을 만날 수 있을 것이오."

문지기의 말을 듣고 아사녀는 영지라는 연못가에서 온종일 못을 들여다보며, 탑이 완성되기를 기다렸다. 그러나 안타깝게도 탑의 그림자는 연못에 나타나지 않고 세월만 흘러갔다.

그러던 중 아사녀는 아사달이 신라의 공주와 혼인할 거라는 소문을 주위 사람으로부터 우연히 듣게 되었다. 절망에 빠진 아사녀는 스스로 괴로움을 참지 못하고 영지에 몸을 던져 죽고 말았다.

석가탑

한편 아사달은 각고의 노력 끝에 석가탑을 완성하고 아사녀가 서라벌에 왔다는 이야기를 듣자 아내에 대한 그리움으로 단숨에 영지로 달려갔지만 이미 아사녀는 물에 빠져 자결한 뒤였다.

"아사녀라는 처자는 영지에 석가탑 그림자가 떠오르기만 기다리다가 저 연못에 몸을 던졌다오."

주막집 할멈의 이야기를 전해 듣고 아사달은 그 자리에서 떠날 줄 모르고 몇 날 며칠을 아사녀의 이름을 애타게 부르며 울부짖었다. 그러던 어느 날 건너편에 보이는 바윗돌에서 홀연히 아내의 모습을 보게 되었다.

단숨에 그 바윗돌에 도착한 아사달의 손에는 차가운 바윗돌만 잡혔다. 그는 미친 듯이 커다란 바위에 아사녀의 모습을 새기기 시작했다.

괴로움과 혼란 속에서 아사달이 새긴 아사녀의 모습은 점차 자비로운 미소를 담고 있는 부처상이 되어갔다. 아사녀와 부처의 모습이 한데 어우러진 불상이 완성되는 날 아사달도 영지에 몸을 던지고 말았다.

"저 석가탑은 그림자도 없는 모양이죠? 아사녀가 그렇게 오랜 기간 연못가에 앉아 석탑의 그림자를 기다려 왔건만……."

서라벌 사람들은 석가탑을 바라보며 안타까운 마음을 달랠 뿐이었다. 그 후 석가탑은 세인들 사이에서 무영탑無影塔으로 불렸다. 그림자조차 없는 탑이라는 뜻이다.

"조금 있으면 그 무영탑을 볼 수 있겠군요?"

아사달과 아사녀에 얽힌 이야기를 모두 마친 호몽이 가쁜 숨을 몰아쉬며 치원을 바라보았다.

"부인, 언제 그런 공부는 해 두었소?"

치원은 자신의 마음을 알아차린 호몽이 무척이나 예쁘게 보였던지 연신 흐뭇한 표정을 지어 보였다. 그러면서 비장한 무기처럼 숨겨 놓은 그녀의 식견에 내심 놀라고 있었다.

"저도 이제는 서라벌 사람이에요. 어머님으로부터 얘기를 듣기도 했고 책도 읽었어요."

호몽이 눈을 치켜뜨고는 깜찍하게 웃었다.

"두 분은 정말로 하늘이 짝지어 준 원앙새 같은 한 쌍이군요. 어쩌면 그렇게 친어머니나 친딸같이 서로서로 매사에 호흡이 척척 맞아요?"

밀리엄 수녀가 짐짓 뾰로통한 표정을 지으며 무척 부러워했다. 그러자 마르코 수도사는 헛기침을 하며 앞서 걸었고, 호몽은 손바닥으로 붉어진 얼굴을 가린 채 길을 걸었다.

치원 일행은 발걸음을 분주히 옮겨 일주문을 지나 청운교와 백운교로 향했다. 조금 더 걸으니 그 다리 옆으로 서른세 개의 돌층대가 나타났다.

"부인, 이곳의 돌층대가 왜 서른세 개인 줄 아시오?"

제아무리 영특한 호몽이라도 이번만큼은 모르리라는 확신이 치원의 눈빛에 강하게 묻어 있었다. 그러나 치원의 예상은 여지없이 빗나가고 말았다.

"저도 이제 반 스님이 돼 있다고요. 아주버님인 현준스님도 계시잖아요. 오래전부터 현준스님의 몸 관리와 언어 등 실천 행동을 보면서 배웠어요. 부처님의 나라는 바로, 서른세 겹의 하늘 위쪽에 계시잖아요."

호몽의 만만찮은 응수에 치원은 다시 한 번 놀라고 말았다.

"그래요? 부처님의 나라는 그렇게 멀리 있나요?"

마르코 수도사도 놀라기는 마찬가지였다. 더욱 의기양양해진 호몽은 가슴을 쭉 편 채 다른 사람들보다 앞서 걸었다. 치원 일행은 청운교와 백운교를 지나 연화교와 칠보교를 따라 한참이나 올라갔다. 마침내 안양문을 지나니 그들 앞에는 웅장한 극락전과 대웅전이 그 늠름한 모습을 여지없이 드러냈다.

극락전에서 대웅전으로 통하는 길에는 마흔여덟 개의 돌층계가 또 놓여 있었다.

"이 마흔여덟 개의 층계는 무엇을 의미하는 건가요?"

그 층계의 의미에 대해 이번에는 밀리엄 수녀가 호몽에게 직접 물었다.

"네, 아미타불께서 세상에 비구가 되어 머무르고 계실 때 모든 중생을 구하기 위하여 마흔여덟 가지의 큰 서원을 세우시고, 그것을 이룩하신 것을 상징하는 걸로 알고 있어요. 그 이상은 저분한테 물어 보세요."

이번에도 호몽은 전혀 머뭇거리지 않고 대답했다.

"나도 마흔여덟 가지의 서원에 대한 내용은 정확히 모르오. 책을 봐야겠소."

예기치 않은 호몽의 반격에 치원은 난색을 드러내며 애써 웃으며 말했다.

치원 일행이 이렇게 재미있는 얘기를 하며 극락전과 대웅전을 살펴보고 있을 때 한 젊은 스님이 이들 앞으로 다가왔다. 젊은 스님은 대웅전 뒤편에 있는 무설전은 스님들의 설법을 위한 강당이라는 것, 비로자나불을 모신 비로전은 부처님의 말씀이 진리로 가득 차 있다는 뜻을 가지고 있다는 것 그리고 관음전은 아미타여래를 옆에서 섬기는 보살인 관세음보살을 모신 곳이라는 것을 소상히 설명해 주었다.

치원과 호몽이 대웅전에서 삼배를 올릴 때 밀리엄 수녀와 마르코 수도사는 합장을 하고 경건히 서 있었다.

"법화경에 바탕을 둔 석가모니불은 대웅전에서 그리고 화엄경에 바탕을 둔 비로자나불은 극락전에서 모시고 있습니다. 서라벌을 지키고 나라를 번창시키기 위해 창건된 이 불국사의 부처님께서는 서라벌 백성들의 평화스러운 삶을 항상 굽어보고 계신 거죠."

밖으로 나온 치원 일행이 대웅전과 극락전 주위를 둘러볼 때 젊은 스님이 곁에서 소상히 설명을 해 주었다. 치원 일행은 그 젊은 스님에게 합장하여 고마움을 표시한 후 뜰로 내려섰다.

대웅전 앞뜰을 지나 동쪽에 서 있는 다보탑을 돌고 서쪽으로 발걸음을 옮겨 석가탑으로 향했다. 무영탑이라고 불리던 그 3층짜리 석탑은 쓸쓸한 모습으로 일행을 맞이했지만 전설의 연못은 흔적도 없이 사라져 보이지 않았다. 석가탑은 한낮의 햇살을 가득 받아 선명한 그림자를 여실히 보여 주고 있었다.

호몽과 밀리엄 수녀는 아름답게 조각된 석가탑의 그림자를 조용히 바라보며 깊은 상념에 잠겼다. 아사달과 아사녀의 남다른 연정이 가슴에 사무치고 있었다. 한동안 불국사의 이곳저곳을 둘러본 일행은 토함산으로 발걸음을 옮겼다.

녹음이 우거진 산길을 따라 올라가니 산허리를 휘감아 도는 계곡이 나타났다. 흘러내리는 땀으로 이미 속살까지 젖은 일행은 누가 먼저라고 할 것 없이 계곡으로 내려가 맑은 물에 발을 담갔다. 발끝에서 전해져 오는 차가운 기운이 어느새 오랜 산행에 지친 마음까지 시원하게 했다.

그들은 서로서로 마주보고 대화를 하며 미리 준비해 온 도시락을 꺼냈다. 밀리엄 수녀도 싱싱한 야채에 양념을 잘 버무린 반찬을 내놓았고, 호몽도 반야 부인과 함께 준비한 몇몇 전과 양념이 잘 밴 고기 무침을 내놓았다.

"지금 이 시간 저희들을 내려다보고 계실 하나님께 감사합니다. 그리고 당나라에 남아 계시며 바다 건너 먼 곳에 와 있는 저희들을 생각해 주시는 부모님의 건강을 지켜 주소서. 또 이렇게 아름다운 자리를 마련해 주신 반야 부인의 건강과 노후를 위해 기도합니다. 부디 최치원 내외와 그 가문을 축복하여 주시옵소서. 바라옵건대, 아직도 장안에 돌아오지 못하신 황제께서도 하루 속히 장안에 들어와 황실 업무를 잘 볼 수 있도록 축복해 주소서. 뿐만 아니라 이 아름다운 나라, 서라벌을 통치하고 계신 헌강대왕마마께도 큰 복을 내려 주시옵소서. 이 서라벌의 백성들이 건강하고 평화롭게 잘 살아갈 수 있도록 지켜 주소서."

점심을 먹기 전에 밀리엄 수녀는 두 손 모아 기도를 했다. 평범한 이야기고 특별할 것 없는 기원문이었지만 모두 숙연하게 듣고 감사의 마음을 전했다.

기도가 끝나자마자 마르코 수도사는 왕성한 식욕을 자랑하며 고기부터 손을 댔다. 치원과 호몽은 처음 만난 처녀와 총각처럼 수줍은 눈길을 주고받으며 행복한 표정으로 식사를 했다.

"저는 서라벌이라는 타국에서 이렇게 행복한데, 저희 부모님은 이 시간 어떻게 지내고 계신지 참."

식사를 마친 밀리엄 수녀가 서쪽을 바라보며 탄식을 했다. 그러자 호몽이 하소연하듯 중얼거리는 그녀의 손을 꼭 쥐어 주었다. 어린 나이에 머나먼 당나라로 건너가 오랜 세월 외로움을 느끼며 생활을 해본 치원은 밀리엄 수녀의 마음을 누구보다 잘 이해하고 있었다. 그러나 주위의 관심이 별다른 위로가 되지 못한다는 것을 알기에 아무런 말도 하지 않았다. 빠른 시일 내 모든 것이 안정되어 모두 제자리로 돌아가기를 바랄 뿐이었다.

"자, 자……. 어서 일어나요. 갈 길이 멀다구요."

축 처진 기분을 바꾸려는 듯 호몽이 서둘러 그릇을 정리하며 일행을 재촉했다. 모두 놀라 황급히 일어서며 분주한 손놀림으로 가지고 왔던 짐들을 모조리 챙겨 넣었다. 치원 일행은 얼마 후 개천 하나를 더 건넜다. 거기서 손발을 닦은 후 가까운 민가에서 돗자리를 빌렸다. 그리고 그 집에서 파는 농주도 한 병 샀다. 그러더니 산길을 따라 숭복사 방향으로 내려갔다.

머지않아 풀이 새파랗게 돋은 봉분 하나가 나타났다. 그 앞에서 발걸음을 멈춘 치원이 미리 준비한 돗자리를 정성스럽게 깔고 준비해 간 예물을 조심스럽게 꺼냈다. 호몽도 그의 곁에서 제사를 지내기 위한 준비에 분주했다.

'沙梁部 崔肩逸 公 之墓 사량부 최견일 공 지묘'

모든 준비가 끝나자 일행은 최견일의 묘지 앞에 서서 두 손을 가지런히 모으고 있었다. 치원과 호몽이 예를 올리는 동안 밀리엄 수녀와 마르코 수도사도 경건한 마음으로 그 옆에 서 있었다. 치원과 호몽은 성묘가 끝난 후 봉분 위에 난 잡초를 깨끗이 뽑은 후 다시 아쉬운 발걸음을 돌렸다.

"아버님, 이 불효자식이 살아생전에 충효를 다하지 못한 점을 용서하여 주시옵소서. 훗날 다시 오겠습니다. 또다시 올 때까지 안녕히 계세요."

돌아가는 길에 호몽은 멀리 보이는 고갯마루를 향해 그녀만의 애교스러운 목소리로 얼굴도 보지 못한 시아버지에게 작별을 고했다.

토함산의 고갯마루에 이르러 치원이 손으로 동쪽을 가리켰다.

"저기, 저 파랗게 보이는 바다가 동해요. 그리고 그 아득히 가물가물하게 보이는 저 바위가 바로 해중릉海中陵이라고 하는 대왕암이오. 저 바위 속에 삼국통일의 영주英主이신 문무대왕이 잠들어 계십니다."

그러면서 치원은 서라벌이 다른 나라로부터 침략을 당하지 않도록 문무대왕이 항상 지켜 주고 있다는 말도 빼놓지 않았다.

"사실 나는 당에서 당신과 자오곡 계곡을 누비며 종남산을 오르내릴 때 항상 우리의 남산인 금오산을 그리워했소. 종리권선사에게도 늘 자랑하듯 신라 서라벌에 있는 금오산 얘기를 자주 말씀드렸소. 그런데 오늘 이 토함산에 오르고 보니 마치 내가 잠을 자다가 깬 듯하오. 호국 사찰인 불국사를 허리에 두르고 문무대왕의 능을 바라보며, 저 동해를 비추는 찬란한 태양빛을 맞이하고 있는 찬란한 서라벌을 마음에 담았소. 그러고 보니 서라벌이 마치 이 우주가 처음으로 시작되는 문턱에 와 있다는 느낌이 드는구려."

호몽을 바라보고 말을 이어가는 치원은 깊은 감회에 젖어 있었다.

"저도 이 산마루에서 이상한 전율을 느끼고 있어요. 종남산의 그 깊은 골짜기에서도 느낄 수 없는 성스럽고 신비스러운 힘찬 느낌이에요. 아마 이 산줄기는 북으로 계속 연결될 것이고 또 당신이 꼭 가보고 싶어 하던 방장산, 즉 금강산으로 이어질 거예요. 그리고 끝내는 백두산까지 이어지겠죠. 그 백두산 뒤에는 끝없는 발해의 땅인 고구려의 고토가 이어진다고 하잖아요."

호몽도 지금까지의 발랄한 모습과는 전혀 다른 눈빛으로 주위의 산세를 살펴보면서 자신의 느낌을 전했다.

"우리 언젠가는 도복을 입고 금강산과 백두산으로 달려가 봅시다."

치원은 호몽의 두 손을 꼭 잡았다.

"그래요. 우리 꼭 한번 가 봐요. 충분히 그럴 수 있어요."

호몽도 치원의 손을 마주 그러쥐며 말했다. 이 모습을 지켜보던 밀리엄 수녀와 마르코 수도사는 그저 어리둥절한 표정을 짓고 있었다.

"자, 우리 둘만 떠들어서 미안합니다. 제가 조금 설명을 해드리

불국사

겠습니다. 우리가 오전에 둘러본 불국사는 김대성 대감이 지으셨는데, 이제 곧 우리가 볼 석불사(석굴암)도 그분이 만드신 것입니다. 김대성 대인은 현세의 부모님을 위하여 불국사를 세우셨고, 전세의 부모님을 위해서 이 석불사를 지으셨다고 합니다. 그러니까 불국사는 현재의 서라벌을 지키는 현세의 호국 사찰인 셈이고, 이 석불사는 과거와 미래를 관통하는 신비의 사찰입니다. 아마 서역에서 오신 마르코 수도사님이나 당에서 많은 공부를 하신 밀리엄 수녀님도 이곳에는 자기 마음먹은 대로 그 무엇을 느끼게 되실 것입니다."

그제야 마르코 수도사와 밀리엄 수녀도 이들의 말을 이해할 수 있었다. 치원이 앞장서서 일행을 석굴로 안내했다.

"여보, 여기는 당신이 장원 급제하고 저와 제일 먼저 가보았던 낙양의 용문석굴과 비슷하지 않아요?"

석굴 입구에서 발길을 멈춘 호몽이 신기한 듯이 치원을 바라보며 물었다.

"규모로 말하자면 비교가 되지 않소. 용문석굴은 북위北魏 시대부터 당나라 때까지 자그마치 400년에 걸쳐서 바위 속에 계속 굴을 파고 10만 개가 넘는 불상들을 아로새겨 놓았지."

치원이 손을 내저으며 상세한 설명을 했다.

"당에는 정말 석굴이 많습니다. 서역으로 이어지는 돈황敦煌의 막고굴莫高窟이 으뜸이요, 대동大同의 운강석굴雲崗石窟도 아름답습니다."

석굴 이야기가 나오자 마르코 수도사도 한몫 거들고 나섰다.

"수도사님은 그런 곳을 다 가 보셨습니까?"

밀리엄 수녀는 여전히 이해할 수 없다는 듯이 물었다.

"그럼요. 서역에서 오면서 봤고, 또 장안에 머물면서 옛 선사들이 유랑하면서 틈틈이 바위에 새겨 남겨둔 여러 문화유산을 보았습니다. 매번 느끼는 거지만 석굴을 보면 느낌이 뭔가 특이하다니까요."

마르코 수도사가 석굴 입구에 시선을 고정한 채 고개를 갸우뚱했다.

"제가 오늘 불교 문화의 아름다움과 석굴의 신비스러움에 대한 토론을 종결시키겠습니다. 화룡점정畵龍點睛이 무엇인가를 확인시켜드리겠다는 말입니다. 부처님의 나라로부터 시작하여 서역의 모든 나라에 걸쳐 자기 나라 문화에 맞추어 석굴이 조성되었겠지만, 여기에 있는 석굴은 그 아름다움에 있어 가히 으뜸이라 할 만합니다. 동쪽이 시작되는 바다와 처음 맞닿은 산 위에 석굴을 조성한 것은 미래로 향하는 신라의 기상을 이 세상 모든 사람들에게 널리 알리기 위한 것이고, 더불어 이 석굴이 어떻게 화룡점정하게 되는가의 신비함에 대하여 계속 보여 드릴 것입니다."

그동안 평범한 남정네에서 학사의 모습으로 되돌아온 최치원은 일행을 돌아보며 결연한 의지를 엿보였다. 그러면서 석굴 안으로 먼저 발걸음을 떼었다.

들어가는 문 입구 양쪽에는 불법의 수호신인 금강역사의 상과 팔부신들의 상이 조합되어 있었다. 그리고 천상계의 가장 낮은 세계인 사왕천의 동서남북을 지켜 불법을 수호한다는 사천왕의 상이 새겨져 있었다.

좁은 돌벽을 지나고 나자 부처의 세계인 뒷방에 이르렀다. 뒷방 한가운데에는 키가 열여섯 자나 되는 본존불이 모셔져 있었으며, 본존불의 손 모양은 악마의 꾐을 물리치며 땅을 짚어 부처의 깨달음을 나타내는 바로 그 순간을 표현하고 있었다.

오른팔을 무릎 아래로 내려뜨려 검지 손가락이 땅에 닿을 듯 손을 가볍게 펴고 있는 모습을 마주하고는 일행 모두 숨을 쉴 수 없는 이상야릇한 기운에 눌려 서둘러 땅에 부복하고 예를 올렸다. 참으로 기이하고 압도되는 느낌이었다. 마르코 수도사와 밀리엄 수녀도 치원과 호몽의 행동을 따라 다소곳이 머리를 숙이고 손바닥을 펴 삼배를 올렸으나 가슴을 옥죄는 듯한 기이한 느낌은 떨칠 수가 없었다.

"지금 시간이 오후입니다만, 새벽녘 동이 틀 때 저 동해에서 솟아오르는 첫 햇살이 바로 저 본존불의 이마를 제일 먼저 비추면서 가슴으로 내려오는 빛은 마치 온몸에 피가 돌듯이 석상의 전체를 휘감게 됩니다. 이 차

석굴암 출처. 문화재청

가운 돌과 그 찬란한 아침 햇살의 교합은 전생의 신비 속에서 현생의 새로운 생명이 태어나는 것을 의미합니다. 마치 하늘나라에서 다시 아름다운 미소를 통해 천생에 다시 환생하는 그 모습을 스스로 느낄 수 있으며, 이윽고 아침 햇살이 사라질 때에는 먼 미래로 달려가는 모습을 보게 되어 마음이 어디론가 이끌리어 미묘한 감정을 느끼게 됩니다. 이곳에서 영靈이 살아 있는 사람들은 전생과 현세와 미래의 보이지 않는 세계를 한꺼번에 느낄 수 있게 됩니다."

치원은 마치 술에 취한 듯이 불쾌한 얼굴로 계속 말을 이어갔다. 최치원의 얼굴은 이상하게도 빛을 발하고 있었다. 호몽이 황홀한 얼굴로 치원을 바라보고 밀리엄 수녀와 마르코 수도사도 이 숨막히는 광경을 기이한 눈빛으로 바라보고 있었다. 그런 치원의 모습은 마치 하늘에서 내려오는 신선처럼 보이고, 그의 몸짓은 신선이 설교하는 것같이 보였다.

"이 석불사의 좁은 통로로 아침 햇살이 들어와 저 본존불의 이마를 비추고 이 석불 가득히 퍼져가는 모습은 전생과 현생 그리고 이승과 저승을 통해 미래를 모두 관통하며 찬란하게 빛나는 진리의 빛입니다."

그러면서 치원은 본존불의 아름다운 미소는 마음속 깊고 깊은 곳에서 우러나오는 미소라는 말도 덧붙였다. 또한 이 빛을 보는 이도 세상을 살아가는 동안 항상 미소 지으며 정직하게 살아가라는 진리를 전수받게 되는 것이라는 말도 빼놓지 않았다. 즉 가슴속은 항상 뜨거운 열정이 있어야 하고 정직해야 된다고 하였다.

"우리 성경에도 흑암에 빛이 퍼지라는 또는 있으라는 말씀이 있을 때 천지창조가 이루어지고 천지만물이 지음을 받았다는 말씀이 있습니다."

이에 질세라 마르코 수도사가 나서 성경의 말씀을 전했다. 그때 밀리엄 수녀는 눈을 감은 채 몸을 떨며 무언가를 중얼거렸다. 그 곁에 서 있던 호몽도 석벽을 손으로 짚으며 술 취한 사람처럼 비틀거렸다.

본존불 뒷벽에 연꽃무늬로 새겨진 후광이 희미하게 빛나자 일행은 그 빛을 따라 천천히 움직였다. 그 밑에는 십일면관음상 입상이 아로새겨져 있었다.

또 그 양쪽으로는 부처의 제자 열 명의 입상들이 다섯 명씩 나뉘어 나란히 서 있었다. 그 다음으로 천왕상과 보살상이 두 명씩 조각되어 있었다. 그 상들의 위쪽에는 열 개의 감실이 있고, 그 감실 안에 보살상들이 안치되어 있었다.

마르코 수도사는 십일면관음상의 옷자락과 발쪽을 더듬으며 계속 성호를 그었다. 밀리엄 수녀도 손에 든 묵주를 계속 돌리며 기도문을 외웠다. 그러자 일행은 마침내 그 석불사의 십일면관음상 밑에 쓰러지듯 주저앉았다.

"제가 너무 일방적인 말을 한다고 질책하지는 마십시오. 저는 이곳에서 제가 떠나온 파사국 페르시아에 와 있는 것과 같이 느껴집니다. 이 십일면관음상의 모습에서 이상하게도 저는 이곳에 새겨져 있는 인물들이 모두 서역인들처럼 느껴지고 있습니다. 마치 제 고향 땅의 사람들을 만나고 있는 것 같습니다. 키가 크고 다리가 길고 미끈하며, 코가 큰 저 관음상에서 저는 분명히 서역인들의 모습을 느꼈습니다. 제가 그동안 다니면서 보았던 서역의 바미안 석굴, 테르메스 석굴, 키질과 쿤트라 석굴, 투르판의 베제클릭 석굴, 돈황의 석굴들이 모두 웅장하고 아름다웠습니다. 부처님의 법력을 믿는 불교 신자들의 그 깊은 신심을 매우 존경합니다. 그 장대하고 웅장한 불교 예술품을 보며 제 마음도 불교에 젖어 하나가 된다고 느껴집니다. 제 마음이 이미 압도된 것 같습니다. 그러나 오늘 저는 살아 있는 부처님과 관세음보살, 그리고 그 제자들의 숨소리와 말소리를 마음속 깊이 느낍니다. 그리고 이런 말씀은 이런 곳에서 할 수 있는 것인지는 모르겠으나, 저는 이분들의 모습에서 예수의 열두 제자의 상을 보며 성모마리아상도 느낄 수 있었습니다. 최 한림학사님, 제가 지금 너무 허무맹랑한 말씀을 드리고 있는 걸까요?"

마르코 수도사의 목소리가 심하게 떨리고 있었다.

"아닙니다. 저도 이 아름다운 석상들을 보면서 여러 가지 생각을 하고 있습니다. 정말 우주만물과 세상의 도는 모두 하나로 통하고 있구나. 이 지구상에 존재하고 있는 나라들마다 보존하고 있는 석불은 이 신라의 부처, 당의 부처, 서역의 부처 등 부처를 믿고 있는 사람들의 마음은 모두 하나로 일치되는 것이며, 다시 그 부처의 도는 신선의 도와 하나로 통할 수 있다고 봅니다. 왜냐하면 저는 제

안사람과 함께 바로 이곳에서 산뜻한 도복을 차려입고 훨훨 하늘을 날고 싶기 때문입니다."

치원은 비장한 각오로 말을 이어갔다.

"여보, 출발지는 꼭 신비스러운 기운이 넘쳐나고 있는 토함산 꼭대기예요. 알겠죠?"

호몽이 치원의 손을 꼭 잡으며 떨리는 목소리로 말했다. 일행은 모두 술에 취한 사람들처럼 비틀거리며 석불사를 나섰다. 해는 이미 넘어가 땅거미를 드리우고 있었다. 붉은 태양빛 기운이 수평선을 물들이더니 이내 서서히 그 자취를 감추고 있었다.

그들이 수평선을 바라보며 석불사 입구에 앉아 있을 때 살랑살랑 부는 바람 소리에 대웅전 추녀 밑에 달린 물고기 모양의 풍경 소리가 처량하게 울려 퍼졌다.

"한림학사님, 저는 이상한 생각이 듭니다. 왜 사찰의 추녀 풍경은 새의 모습도 아니고, 곤충의 모습도 아닌 생선의 모습일까요? 우리 초기 경교에서도 신자끼리 서로 신자임을 알릴 때에는 반드시 물고기 모양을 그렸거든요. 그리고 우리 경교의 표지는 십자가인데요, 그 십자가의 하나가 '만卍' 자입니다. 이 만卍 자는 불가에서도 씁니다. 그리고 불당에서는 반드시 향불을 피웁니다. 그런데 우리 경교도 예배 때 향을 씁니다. 이런 공통점에 대해 한림학사님은 어떤 생각을 가지고 계신지요?"

불교와 경교의 공통점이라……. 밀리엄 수녀의 말에 치원은 눈을 감고 잠시 생각에 잠겼다.

"저도 그 문제에 대해 오래전부터 생각해 왔습니다. 어찌 그런 외관상의 문제뿐이겠습니까? 제가 알고 있는 불가의 핵심 진리와 경교의 교리는 거의 비슷합니다. '이웃끼리 서로 사랑을 해야 한다, 자비를 베풀어야 한다. 특히 가난한 이들은 물론 병든 이들과 아이들 그리고 노인들을 돌보아야 한다, 노인을 공경하며 부모에게 효도해야 한다.'는 진리는 유교와 불교 그리고 경교가 모두 하나같이 중심 교리로 강조하고 있습니다. 심지어 불경에 나오는 가난한 과부의 엽전 두 닢이 부자들의 많은 시주보다 낫다는 예화가 경교의 성서에도 있다고 들었습니다. 따라서 제가 깨달은 바의 세상 이치는 도교의 교리나 유교의 가르침 그리고 불가의 진리가 모두 한길로 통하고 있다는 것을 깨달았습니다. 동서의 진리는 결코 동서남북처럼 동떨어져 있는 것이 아닙니다. 동서남북의 길이 장안에서 만나게 되고, 먼 서역에서는 대진국의 수도에서 만나는 것처럼 모든 진리는 하나로 일치된다고 보고 있습니다."

금동미륵보살반가사유상 출처. 문화재청

도교의 교리와 유교의 가르침 그리고 불교의 진리는 출발하여 도달하는 방법은 달리하나 귀착하는 곳은 결국 하나로 통한다는 치원의 말에 모두 고개를 끄덕이고 있었다.

치원이 마르코 수도사를 쳐다보며 물었다.

"참, 마르코 수도사는 대진국의 수도에 가 본 일이 있습니까?"

"저도 말만 들었습니다. 서역 건너에는 제 고향 파사대도독부가 있고, 파사제국 건너편에 더 넓은 땅이 있고, 그 넓은 땅의 중심지에 로마라는 곳이 있다는 것을 들었습니다. 우리가 믿는 예수님은 그 로마의 조그마한 나라에서 태어나셨다고 합니다."

마르코 수도사가 고개를 갸우뚱하며 화룡점정에 대하여 다시 한번 쉽게 설명해 달라고 하였다. 치원은 천천히 말을 이었다.

"남조 양나라 장승요라는 화가가 있었는데 그는 모든 사물을 실물과 똑같이 그리기로 유명한 화가였습니다. 그런데 어느날 한 스님의 부탁을 받고 절에 용 두 마리를 그렸습니다. 그 용을 그리면서 마지막으로 용의 눈동자를 그리자마자 그 용이 살아서 뛰쳐나와 홀연히 구름을 타고 하늘로 올라갔습니다. 이러한 사실을 두고 사람들은 화룡점정畵龍點睛이라고 하였는데 이와 같이 각 분야에서 최고가 된 자를 의미합니다."

좌중이 말이 없자 치원은 잠시 뜸을 들인 후 이야기를 계속했다. 미소 짓기 위해서는 즐기면서 자기가 하고자 하는 목표를 성취한 자의 웃음이 진정한 미소라고 하였다. 그리고 이러한 미소짓는 자를 성인이라고 말했다. 각 분야의 최고 즉 화룡점정이 되기 위해서는 긍정적인 마음을 갖고, 하면 안 되는 것이 없다는 생각으로 끈기 있게 노력하는 사람이라고 바꾸어 말했다.

나 자신도 미소 지을 수 있는 자가 되기 위해서는 계원필경 서문에서 사람들이 백을 하면 천배의 노력을 해서 깨달아 얻은 것을 실천해야 한다(實得人百言之己千之必)는 것을 가르쳐 주고자 함이었다.

　　화룡점정畵龍點睛의 미소는 석불사 본존불의 미소처럼 동방군자국(신라) 사람의 미소微笑와도 상통한다고 말했다. 깨우친 자가 눈을 뜨고 깊은 생각에 잠겨 있으며 소리 없이 방긋이 웃는 모습을 미소라고 하면서 치원은 마음속에서부터 시작해서 입가의 근육을 약간 올려 움직이고 눈을 살며시 감으면서 자연스럽게 웃는 모습을 미소微笑라고 말하고 석굴암도 사람의 혈맥과 같은 기운이 있다고 다시 설명해 주었다.

　　"아까 내가 얘기한 화룡점정이 어떤 의미인지 모두 아셨는지요?"

"알다마다요. 제가 본 모든 석굴의 아름다움을 다 합쳐도 이 석불사의 본존불만 못합니다. 그리고 진리의 빛을 말하는 동해의 아침 햇살과 본존불이 만나는 이 아름다운 장면은 서역으로부터 신라에 이르는 모든 불도의 가르침에 정점을 찍는 것입니다. 다만 앞으로 우리가 풀어 나가야 할 또 다른 진리의 가르침도 숨어 있다고 봅니다."

산그늘이 빠르게 내려오자 치원이 서둘러 결론을 지었다.

"아참! 밀리엄 수녀가 먼저 말씀하신 물고기 상징에 대하여는 물고기는 24시간 동안 눈을 감지 아니하고 물속에 살고 있는 것처럼 탑이나 절 처마 모퉁이에 물고기를 종과 함께 매달아 두는 것은 바람소리를 통해서 시간의 흐름을 알려줌과 동시에 지하세계나 지상세계地上世界를 항상 살피고 있다는 뜻입니다."

여러 사람이 주고받는 이야기를 다 들은 마르코 수도사의 얼굴에는 미소뿐만 아니라 입술로 말은 하지 않았으나 석가모니가 혀 끝하나 움직이지 아니하고 심오한 뜻을 가섭존자(마하가섭摩訶迦葉)에게 미소로서 전달한 것과 같이 무엇인가 깨달았다는 비장한 결의가 배어 나왔다.

심야의 입궁

토함산에 다녀온 지 얼마 지나지 않아 월성에서 궁인이 최치원을 찾아왔다.

"저녁 때 입궐하시어 만찬을 함께 하면서 담소나 나누자고 하시는 대왕마마의 본부이옵니다."

헌강왕의 때아닌 부름을 받고 치원은 마음속으로 의아한 생각이 들었다. 궁에 들어오라는 사람이 치원 외에도 호몽과 마르코 수도사 그리고 밀리엄 수녀도 포함되었기 때문이다.

'누가 은밀하게 다녀온 우리의 산행을 왕께 고했다는 말인가? 우리끼리 산행을 한 것이 신라 국법에 어긋나는 일인가?'

치원은 불안한 마음을 가눌 수가 없었다.

"무슨 일일까요?"

호몽도 불안하기는 마찬가지였다.

호몽이 예복을 갖추고 화장을 하는 사이 마르코 수도사와 밀리엄 수녀는 수사복과 수녀복을 각각 갖춰 입고 기다리고 있었다.

"토함산 석불사에서 우리끼리 낭자하게 떠들었던 말을 누가 엿들었을까요?"

"글쎄요, 그때 주변에는 사람이 아무도 없었는데 하긴 대왕암 방향으로 나가는 비밀문이 있기는 하였습니다. 설마……."

밀리엄 수녀와 마르코 수도사가 조심스럽게 말하며 여지없이 불안한 기색을 드러냈다.

치원 일행이 궁에 들어서자 이미 고운 빛깔과 탐스러움이 가득 넘치는 다양한 음식이 푸짐하게 차려져 있었다. 그렇지 않아도 출출하던 차에 맛있는 음식들의 내음이 코를 자극했다.

"어서들 오시오. 내 진즉에 기다리고 있었소."

헌강왕은 의외로 미소를 띤 밝은 얼굴로 그들을 정겹게 맞이했다. 대왕의 말이 끝나자 풍악이 은은하게 울렸다.

만찬을 즐기는 동안 왕의 얼굴에는 웃음이 끊이지 않았으며 목소리 또한 밝고 명랑했다. 그런 모습을 보며 치원 일행은 불안한 마음을 비로소 잠재울 수 있었다. 어느덧 만찬이 끝나자 대왕은 악대를 물리는 동시에 주변의 사람들도 모두 자리를 뜨게 했다.

"오늘 저녁 과인이 경과 여러분을 모신 것은, 얼마 전에 요란한 접견 만찬에서 처용이 시끄럽게 춤을 추고 파사 왕자의 돌출 행동 때문에 경이나 부인 그리고 수도사, 수녀님과 하고 싶었던 말을 제대로 못했기 때문이오. 오늘 저녁은 오붓하게 우리끼리만 얘기를 나눕시다."

대왕은 치원의 귀에 대고 속삭였다.

"국사에 지치시고 밤에 만나실 귀빈들도 많으실 텐데, 오랫동안 타국에 있어 국내 실정을 잘 모르는 저희들까지 챙겨 주시니 하늘 같은 은혜에 망극하옵니다. 저희들은 한없는 영광이옵니다만, 대왕마마께서는 시간이 아깝지 않으신지요?"

치원이 몸 둘 바를 몰라 아뢰자 대왕은 검지를 인중에 대며 목소리를 낮추라고 일렀다.

"천만에요. 천만에! 왕의 밤일이라는 것이 별거 있겠소? 주연을 베풀어 향연에 젖고, 미인을 탐하며 그저 주지육림에 빠지는 일이 다반사 아니겠소? 하지만 그 일도 하루 이틀이오. 그 나물에 그 밥 먹듯이 매일매일 같은 향락과 열락이 이젠 너무나 지겹소이다. 지난번 접견 시에 과인은 이상하게도 수녀님에게 지대한 관심을 갖게 되었소. 별 말은 없었지만 수녀님은 다른 사람들과 전혀 다른 분위기를 풍긴다는 느낌을 갖게 했소. 지금까지 우리 궁에는 수많은 고관대작과 외국인이 드나들었지만 난 그날 수녀님에게 매우 색다른 느낌을 받았소. 수녀님 존함이 어떻게 되오?"

대왕은 밀리엄 수녀를 바라보며 낮은 목소리로 말했다.

"저는 세례명이 밀리엄이고 세속의 이름은 배아숙裵雅肅이옵니다. 저의 아버지가 지어 주신 이름이지요."

다소곳이 앉아 있던 밀리엄 수녀가 고개를 숙이며 아뢰었다.

"세례명이라는 게 무엇인가요?"

대왕이 다시 물었다.

"경교에서는 교리 공부를 3년간 열심히 마치고 나면 가까운 강가에 나가 물에 들어갔다 나오는 의례를 치릅니다. 물에 들어갔다 나와 축성을 받으면 그것을 세례라고 하옵니다. 그때 받은 이름이 밀리엄이었습니다."

밀리엄 수녀의 얼굴이 살짝 붉어졌다.

"오호라, 말하자면 절에서 사부대중에게 지어 주는 법명과 비슷한 것이구만?"

처음 듣는 세례명이 무엇인가를 겨우 이해한 대왕은 신기하다는 듯이 밀리엄 수녀를 쳐다보며 기뻐했다.

"말하자면 그렇사옵니다, 마마."

치원이 나서 대왕의 이해를 도왔다.

"부인의 이름은 어찌 되오?"

대왕이 이번에는 치원의 부인인 호몽을 바라보면서 물었다.

"성은 고顧가이옵고, 이름은 호몽이옵니다. 고구려 유민의 후예이옵니다. 선대에서 당으로 귀화하면서 진사 벼슬을 얻었고 장안에서 상단 일을 하다가 시국이 어수선하여 지금은 일가가 강남으로 피신하였습니다."

호몽은 고개를 숙이면서 절도 있게 대답했다.

"내 부인의 가계에 대해서는 한림학사를 맞으며 소상히 보고받아 이미 알고 있소. 다만 부인으로부터 직접 소개를 받고자 물어본 것뿐이오. 아무튼 두 분은 당나라에서 많이 배우고 생활해 온 습관 때문에 노자·순자·공자·맹자 등 많은 학자의 가르침을 받아서인지 품위가 있소이다."

이들과의 대화가 몹시도 즐거운 대왕은 입가에 흐르는 미소를 감추지 못했다.

"과찬의 말씀이옵니다."

치원과 호몽이 허리를 굽히며 정중하면서도 겸손한 태도를 보였다.

"그건 그렇고, 오늘 저녁에는 정말 우리가 친구처럼 격의 없이 대화를 허심탄회하게 나눕시다. 사실 황성에 계신 황제께서도 마찬가지시겠지만, 이 월성에 갇혀 있는 이 왕도 알고 보면 죄수나 마찬가지요. 창살 없는 감옥에 항상 갇혀 있는 것 같고 사람과 격식에 갇혀 있는 고독한 신세나 마찬가지요. 나도 사람인데 어찌 진정한 벗을 그리워하지 않겠소? 나는 한림학사를 만나며 이상한 친밀감을 느꼈소. 세상의 나이로 따지자면 내 형님과 같은 분인데, 이렇게 서라벌로 돌아와 주어 참으로 고맙게 생각합니다. 한편으로는 친형님을 얻은 듯한 느낌이오. 아마도 당에 계신 황제께서도 세상의 나이가 이 사람과 거의 비슷하다고 들었소만……"

그 순간 대왕의 얼굴에 가득했던 웃음기가 사라지며 무언가 처연한 모습으로 변하고 있었다.

"신이 알기로도 황제와 대왕마마께서는 세수가 비슷하실 것입니다. 참으로 기이한 인연이십니다."

대왕의 심기가 슬슬 변하고 있다는 것을 치원은 누구보다 먼저 느끼고 있는 터라 조심스럽게 대답을 했다. 그러면서 치원은 고개를 살짝 들어 대왕의 용안을 살폈다.

밝은 등불 아래에서 대왕의 모습을 가까이 보게 된 치원은 다소 묘한 모습에 그만 놀라고 말았다. 얼굴에 붉은 점이 심하게 돋아 있었다. 대왕은 말을 하면서도 용안을 손으로 자주 쓸었다. 그러더니 이내 환관에게 다급한 손짓을 보내기도 했다. 그러면 환관은 재빨리 다가와 미리 준비하고 있던 대나무로 대왕의 등을 긁어주었다. 그 대나무가 아래위로 움직일 때마다 대왕은 고통을 참아내듯 얼굴을 찌푸리며 몸을 바르르 떨었다. 잠시 후 대왕은 환관이 건네주는 환약을 먹고는 언제 그랬냐는 듯이 다시 웃는 낯으로 말을 이어가는 것이었다.

"대왕마마, 어디 미령하신 데가 있으시옵니까?"

몹시 난처한 광경을 지켜 보았던 치원이 대왕을 바라보며 조심스럽게 물었다. 곁에 있던 호몽도 초롱초롱한 눈으로 대왕의 용안과 거동을 유심히 살피고 있었다.

"아니오, 아니오. 짐이 아직 젊어서 열이 많은 탓일 겁니다."

대왕은 아무렇지도 않다는 듯이 손사래를 쳤다.

"그건 그렇고 접견 이후 과인은 경교에 대하여 아주 많이 생각하게 되었소. 키 큰 서역 사람 그대……."

대왕은 애써 미소를 지으며 힘겹게 다시 말을 이어갔다.

"마르코 수도사라 하옵니다."

마르코 수도사가 얼른 고개를 숙이며 자신의 이름을 댔다.

"그래, 코 큰 그대 마르코 수도사와 침착하고 조용한 밀리엄 수녀 때문일까. 과인은 그 종교가 황제의 나라에서 어떤 대접을 받고 있는지에 대하여 소상히 알고 싶소. 우선 학문적 조예가 깊은 한림학사가 설명을 좀 해 주겠소?"

조금 진정이 되는 듯 대왕의 표정이 조금 전과는 달리 한층 밝아졌다.

"소신이 장안에서 책으로 읽고 직접 확인한 바로는 현재 장안의 북문 근처, 그러니까 소신의 내자(부인) 집에서 그리 멀지 않은 곳에 이 경교의 사원과 기념비가 서 있습니다."

치원은 밭은 기침을 한 번 하고 나서 글을 읽듯 조리 있게 설명해 나갔다.

"그럼 부인도 그 사원과 기념비를 보았소?"

대왕이 치원의 말을 끊고 호몽을 바라보며 물었다.

"그러하옵니다, 대왕마마. 어려서부터 그 사원과 기념비 근처에서 벗들과 재미있게 놀기도 하였습니다."

호몽이 생글거리며 대답했다.

"그러면 부인은 왜 그 경교를 믿지 않았소?"

대왕은 어린아이처럼 호기심이 가득한 눈빛을 호몽에게 보냈다.

"부모님이 가시는 절이 따로 있었기 때문에 저는 장안에서 가까운 종남산에 자주 갔고, 그러다가 그곳에서 도교의 가르침을 눈여겨보다가 어느 날 한순간에 도교에 빠져 도술을 닦았습니다."

호몽이 얼굴을 붉히며 말했다.

"아, 그게 사실이오? 도술을 닦으면 바람과 구름을 잡아타고 날수도 있다고 하던데, 혹시 부인도 그리할 수 있소?"

대왕의 눈빛은 더욱 초롱초롱 빛나고 있었다.

"그 정도의 경지에는 이르지 못하였습니다만 저와 최 한림학사는 도술의 수준이 비슷합니다."

호몽은 다소곳이 고개를 숙이며 말했다.

"하, 참 신기한 일이로고. 부부가 도술을 함께 하다니……. 아이고, 내 정신 좀 봐. 내가 지금 경교에 대해 하문하고 있었지. 한림학사, 미안하오. 아까 하던 말을 계속 해주시오."

대왕이 자신의 무릎을 세차게 내리쳤다.

"이 경교가 황제의 나라에 들어온 시점은 당 황제 태종(재위 626~649) 때부터입니다. 경교의 기념 비문에 그렇게 적혀 있습니다. 재상 방현령房玄齡(578~648)과 함께 성문 밖으로 나가 파사국의 수도사 아라본과 그 일행을 맞이했고, 황제께서는 그들이 들고 온 성경을 진서로 번역하도록 하였습니다. 태종 황제께서도 이 종교에 대해 심취하신 나머지 장안 의령방義寧坊에 대진사大秦寺를 짓도록 했습니다."

치원은 마치 종이에 적은 글을 읽듯이 차분하게 설명을 이어갔다.

"대진사라……. 그게 무엇인고?"

대왕은 고개를 갸웃하며 물었다.

"대진은 천자의 나라에서 서역 중에 으뜸이 되는 나라의 이름을 가리킵니다. 장안에서 서역으로 산맥을 넘고 사막을 건너 수만 리를 가다 보면 바닷가에 서역을 호령하는 문명국이 있습니다."

치원이 차분하게 대답했다.

"그래, 아득히 먼 그 땅에 서역 대국이 있다는 이야기는 과인도 신하들로부터 누차 들었소. 그곳에는 길에 모두 돌이 깔려 있고, 그 위로는 말이 끄는 마차가 씽씽 달린다는 말을 처용으로부터도 들어 알고 있소. 또 아라비아라는 사막에서 서라벌로 와서 살고 있는 코 큰 사람들에게서도 들어서 이미 알고 있소. 그런데 그 대진국이 경교의 발상국이오?"

대왕은 점점 미궁으로 빠져들어 가고 있다는 듯이 고개를 좌우로 흔들어댔다.

"저도 처음에는 이 경교의 발상국이 바로 제 조상이 태어났던 파사국인 줄 알았습니다. 그래서 사람들은 흔히 우리 경교를 파사교波斯教 혹은 메시아교彌施訶教로 불렀습니다. 그러나 이 교는 서역의 대국인 대진국의 속국에서 시작되었습니다. 대진국은 서역말로 로마제국이며, 메시아가 태어난 나라는 그 로마제국의 속국인 이스라엘이라는 작은 나라입니다."

이번에는 마르코 수도사가 나서 소상히 설명을 했다.

"참으로 어렵도다. 얼른 이해가 안 되는구려. 내 무척 어지러우니, 제발 간단히 아뢰어 주오."

대왕이 이마를 짚으며 한숨을 내쉬었다.

"경교는 조금 전에 아뢴 바와 같이 당 태종 때 들어와 현종 때에는 아주 번성하였습니다. 대왕께서도 잘 아시다시피 현종 황제 때 안록산의 난이 일어나자 경교를 믿고 있는 명장들이 앞장서서 그 난을 평정시켰는데, 그중에서도 곽자의의 부장 중에 이사伊斯

장군이 있었습니다. 그 이사 장군이 난이 평정된 이후에 경교비를 세우도록 지시한 것입니다. 비문의 글은 교주 경정景淨이 지었고, 독실한 경교 신자였던 이사 장군이 황제의 사랑을 받게 되자 당 황실에서는 곳곳에 경교의 사원을 짓고 비문도 세웠습니다. 특히 당나라에서는 위징魏徵 같은 공신들과 방현령房玄齡 같은 재상들이 경교를 열렬히 믿었습니다."

치원이 다시 나서 명확하게 설명을 이어갔다.

"아, 위징이야 과인도 알지요. 태종 황제께서 가장 아끼셨던 재상이 아닙니까? 또 방현령도 당조를 여는 데 많이 기여하였고, 현명한 재상으로 존경을 받은 분이 아니오? 그런 분들이 다 경교의 신도였단 말이오?"

대왕은 매우 놀라운 듯 목소리를 높였다.

"예, 그러하옵니다. 기록에 남아 있고 경교 사원의 비문에도 새겨져 있사옵니다."

치원이 다시 힘주어 말했다.

"과인이 알기로는 우리 불도와 그대가 믿는 경교의 도가 거의 비슷하다고 들었느니. 살아서는 어버이를 지극히 섬기고, 어려운 이웃들을 내 몸과 같이 돌보고, 특히 가난하고 병든 이들을 측은 지심으로 대하라는 교훈이 똑같다고 들었소만."

대왕이 이번에는 밀리엄 수녀를 향해 물었다.

"그러하옵니다, 대왕마마."

밀리엄 수녀가 고개를 끄덕이며 대답했다.

"그렇다면 불도와 메시아교가 결정적으로 다른 점이 무엇이오? 우리 불교는 인연법에 의한 환생을 믿고 있으며, 선행을 쌓으면 극락에 이르고 이승에서 선업을 쌓으면 저승에서도 극락세계에 살게 된다고 하오. 또 돌아오는 세상에서 훌륭한 인물로 환생한다는 내용을 가르치고 있는데……."

"저희들은 부활사상을 믿습니다. 우리 메시아교의 시조이신 예수께서는 죽은 지 사흘 만에 음부陰府에서 깨어나 다시 살아나셨고, 하늘나라 천당에 오르셨습니다. 우리도 죽으면 천국에 이를 수 있고 언젠가는 대 심판을 거쳐 무덤 속에서 부활할 수 있다고 믿습니다."

밀리엄 수녀가 다시 차분한 목소리로 아뢰었다.

"나 같은 일반 사람도 부활할 수 있단 말이오?"

대왕은 내심 의심의 눈초리로 밀리엄 수녀를 주시하며 도저히 이해할 수 없다는 야릇한 표정을 지었다.

"최후의 날에는 그러하옵니다. 우리는 육체를 이기고 부활할 수 있습니다."

그토록 차분하기만 하던 밀리엄 수녀가 단호하고도 확신에 찬 눈빛으로 말했다.

"도대체 경교는 왜 경교라고 부르게 되었소?"

잠시 침묵에 잠겼던 대왕이 다시 입을 열었다.

"경교는 해 '일日' 밑에 높을 '경景'을 씁니다. 즉 태양이 높은 곳에서 빛나는 것처럼 '커다란 광명', 즉 태양처럼 빛나는 종교라는 뜻입니다."

이번에는 마르코 수도사가 나서 경교를 찬양했다.

"우리 불가에서는 언젠가 중생을 제도할 수 있는 미륵이 올 것이라는 미륵사상이 있는데, 그대의 종교에서는 메시아(예수의 재림사상)를 기다리고 있군. 참으로 신기한 일치요. 그러나 오늘 내가 배운 것 중에 제일 신비하게 느껴지는 것은 우리가 부활할 수 있다는 내용이오."

이쯤에서 대화를 마무리하려는 듯 대왕은 손바닥을 세게 부딪치며 결론을 내렸다. 그리고는 큰 목소리로 환관을 불렀다.

"물에 수은은 잘 탔느냐?"

"예, 선사들이 가르쳐 준 대로 잘 타놓았습니다."

허리를 구부린 환관이 머리를 조아리며 대답했다.

대왕의 얼굴에 피곤한 기색이 역력한 것을 보자, 모두 눈치를 보며 일어섰다. 그러나 호몽은 할 말이 더 남았다는 듯이 몹시 안타까운 표정을 지으며 입을 오물오물하다가 치원에게 이끌려 황급히 돌아섰다.

"여보, 제가 하루라도 빨리 대왕마마를 뵙고 대왕마마의 병을 치료해 드려야 할 것 같아요."

어전을 나오며 호몽은 치원의 귀에 대고 낮은 목소리로 말했다. 혹여 어디선가 대화를 엿듣는 자가 있을지 모른다는 생각에 주위를 두리번거리기도 했다.

"나도 분명히 보았소. 심각한 질병에 시달리고 있는 게 분명하오. 하루 빨리 진언을 올려야 할 터인데."

치원은 혼잣말처럼 되뇌며 고개를 끄덕였다.

대왕의 선물

처마 밑에 따스한 햇살이 가득 드리우자 호몽과 반야 부인이 분주한 발걸음을 옮기고 있었다. 서재에 앉아 모처럼 여유롭게 글을 읽던 치원이 이 모습을 보고는 고개를 갸우뚱거렸다. 잠시 후 반야 부인과 호몽이 나들이 차림으로 나섰다.

"어머님, 어디를 가시기에 이렇게 기쁜 얼굴이십니까?"

서재에 있던 치원이 뜰로 나서며 물었다.

"오늘은 내가 한림학사의 부인을 훔쳐 가야겠소. 점심은 어멈들이 챙겨 줄 테니 걱정은 마시게."

며느리의 손을 잡은 반야 부인이 환하게 웃었다.

"멀리 다녀올 거예요. 당신은 늘 책만 보시니까 아무런 재미가 없어요. 어머님하고 재미있는 곳을 다녀오겠어요."

호몽도 계속 생글거리며 말꼬리를 감췄다. 그때 대문 밖에서는 마차를 끌고 온 자주색 말이 몸트림을 치며 소리쳐 울고 있었다. 반야 부인과 호몽이 바쁘게 걸어 마차에 오르자 말은 앞발을 힘차게 들어 올리더니 속도를 내며 떠났다. 그들이 떠나는 뒷모습을 바라보며 치원은 오랫만에 허허로운 느낌을 떨쳐내지 못했다.

'하기야, 집에만 들어오면 책 속에 늘 코를 박고 씨름하고 있으니 저 사람인들 얼마나 답답할 것이며 어머님은 또 얼마나 적적하셨을까.'

치원은 미탄사 방향으로 사라지는 수레 뒤끝을 물끄러미 바라보았다. '그동안 세월이 참 많이도 흘렀구나.' 마당을 거닐다가 다시 서재로 돌아온 치원은 방 안을 둘러보며 깊은 상념에 잠겼다.

장안을 떠나 율수현에서 머문 뒤 회남의 전쟁터까지 악착같이 끌고 다녔던 책들이 벽의 사방을 가득 채우고 천장까지 빼곡히 쌓여 있었다. 그리고 방바닥에는 지필묵이 여기저기 흩어져 난잡한 그림을 연상케 했다.

'그래, 하루 빨리 일을 마치고 월성으로 들어가자.' 잡념을 떨쳐낸 치원은 정좌하여 미처 끝내지 못한 일을 다시 시작했다.

이제 겨우 서른 살을 조금 넘긴 중년의 치원이었지만, 그동안 학문에 열중하여 세상 이치를 깨닫느라 정진한 탓으로 피로가 몰려들며 낯빛이 점점 어두워지고 있었다. 호몽과 함께 계속 산을 탄 덕분에 하체는 탄탄하였으나 자고 나면 늘 고개를 숙이고 책을 보는 습관 때문에 어깨가 기울기 시작하였고 손마디에는 어느새 옹이가 배어 있었다.

치원은 글 쓰는 것을 잠시 접어 두고 당에서 가져온 수많은 문집과 시집을 골라내고 있었다. 그러면서 마음에 들지 않는 시집은 한곳에 모아 쌓아 놓고 후세에 도움이 되지 못할 문건들도 아깝지만 한곳으로 과감히 치워 버렸다.

'벌써 보름이나 지났구나. 내 오늘은 꼭 끝내고 말 테야.'

치원은 이마에 흐르는 땀을 닦는 것조차도 잊은 채 정신없이 일에 매달렸다. 잠시 측간에 다녀오는 일 말고는 조금도 쉬지 않고 일에 매달린 터에 찬모가 차려주는 점심밥도 먹는 둥 마는 둥하고 물렸던 것이다.

어느덧 해가 기울자 그제야 일의 끝이 보이기 시작했다. 나름대로 심혈을 기울여 엄선한 시문집이 스무 권이나 되었다. 치원은 조심스럽게 붓을 들어 '계원필경집桂苑筆耕集'이라고 썼다. 그리고 당에서부터 아끼던 문집 위에는 '중산복궤집中山覆簣集'이라는 제호를 붙였다.

그때 갑자기 문 밖에서 소란스러운 인기척이 들리더니 반야 부인과 호몽이 들어오고 있었다. 마침 치원은 문을 열어놓고 저녁밥상을 기다리고 있던 터라 그들의 움직임을 바로 볼 수 있었다.

반야 부인은 그 어느 때보다도 밝은 얼굴이었다.

"여보, 앞으로는 제가 자주 나들이를 하겠어요. 어머님이 이렇게 좋아하시니……."

모처럼의 나들이에 잔뜩 들떠 있기는 호몽도 마찬가지였다.

"아가야, 너도 재미있지 않았니?"

"그럼요, 그럼요. 바닷바람도 무척 시원했고요, 산과 바다의 경치도 아주 좋았고요, 생선도 정말 맛있었어요.”

소녀처럼 깡충깡충 뛰며 고개를 흔드는 호몽을 바라보며 치원은 저절로 웃음이 나왔다.

“감포 바닷바람이 그렇게 좋더구나. 해산물도 모두 싱싱하고, 우린 바닷가에서 점심을 아주 맛나게 먹었구나.”

반야 부인이 치원의 궁금증을 풀어 주었다.

그때 갑자기 호몽이 배를 움켜쥐더니 측간으로 달려갔다.

“아니, 왜 저러지? 점심은 맛있게 들었는데……. 오랜만에 해물을 먹어서 체했나?”

반야 부인과 치원은 호몽이 걱정되어 호몽이 사라진 방향에서 눈을 떼지 못했다. 잠시 후 호몽이 토하는 소리가 들렸다. 그러자 반야 부인이 치원을 한번 쓱 쳐다보더니 이내 측간으로 달려갔다.

얼마 후 반야 부인은 얼굴이 하얗게 질린 호몽을 겨우 부축해서 돌아왔다. 그리고는 방으로 달려가 반짇고리를 들고 나왔다. 커다란 바늘로 호몽의 사관四關을 따 주니 그제야 그녀는 후유, 하며 큰 숨을 내쉬고는 방으로 들어갔다.

‘도술을 안다는 사람이 과식을 하여 체하다니.’

호몽을 따라 방으로 들어가며 치원은 이상한 생각이 들었다. 자신의 몸 상태를 누구보다도 잘 알고 있어 늘 호흡으로 대처할 줄 아는 호몽이 체했다는 사실에 대해 치원은 좀처럼 이해하기가 어려웠다.

“이제 시원해요. 정말 괜찮아요.”

치원이 따라 들어와 등을 두들겨 주자 호몽이 눈을 가늘게 뜨며 가슴을 쓸어내렸다. '아는 증세랍니다. 걱정 마세요.' 치원이 걱정스럽게 바라보자 호몽은 눈짓으로 말하며 살짝 미소를 지었다. 그러더니 호몽은 배꼽 아래의 단에 손을 얹고 호흡을 조절하기 시작했다. 혈색이 돌아오는 것을 보니 치원은 그제야 안심이 되었다.

다음날 치원은 만사를 제쳐 두고 입궐을 하여 헌강왕을 알현했다. 미리 시중에게 일러둔 터라 치원이 도착했을 때 헌강왕이 모든 업무를 중단하고 그를 기다리고 있었다.

"어서 오시오. 한림학사, 뭘 그리 많이 들고 왔소?"

주렴珠簾 건너에서 대왕의 위엄 있는 목소리가 들렸다.

치원은 허리를 굽혀 예를 올리고 난 후 시중에게 눈짓을 했다. 시중은 치원이 가지고 온 시문집을 힘겹게 들고 가서는 대왕 앞에 내려놓았다.

"최 한림학사가 그동안 황제의 나라에서 갈고 닦은 시문집을 대왕께 정식으로 올리고자 하옵니다.

책의 목록은 다음과 같사옵니다.『사시금체私詩今體』5권 1수, 『오언칠언 금체시五言七言 今體詩』백수 1권,『잡시부雜詩賦』30수 1권, 『중산복궤집中山覆簣集』1부 5권,『계원필경집桂苑筆耕集』1부 20권 이옵니다."

시중의 말이 끝나자 대왕은 얼굴 가득 미소를 띠며 치원을 바라보았다.

"그동안 애 많이 썼소. 다른 사람들 같았으면 긴 세월 동안 당에서 생활을 하고 돌아오면 희귀한 물건이나 구해오든지, 아니면 좋은 술이나 비단을 사서 하나는 집에다 숨겨 두고 나머지를 왕실에 바치는 게 관행인데 경은 전심전력을 다해 타향에서 썼던 자신의 시집과 행적을 모두 모아 과인에게 바치니 과연 그대는 서라벌이 낳은 최고의 대문사이며 수재임이 확실하오. 과인의 마음이 한량없이 심히 기쁘오."

대왕은 용상에서 일어나 성큼성큼 걸어오더니 가장 먼저 계원필경을 집어 들었다. 몇 장을 넘겨보고 나서 이내 중산복궤집을 줄곧 살펴보고는 다시 내려놓았다.

"이 두 시가집의 차이점은 무엇이오?"

대왕이 매우 흐뭇해하며 치원을 바라보았다.

"중산은 제가 처음 현위로 근무했던 율수의 지명이옵니다. 그곳에서는 예로부터 유명한 시인이 많이 배출되었다 하여 율수현 사람들은 중산을 신령스러운 기가 있는 곳으로 여기고 있사옵니다. 그래서 중산에 티끌을 모아 글을 보탰다는 의미로 중산복궤집이라 하였나이다."

치원은 다시 고개를 숙이며 아뢰었다.

"복궤라는 말은 논어에서 나오는 말인데, 적은 것을 모아 큰 것을 이룬다는 뜻이 아니요? 짐은 뭐 그런 뜻으로 알고 있는데……."

어려서부터 글 읽기를 좋아했던 대왕은 다양한 서책을 읽은 터라 아주 박식한 편이었다.

"황공하옵니다."

치원이 고개를 숙여 경외감을 표했다.

"그런 연유로 경이 굳이 말을 하지 않아도 시집 이름을 계원필경이라 지은 이유를 헤아릴 수 있을 것 같소. 계원은 우리 서라벌이니, 우리 월성을 항상 그리워하며 쓴 좋은 내용들일 테지요."

치원을 바라보는 대왕의 얼굴에는 화색이 가득했다.

"내 오늘 오후에는 월상루月上樓로 행차할 것이야. 그곳에서 최한림학사에게 그동안의 노고를 치하하고자 하니 대신들도 모두 참석하도록 하시오."

전교를 받아든 시중은 내관에게 일러 대소 신료들에게 이 소식을 즉각 알릴 것을 하달했다. 이에 내관들은 모두 뿔뿔이 흩어져 입궁하지 않고 있는 신료들의 집으로 황급히 달려갔다.

월상루에 올라 사방을 바라보니 백성들의 집이 서로 이어져 있고, 가락 소리가 끊이지 않았다.

연회가 한창인 월상루에는 임금의 부름을 받고 부리나케 달려온 조정 대신들과 근신들이 모두 참석해 즐거운 한때를 보내고 있었다. 그러나 상대등 위홍이 사냥을 핑계로 연회에 참석하지 못한 것을 안 헌강왕은 사뭇 못마땅한 표정을 짓고 있었다. 풍악이 은은하게 울리더니 이내 무희들이 달려나와 가락에 맞추어 아름다운 자태를 드러내며 춤을 추었다.

"중신들은 과인의 말을 잘 들으시오. 내 일찍이 장안에 유학을 하거나 배를 타고 먼 남방까지 다녀온 사람들을 많이 만나 봤소만, 타국에 나가 몇 년 동안 있으면서 자신이 지은 시집을 정성스럽게 묶어 궁성에 바치는 사람은 여태 본 일이 없었소. 오늘 과인의 마음이 대단히 흡족하오. 특히 계원필경 서문에 「사람들이 백을 하면 나는 천배 이상 노력하여 깨달아 얻은 것을 반드시 실천하였다(實得人百之己千之)」라고 쓴 글은 공자가 말씀한 인백기천人百己千보다 실득實得 이 두 글자는 공부하여 얻은 지식을 반드시 사회에 실행하여 남에게 도움을 주라는 것으로 생각합니다. 또한 실천주의 사상을 이세상 사람들에게 가르치고자 하는 뜻이 더욱더 과인의 가슴 속에 깊이 와 닿았소. 노력하여 깨달은 것을 뜨거운 열정으로 반드시 실천하는 정신을 우리 민족의 국민정신으로 백성들에게 널리 승화시킬 수 있는 방법을 강구하고 조정대신들은 이보다 더한 정신으로 나라를 위해 천배 이상 노력해 줄 것을 당부드리겠소. 또한 시중侍中 민공敏恭께서는 이 시집들이 먼 훗날까지 오래오래 전해져서 공부하는 학자들에게 도움이 될 수 있도록 서고에 잘 보관하여 간직하시오."

조정 신료들이 모인 자리에서 치원을 치하한 대왕은 그를 가까이 불렀다.

"한림학사, 어떻소? 비록 규모가 작기는 하겠지만 우리 서라벌은 장안에 비해서 아주 초라하게 보이지는 않겠지?"

대왕의 손길을 따라 시선을 돌리니 서라벌 시가지가 한눈에 들어왔다.

"신은 장안에 있을 때도 늘 오산(월성의 남산인 금오산을 말함)을 그리워했으며 월성을 향하여 만 배를 하였습니다. 그러나 우리 서라벌의 모습이 이렇게 정갈하게 정비되어 있는 줄은 소신도 미처 몰랐습니다. 장안은 길이 넓고 웅장한 누각이 많이 있사오나 워낙 사람들이 많고 서역 사람들까지 붐비기 때문에 더러는 누추한 곳이 많습니다. 그러나 우리 서라벌은 모두 기와로 집을 덮고 집과 집이 가지런히 연결되어 참으로 보기에 아름답습니다."

치원이 허리를 구부리며 아뢰었다.

"서라벌에서는 그냥 생나무를 때서 연기를 피우는 집이 없습니다. 모두 숯불로 밥을 짓게 하였고, 거리에 오물을 버리면 금군이 잡아가도록 하였습니다. 변경도 안온하고 시정市井이 환락하니, 이 모든 게 선대왕마마뿐만 아니라 대왕마마의 크나큰 성은의 덕인 줄 아옵나이다. 요즘 넉넉한 사람들은 사절유택까지 즐기고 있다 하옵니다."

치원이 말을 끝내자마자 시중 민공이 나서며 말했다.

"사절유택이라는 것이 무엇이오?"

대왕이 미소를 머금고 민공을 돌아보았다.

"말하자면 별장인 셈입니다. 요즘에는 자기가 사는 집을 내놓고 봄에는 동야택東野宅에 나가 봄나들이를 즐기며 나물을 캐고, 여름에는 곡양택谷良宅에 나가 시냇물에 발을 담그고 노래를 하며, 가을에는 구지택仇知宅에 나가 단풍과 들놀이를 즐기고, 겨울에는 가이택加伊宅에 머물며 뜨듯함과 안락을 즐긴다 하옵니다."

민공이 잔잔한 웃음을 띤 얼굴로 당나라 문화보다 오래전부터 전해져온 신라의 모습이 아름답다고 소상히 전했다.

"어떻소? 이 나라 백성들의 생활 형편이 이 정도면 당나라 사람들도 누리지 못하고 있는 경사스러운 나라가 아니겠소?"

더욱 의기양양해진 대왕은 치원을 향해 빙긋 웃으며 아주 흡족하다는 듯이 말했다. 치원은 거듭 고개를 숙이며 대왕의 치세에 감탄을 했다.

"한림학사, 내 오늘 자당께 작은 선물을 보내고 싶소. 자당께서 한림학사 공을 잘 길러 이렇게 훌륭하게 만들어 내게 보내 주셨는데 가만히 있을 수만은 없는 일 아니요? 또한 지극정성으로 뒷바라지를 하고 있는 부인에게도 선물이 갈 것이오."

대왕으로부터 뜻밖의 말을 들은 치원은 그저 감읍할 뿐이었다.

저녁 무렵이 되어 연회를 마치고 집으로 돌아오자 반야부인과 호몽이 대문 밖까지 마중을 나와 치원을 기다리고 있었다.

"한림학사, 궁성에서 감포의 큰 돔과 싱싱한 해산물을 얼음에 채워 보냈으니 참으로 황감한 일이 아닌가? 그리고 자네 처에게는 푸른색과 하얀색 옥비녀 한 쌍을 보내 오셨네. 세상에 이보다 더한 경사스러운 일이 또 있을까."

난데없는 호사를 누리게 된 것에 대해 반야 부인은 몹시 기뻐하고 있었다. 호몽도 놀라기는 마찬가지였다. 얼굴이 붉게 물든 호몽이 붉은 비단에 쌓인 옥비녀 한 쌍을 꺼내 치원에게 보였다.

"여보, 우리 월성을 향해 대왕마마께 감사의 예를 올려요."

반야 부인과 호몽이 먼저 엎드려 예를 올리자, 치원도 감읍하며 정중히 큰절을 올렸다.

"이 댁에 광영이 가득하니, 이 무슨 연고인고?"

다음 날 아침, 미탄사의 주지인 난구스님이 치원의 집을 방문했다. 스님은 대문 안으로 들어서자마자 두 팔을 벌리고 큰 소리로 외쳤다.

"아이고 스님, 어쩐 일로 저희 집까지……."

반야 부인이 버선발로 뛰어나가 황급히 맞이했다. 그러자 스님은 마당에 서서 사방을 휘휘 둘러보며 큰 소리로 다시 말했다.

"내 어젯밤에 희한한 꿈을 꾸었습니다. 하늘에서 옥비녀 한 쌍이 내려오는데 하나는 비취색이요, 하나는 백옥이었습니다. 훗날이 집안에 경사스러운 일이 있을 것을 예고한 태몽입니다."

이에 반야 부인은 뛸 듯이 기쁜 마음에 노스님의 법복을 움켜잡고 좋아서 어쩔 줄을 몰라 했다.

"태몽이 분명하죠? 스님께서는 참으로 영험하십니다."

방문 앞에 서 있다가 이들의 대화를 엿들은 호몽이 고개를 내밀며 스님을 채근하고 나섰다. 그러자 스님이 받은 기침을 하며 마루에 걸터앉아 염주를 돌리며 눈을 감았다.

"큰스님, 실은 저도 어젯밤에 기이한 꿈을 꾸었습니다. 토함산을 오르는데 엄청난 아침 해가 바다를 박차고 솟아오르더니 이내 제 치마폭으로 들어오더이다. 그래서 제가 그 찬란한 해를 겁도 없이 치마폭으로 감싸 안았지요. 참으로 신비한 꿈이었습니다. 사실 어제 저희 집에는 대왕마마께서 좋은 선물을 하사하신 덕분에 모처럼 경사스러운 날이었습니다. 대왕마마께서 저 아이에게 옥비녀 한 쌍을 하사하셨지 뭡니까? 참으로 기이합니다. 선사께서는 어찌 월성에서 하사하신 옥비녀의 색깔까지 정확히 맞히십니까? 참으로 선몽을 받으시는 고승선사이십니다.”

반야 부인은 여태 아무에게도 하지 않은 지난밤 꿈 이야기를 털어놓았다.

난구스님은 반야 부인의 이야기가 끝난 뒤에도 한참이나 그대로 앉아 눈을 감은 채 염주를 돌릴 뿐이었다. 그러다가 반야 부인이 스님의 옷자락을 흔드는 바람에 깜짝 놀라 눈을 뜨고는 서둘러 염주를 거두고 일어나 바랑을 추슬렀다.

“비취옥은 첫아들을 말하는 것이고, 백옥은 귀한 첫딸을 의미하는 것입니다. 이 집에서 서라벌의 정기가 가득한 아들과 딸이 하늘의 정기를 가지고 내려올 것이오. 나무관세음보살⋯⋯, 나무관세음보살⋯⋯, 나무관세음보살⋯⋯.”

반야 부인과 호몽이 스님께 합장하여 예를 올리자, 스님은 뒤도 돌아보지 않고 저벅저벅 걸어 나가 대문 밖으로 나섰다. 반야 부인과 호몽이 황급히 스님의 뒤를 따라가 골목 끝으로 사라지는 뒷모습을 바라보며 합장을 했다.

헌강대왕

밤이 깊어 치원은 서책을 덮고 자리에 누웠다. 눈을 감으니 어디선가 들려오는 개 짖는 소리에 쉽게 잠을 이룰 수가 없었다. 한참 동안 몸을 뒤척이던 치원은 시원한 물에 손이라도 씻어야겠다는 생각을 하며 밖으로 나왔다.

고개를 들어 하늘을 올려다보니 수없이 빛나는 별들이 마당으로 금세 쏟아질 기세로 찬란한 빛을 내뿜고 있었다. 치원은 천천히 발걸음을 옮겨 우물가로 다가갔다.

두레박을 던져 막 물을 길어 올리려는 찰나에 갑자기 대문을 두드리는 소리가 요란하게 들렸다. 어둠을 가를 듯 세차게 두드리는 모양으로 보아 무척 다급한 일임에 틀림이 없었다. 치원이 달려가 대문을 열어 보니 다름 아닌 월성에서 나온 호위 무사가 숨을 헐떡이며 서 있었다.

"한림학사께서는 즉시 입궐하여 대왕마마를 급히 알현하라는 왕명이옵니다."

병세가 악화되어 도저히 오래 살지 못할 것을 예감한 헌강왕이 앞으로 살아 있는 동안 할 수 있는 일을 치원에게 알려 주기 위해 궁내 호위 무사를 급히 보냈던 것이다.

'필시, 궁에 뭔 일이 생기고 만 것이구나.'

치원은 급히 방으로 들어가 자색 관복에 자금어대만을 두르고 서둘러 월성으로 향했다.

최치원이 궁에 도착하자마자 미리 기다리고 있던 내관을 따라 대왕의 침소로 들어갔다.

"어서 오시오, 한림학사. 난 왜 그런지 경이 꼭 내 형님만 같소. 자꾸 보고 싶고 의지하고 싶구려."

겨우 상체를 일으킨 대왕은 치원을 보더니 멋쩍은 듯 애써 웃음을 보였다. 치원이 대왕의 용안을 찬찬히 살펴보니 열기가 가득하고 피부 여기저기에 열꽃이 피어 있었다.

"대왕마마, 옥체의 어디가 미령하십니까? 오늘도 또 열꽃 때문에 고생하고 계십니까?"

치원은 애잔한 눈빛으로 대왕을 바라보았다.

"글쎄 말이오, 어의도 도무지 내 병의 원인이 어디에 있는지 연유를 모릅니다. 왜 과인이 늘 열기에 시달리고 이렇게 피부 이곳저곳에 열꽃이 타오르는지……. 어의가 지어 준, 좋다는 모든 약을 먹어도 백약이 무효요. 그렇다고 죄 없는 어의만 나무랄 수도 없고요."

최치원이 계원필경 등을 통해서 실득인백지기천지 정신으로 물이 불이 되고
불이 물이 되는 하나의 세상이치를 회화하여 작품화하였음.

겨우 힘을 모아 말을 이어가는 대왕의 모습을 보니 살 만큼 산 노인의 행색보다도 더 초라해 보였다.

　"혹시 소신이 옥체를 살펴볼 수 있겠나이까? 소신은 장안 남쪽의 종남산에서 내자와 함께 도교 선사를 모시고 도를 공부한 일이 있사옵니다. 도가에서는 대체로 몸을 스스로 다스리는 일을 내단이라 하고, 약을 만들어 먹거나 도술에 의탁하는 것을 외단이라 하옵니다. 신과 내자는 평소에는 주로 내단에 의지하고, 몸이 안 좋을 때에는 가끔 외단에 의지하여 약을 지어 먹기도 하고 선식을 하기도 하나이다."

　치원이 엎드려 고개를 숙인 채 조심스럽게 아뢰었다.

　"내 일찍이 그대가 도술에 능하다는 말은 들었으니, 과인의 몸을 자세히 살펴봐 주시오."

　내관이 장막을 내리더니 치원을 대왕 곁으로 안내했다.

　대왕에게 가까이 다가가 옥체를 꼼꼼히 살펴보던 치원은 깜짝 놀라며 몸을 부르르 떨었다.

　'아하……. 이토록 고통이 심하셨단 말인가?'

　치원은 저절로 터져 나오는 탄식을 애써 삼키면서 내색을 하지 않았다. 다만 대왕을 편히 눕게 한 뒤 대나무에 비단을 입혀 아주 부드럽게 쓸어 주었다.

　"아이고, 시원하다. 어떻소. 과인의 증세가?"

　대왕은 대나무가 몸에 닿을 때마다 시원함을 느끼면서도 가끔씩 밀려드는 고통을 참지 못하고 몸을 꿈틀거렸다.

"내일이라도 윤허해 주시면 제 내자를 데리고 와서 간호해 드리도록 하겠사옵니다. 제 내자는 의술과 약초 처방에 있어 저보다 뛰어난 재능을 가지고 있사옵니다."

치원이 허리를 구부리며 공손히 아뢰었다.

"그리 해주시겠소? 그렇다면 얼마나 고마운 일이겠소만. 날이 밝는 대로 함께 오시오. 한시가 급하오."

대왕은 그제야 안심을 하며 밝게 웃었다.

"과인이 요즘 며칠 누워 있으면서 깊은 생각을 많이 하였소. 사실 왕실을 드나드시던 고승 중에서도 선대에 세상을 뜨신 혜소慧昭(774~850)스님을 과인도 가장 높이 평가하오. 경도 그 스님을 잘 아시지요?"

대왕은 몸을 뒤척이며 말을 계속 이었다.

"진감선사眞鑑禪師 말씀이시옵니까?"

"그렇지요. 생전에 우리 왕실을 위해서 많은 공덕을 베풀어 주신 고마움에 살아생전 공덕비를 세워 드린다 하였는데도 스님은 끝까지 사양을 하셨지요. 진감선사께서는 살아생전에 백성들이나 귀족들이 검소한 생활을 하여야 나라가 부강해진다고 하면서 자신이 먼저 솔선수범을 하겠다고 하시면서 비단으로 만든 가사장삼을 걸치지 않으셨고, 늘 승복 한 벌을 세탁하여 기워 입으시며 겸손으로 일관하셨지요. 대사께서는 당에도 오래 계셨는데……."

"그러하옵니다. 대사께서는 숭산 소림사에서 구족계(비구승이 지켜야 할 모든 법계)를 받으시고 제가 수련했던 종남산에 일찍이 입산

하셔서 도를 닦기도 하셨습니다."

"그렇소. 진감선사께서는 유불선을 통달하셨던 분이오. 선사께서는 양나라의 달마로 시작되는 선종禪宗의 맥을 크게 이은 육조혜능慧能스님의 직계 제자지요?"

"그렇습니다. 스님께서는 범패梵唄(불교 음악)에도 능하여 소리로 사부대중을 교화하시기도 하였습니다."

치원은 대왕의 곁으로 더 가까이 다가가 이번에는 손바닥으로 등을 쓸어내렸다.

치원의 손길이 부드러우면서도 시원했던 대왕은 매우 만족해하며 눈을 살며시 감았다 뜨기를 반복했다.

"과인이 오랫동안 그 진감선사에 대한 공덕비를 세우지 못해 안타깝구려. 우리 왕실에서는 선사께서 입적하고 나자 그분을 진감선사로 추증해 드리는 일만 했는데 과인이 아무리 생각해 보아도 공덕비를 세워 드리지 아니하면 마음이 편하지 아니하여 도저히 견딜 수 없을 것 같소. 그래서 말인데 이번 기회에 그 선사를 위해 비를 세워야겠소. 그 일을 경이 맡아서 해주시오."

대왕은 힘이 없어 목소리는 기어들어갔지만 굳은 결의만큼은 웬만한 사람 못지않았다.

"대왕마마, 당치 않으신 분부시옵니다. 그런 대승 대덕의 비를 어찌 감히 일개 유생인 제가 맡을 수 있겠나이까? 현재 불가에는 쟁쟁한 학승들이 즐비하건만 저처럼 미천한 서생이 그렇게 막강한 불사에 손을 대면 불가의 스님들께서 가만히 있지 않을 것이옵니다. 천부당만부당하신 분부시옵니다. 하명을 거두어 주시옵소서."

치원은 화들짝 놀란 나머지 얼굴을 땅에 닿도록 구부리며 말했다.

"아니요, 절대 그렇지 않소. 과인은 오랫동안 이 문제를 생각해 왔소. 물론 고승을 기리는 이런 비는 불가에서 어느 학승이 맡는 것이 상식이겠지요. 그러나 그 일은 더욱더 난감한 일이오. 불가에서 보면 하늘 같은 고승의 일대기를 어찌 후대의 학승이 논할 수 있겠소. 만약 쓴다 해도 요란한 헌사와 찬사 일변도로 겉만 번지레한 공덕비의 글이 되지 않겠소? 과인도 책 줄이나 읽었다고 자부하고 있소만, 무릇 글이라는 것은 앞뒤가 맞아야 하고 문맥이 정연해야 하며 후세의 그 누구도 감히 범접할 수 없는 가르침의 품격을 가지고 있어야 하는 것이오. 글재주만 있다고 해서 되는 것이 아니고, 불심만 깊다고 해서 될 일도 아니지요. 당대의 선사를 만고에 알리려고 하면 당대 최고의 학식을 겸비한 자여야 하고, 동서고금을 관찰할 수 있는 지혜의 사관이라야 하오. 물론 불가의 흐름을 정확히 파악해서 부처님의 가르침에 어긋남이 없어야겠지요. 이런 의미에서 과인은 경이 계원필경집과 증산복궤집을 집필하여 짐에게 바친 것을 이미 보았기에 경의 탁월한 능력을 믿고 경만이 이러한 일을 해낼 수 있다고 판단하여 그대에게 이렇게 청하는 것이오. 지금 당장 진감선사비를 세우는 일에 몰두하시오. 그리고 시간을 보아 다른 사람의 눈을 피하여 부인과 함께 입궐하시오."

치원의 거듭된 겸손에도 불구하고 대왕의 심지는 무척이나 단호했다.

"진감선사의 공덕 비문은 나라 백성들과 태평성대를 위해 조정의 모든 신하에게 동의를 받아 시행하는 것이 좋을 것 같사옵니다. 그래야만 진감선사의 공덕이 더욱 빛날 것이오니 부디 만조백관이 모인 조정에서 결정하는 것이 먼 훗날을 위해 좋을 것이라 사료되옵나이다."

잠시 동안 깊은 생각에 잠겼던 치원은 진감선사의 공덕비에 대한 사안을 공론에 부치자는 데에 결론을 내렸다.

"정 그렇다면, 그리 하시오. 이 일은 내일 조정회의에서 논하도록 할 것이오."

대왕은 한참을 생각하더니 이내 치원의 간곡한 청을 수락했다. 그러면서 날이 밝는 대로 다른 사람들의 눈을 피해 부인과 함께 입궐해 줄 것을 다시 한 번 부탁했다. 또한 내관에게 일러 치원 내외가 은밀히 입궐하는데 지장이 없도록 모든 조치를 취하라고 명했다.

치원은 새벽녘이 되어서야 집으로 돌아왔다. 간밤에 치원이 갑자기 관복을 챙겨 입고 입궐하는 기척을 느낀 호몽도 밤새 뜬눈으로 치원을 기다리고 있었다.

"태기가 있는 당신에게 이런 말을 전해 참으로 미안하게 생각하오. 하지만 도를 닦는 사람답게 차분히 듣고 성실히 임해 주시오.

날이 밝는 대로 나와 함께 입궐해야겠소."

"입궐이라뇨? 제가요?"

"그렇소. 대왕마마의 병세가 심상치 않소. 당신이 보면 그 증세를 정확히 알 것이오."

일전에 입궐하여 대왕의 병세를 의심했던 호몽인지라 치원의 말을 듣고는 금세 사태를 파악할 수 있었다.

"저도 가늠을 하고 있었어요. 지난번에 대왕마마를 알현했을 때 무척 괴로워하고 계시더군요. 용안에는 열꽃이 피어 있었고, 아마 온몸에도 그 열꽃이 혈과 맥을 따라 피어 있을 거예요."

침착하게 말을 이어가는 호몽을 바라보며 치원이 고개를 끄덕였다.

"그 점은 이미 확인하였소. 단약의 부작용이 틀림없소. 부인께서 옥체를 살펴보시고 대처할 방법을 마련해 보시오. 궁중에서 사용하는 단약에 관한 한 그 누구도 처방을 알 수 없고, 어의도 당나라 황제의 어의로부터 이런저런 비방을 은밀히 얻어 처방했을 것이오."

치원이 깊은 한숨을 내쉬었다.

"또 다른 근심이라도 있으십니까?"

호몽이 조심스레 치원의 안색을 살피며 걱정스러운 듯 물었다.

"대왕마마께서 이 사람에게 감당하기 어려운 난제를 내리셨소."

잠시 머뭇거리던 치원이 뜰 앞의 작은 연못가에 핀 불두화를 바라보며 어두운 표정을 지었다. 그러자 호몽은 그게 무슨 의미냐는 듯 눈을 동그랗게 뜨고는 치원을 쳐다보았다.

"두류산(지리산의 옛 이름) 자락의 옥천사에서 선종하신 진감선사에 대한 비명을 지으라는 엄명이 있었소."

호몽이 눈으로 재촉하자 치원은 한숨을 내쉬며 겨우 대답했다.

"아, 진감선사라고 하면 우리가 있었던 종남산에서 도를 닦으셨던 혜소스님이 아니에요? 혜소스님은 우리의 스승이신 종리권선사와도 자별하게 지내셨던 분이에요. 종리권선사께서 혜소스님에 대한 말씀을 자주 하셨죠. 불승 중에서 도가 아주 높으셨고, 범패는 물론 노래를 하며 자오곡 계곡을 누비셨던 선승이시죠."

호몽의 얼굴이 갑자기 밝아졌다.

"당신이 그분을 익히 알고 있으니, 내 은근히 자신감이 생기오."

치원은 비로소 허허 웃으며 긴장을 풀었다.

"하실 수 있어요. 당신은 그냥 유생이 아니잖아요. 그 자오곡 계곡에서 많은 책을 읽었고 향적사에서 운제사雲際寺까지 수많은 불문을 드나들었잖아요. 뿐만 아니라 종남산의 최고 도사인 종리권선사의 제자이니 유불선을 다 아우를 수 있잖아요. 후세에 당신의 학문과 사상을 알려주는데 도움이 될 것이니 반드시 정성을 다하여 작성하세요. 이것은 당신만이 하실 수 있는 일이에요. 필요한 서책은 제가 다 대겠어요. 우리 집이나 서라벌에 없는 책은 개운포에 배를 띄워서라도 즉시 당나라에서 가져오겠어요. 충분히 준비하시고 이 대업을 꼭 이루세요. 앞으로 당신이 세우는 비문들은 천 년을 넘어서도 견딜 거예요.”

호몽이 치원의 손을 잡으며 말하자, 치원도 굳은 결의를 다졌다.

그날 밤, 치원과 호몽이 탄 수레가 미끄러지듯이 달려 조용히 월성으로 들어갔다. 수레의 문살을 천으로 가렸기 때문에 밖에서 보아도 안에 누가 탔는지를 결코 알아볼 수가 없었다.

새벽녘에 궁을 나오며 치원은 날이 밝는 대로 다시 입궁할 것이라고 대왕과 약속을 했지만 사람들의 눈을 피해 조용히 들어가기에는 칠흑 같은 밤이 더 적격일 것이라는 호몽의 말을 따르기로 했던 것이다.

궁에 도착한 치원 내외는 미리 나와 기다리고 있던 내관을 따라 대왕의 침소로 향했다. 이들이 도착하자 대왕은 애써 미소를 지으면서도 간혹 통증을 못 이겨 용안을 잔뜩 찌푸리고는 했다.

“반드시 가야 지역에서 나는 쌀을 갈아 그 뜨물로 옥체를 닦아 드리세요. 조식은 선식으로 하되 송홧가루와 솔잎 그리고 콩을 갈아 그 물을 드시게 할 것이며, 일체의 잡식을 금하세요. 또한 향후 3년간 육식을 어찬에 올리지 않도록 하세요. 창문은 항상 열어 놓고 술은 금물입니다. 열꽃에 시달리시는 대왕마마께 술을 올리는 것은 독약을 올리는 것과 같습니다.”

한참 동안이나 아무런 말도 하지 않고 찬찬히 대왕의 옥체를 살피던 호몽이 이내 어의와 내관을 불러 처방을 내렸다.

“이 젊은 사람이 앞으로 3년간 술 없이 어찌 살꼬. 한림학사, 술 뒤에는 여인이 실에 바늘 따라가듯 따라오게 되어 있는데, 그것마저 금해야 되는 거요?"

호몽의 처방을 들은 대왕은 어린아이처럼 해맑게 웃으며 말했다.

"소신, 그저 황감할 뿐이옵니다."

치원은 고개를 조아리며 아뢰었다.

"금해야 할 것은 비단 술만이 아니옵니다. 한동안 여인도 금물이옵니다."

치원과 달리 호몽은 대왕 앞에서도 굽히지 않고 단호한 목소리로 아뢰었다.

"왕비도 안 된다는 말이오?"

대왕이 무척이나 난감한 표정을 지었다.

"지아비가 지어미를 품는 것은 약을 먹는 것과 같다고 하였습니다. 왕비마마는 가까이 하시되, 다른 여인을 품으시면 아니 되옵나이다."

호몽이 대왕의 귀에 대고 나직하게 아뢰었다. 그러자 대왕은 비로소 안도의 한숨을 쉬었다.

치원 내외가 집으로 돌아오자, 안채에는 이미 등불이 꺼진 채 반야 부인의 코 고는 소리가 대청마루를 가볍게 울리고 있었다.

내외는 조심스럽게 방에 들어와 옷을 갈아입고 마주 앉았다.

"늦었어요, 너무 늦었어요. 그토록 총명하시고 인자하신 분을 저렇게 위태롭게 만든 사람들이 누구일까요?"

호몽은 안타까운 눈빛으로 치원을 바라보았다.

"내로라하는 고승들과 온갖 명약이라고 하며 들고 들어오는 아첨꾼들이 눈만 뜨면 드나들고 있지 않소? 특히 젊은 대왕마마께 절제의 덕을 가르치지 않고 오로지 요사스러운 방중술과 비약으로 아첨하는 사람들이 문제요. 우리 같은 사람에게도 책임이 있지요. 우리가 도를 닦던 자오곡 계곡에는 연금술을 하는 사람들이 얼마나 많았소? 이 약에 저 약을 타면 좋다, 금가루와 단사를 가지고 몸부림을 치고 있지 않았소? 그런 자들이 권신들을 등에 업고 궁에 들어와 저마다 이상한 처방을 하며 옥체를 상하게 한 것이 아니겠소?"

치원이 타들어 가는 심정을 억누르며 한숨을 토해냈다.

"일찍이 종리권선사께서도 이에 대한 경계를 하시지 않으셨어요? 당나라에서도 그런 끔찍한 일이 알게 모르게 전해져 왔잖아요. 당 태종께서도 연년약延年藥에 연연하시다가 젊은 나이에 가셨고, 헌종께서도 금단金丹이 과하여 이른 나이에 세상을 뜨셨고, 목종과 경종 그리고 무종 황제께서도 모두 금단을 과하게 드셔 열과 부작용으로 승하하셨다고요."

호몽은 이미 체념을 하고 있었다.

"오죽했으면 당나라 최고의 문장가였던 한유韓愈(768~824) 같은 대인이 유교 문장의 허장성세를 탄핵하고 불교의 비밀주의와 도교의 단학을 허황된 것이라고 주장하다가 황제의 노여움을 샀겠소? 충신들의 만류로 간신히 죽음을 면하고 외직으로 물러났지만 한유는 끝까지 자신의 소신을 굽히지 않았지요."

치원이 연거푸 탄식을 쏟아냈다.

"진秦의 시황제始皇帝께서도 같은 경우가 아니겠어요? 3천 동자와 동녀를 동방의 나라(신라)에 소재하고 있는 방장산과 탐라산까지 보냈으면서도 결국 자신은 지방을 순시하시다가 단약의 부작용으로 50이 못 되어 세상을 뜨셨잖아요."

호몽이 쓴웃음을 지으며 고개를 가로저었다.

"문제는 수은이오. 단약의 끝 지점에 수은이 있다고 봅니다. 시황제 같은 분은 수은이 좋다고 아예 수은으로 목욕을 하셨는데, 결국 그 독이 잠복해 있다가 황제의 옥체를 모두 괴사시키지 않았소? 지금 대왕의 증세도 이와 비슷하지 않소?"

치원이 나직한 목소리로 조심스럽게 물었다.

"단정할 수는 없지만 그것이라고밖에는 달리 진맥할 단초가 없어요. 잘 드시고 많이 활동하시고 쾌활하시지만, 어의나 내관이 건네는 은밀한 단약이 독이 된 것이죠. 더구나 어린 나이에 즉위하셔서 수많은 여인에게 둘러싸였던 마마께서는 어쩌면 이런 일이 숙명적일 수밖에 없을 거예요. 옥좌에 오르신 분을 신이라 부르고, 신은 반드시 성골이나 진골로만 혈통을 이어야 한다는 것도 어려운 일이에요."

호몽 또한 목소리를 최대한 낮추었다. 그때 치원이 황급히 일어서서 호몽의 입을 막았다.

"자, 얘기를 여기쯤에서 그칩시다. 아무튼 당신은 대왕마마를 치료하는데 온 정성을 쏟으시오. 그 단약의 독기를 빼내고 식물과 순한 음식으로 양기를 살려 마마의 피를 맑게 하시오."

그러면서 치원은 고개를 내밀어 밖을 살폈다.

"문제는 대왕마마의 결단이에요. 현재 옥체 안에 단사의 독이 얼마나 깊이 배어 있나 하는 것을 실감하시는 일이 그 첫 번째 관문이고, 그것을 씻어 내시기 위해 마마께서 얼마나 노력하시고 참아 내시느냐 하는 것이 나머지 관문이에요."

호몽의 나직한 목소리에는 여전히 안타까운 심정이 짙게 배어 있었다.

"그러게 말이오. 밤마다 계속되는 연회를 언제까지 물리칠 수 있으며, 이 간신 저 간신이 추천해 올리는 미녀들을 얼마나 과감히 물리치실 수 있느냐, 하는 것도 큰 난관이 아니겠소?"

치원은 문 밖으로 다시 고개를 내밀어 하늘에 떠 있는 별빛을 바라보았다. 어둠이 최고조에 이를 때 더욱 밝은 빛을 발하는 별빛이 무슨 연유에서인지 이제 서서히 그 빛을 잃어가고 있었다.

"그렇습니다. 그나저나 대왕마마께서는 왜 하필이면 방장산 끝자락에 진감선사의 비를 세우시려고 하시는 걸까요?"

호몽의 말에 치원도 골똘히 생각을 했으나 대왕의 의중이 무엇인지 쉽사리 가늠할 수가 없었다.

"부인도 이미 소문을 들어 알겠지만, 지금 서라벌은 아직까지 안전한 편이오만 큰 고을만 벗어나면 도둑 떼가 득실거린다오. 그 도둑 떼의 근거지가 멸망한 가야국에 속했던 방장산 골짜기라고 하오. 당신도 그 근처에는 얼씬도 하지 마시오. 근자에는 돈푼깨나 모은 육두품의 부인들과 오두품 상인들의 수레가 방장산 도둑 떼에게 수난을 당한다고 하오. 심지어는 점잖은 집 부인들이 도둑 떼에게 끌려가 엄청난 몸값을 내고 풀려난다고 하잖소? 옛날 공자님 때에도 도척盜跖이라는 큰 도둑이 있었는데 그 도둑은 공자님께도 큰 소리를 쳤소. '나에게 수천의 군졸만 더 주면 나라도 훔칠 수 있다'고 말입니다. 도둑 떼가 커지면 바로 반군이 되는 거요. 대왕마마께서는 아마도 그곳에 좋은 비문을 세워 그 도둑 떼를 순화시키고 서라벌에서 멀리 떨어져 있는 군현들의 민심을 바로 세우시기 위함일 거요."

한참이나 생각에 잠겨 있던 치원은 무언가 짚이는 데가 있었다. 밤이 점점 깊어지도록 치원 내외는 근심과 안타까운 심정이 치밀어 올라 쉽게 잠을 이루지 못했다.

그때 무수히 빛나는 별들 가운데 별똥별 하나가 커다란 획을 그으며 무언가를 향해 쏜살같이 달려들듯 떨어져 내렸다. 문풍지 사이로 섬광이 불쑥 들어오더니 이내 빛을 잃고 마는 광경을 치원은 또렷이 바라보았다.

대왕의 유언

　헌강왕의 용안은 날로 수척해지고 있었다. 호몽은 불러오는 배를 안고 직접 서라벌 들녘으로 달려가 좋은 벼를 얻어 햇볕에 잘 말린 후 탈곡하여 쌀을 갈았다. 그리고는 뿌옇게 된 물에 송홧가루를 풀어 그릇에 담아 월성으로 들여보냈다.

　궁에서는 아침저녁으로 나이 든 나인들이 그 물로 헌강왕의 몸을 구석구석 닦아냈다. 헌강왕은 나인들이 씻겨 주는 대로 몸을 맡긴 채 깊은 상념에 잠겼다.

　'옛날처럼 호탕하게 웃지도 못하고 어린애처럼 나인들이 먹여 주는 죽이나 받아먹고 있구나. 그것마저 제대로 삼키지 못하고 죄다 턱 밑으로 흘리다니……. 나인들이 입혀 주는 용포마저도 이젠 거추장스럽도다.'

　대왕은 언제나 얇은 비단천 하나만 걸치고 내전에 누워 있었다. 그런 연유로 모든 정사는 상대등 위홍이 맡아 처리했다.

　모든 대신이 위홍 앞에 엎드려 머리를 조아리며 조서가 내려지기를 기다렸다. 그런 대신들을 비웃기라도 하듯 이제 갓 마흔을 넘긴 상대등은 편전의 문이 흔들리도록 쩌렁쩌렁한 목소리로 호통을 쳤다.

"무슨 일을 이 따위로 하는가? 그러고도 그대들이 이 나라의 대신이라 할 수 있는가?"

대신들을 향한 위홍의 하대는 이제 거침없는 욕설로 번져가고 있었다. 그러나 상대등의 위세에 눌려 그 누구도 싫은 내색조차 하지 못했다.

내전에 누워 있는 헌강왕은 측근을 통해 이러한 상황을 들어 어렴풋이나마 분위기를 알아차렸지만 병마에 시달리는 나약한 몸으로 달리 손을 쓸 수가 없었다.

뼈마디가 쑤셔서 움직이기조차 어려웠고, 시력이 약하여 책을 볼 수도 없었다. 뿐만 아니라 잠이 오지 않아 악공을 불러들여 소리가 크지 않은 음악을 연주하라고 하명했지만, 비파나 아쟁 소리도 귀가 아프다고 하며 연주를 멈추도록 했다.

"참으로 고운지고, 참으로 고운지고……."

대왕은 아름다운 무희의 춤을 고즈넉이 바라보며 탄식 어린 투로 말하고는 했다. 얼마 전만 해도 그 무희를 남으라고 하여 내실로 불러들일 수 있었을 텐데, 그저 탄식만 하고 돌려보내야만 하니 그 마음이 오죽이나 애석하겠는가.

대왕은 통증이 심해질 때마다 호몽을 찾았다. 호몽도 몸이 점점 무거워져 대왕 곁에 늘 머물 수가 없었기에 부름이 있을 때만 황황히 달려가고는 했다. 이렇게 서둘러 입궁한 호몽이 나인을 시켜 쌀뜨물로 목욕을 시켜드린 후에 자오곡에서 가져온 향을 피워 은은한 향내를 풍겼다. 그래야만 대왕이 겨우 눈을 감고 숙면을 취할 수 있었다.

"부인, 내일 아침에는 한림학사와 함께 들어오세요. 과인이 하명할 것이 있습니다."

호몽이 사가로 돌아갈 시간이 되면 대왕은 불안에 떨며 마치 어린아이처럼 보채기만 했다.

다음 날, 치원 내외는 궁궐에서 보내 준 마차를 달려 급하게 궁으로 들어갔다. 호몽은 가쁜 숨을 몰아쉬는 대왕을 진맥한 후 송홧가루와 은가루를 아주 조금 섞은 진통제를 만들어 올렸다.

"한림학사, 이 몸이 아무래도 힘들 것 같소. 과인이 그대와 부인을 조금이라도 더 일찍 만났더라면 목숨만은 건졌을 것 같은데 참으로 한스럽소."

대왕의 숨소리는 더욱 거칠고 숨을 쉬는 정도가 점점 힘겨워지며 또 그 간격 또한 점차 벌어지고 있었다.

"대왕마마, 심약한 말씀은 거두시옵소서. 아직 팔팔하신 어수가 아니십니까? 약관을 지나 이제 겨우 이립을 바라보는 어수이십니다. 하실 일이 태산 같은 시점이옵니다. 어서 기운을 내시옵소서. 저희 내외가 사력을 다하겠나이다."

치원이 대왕의 이마를 짚으며 곡진하게 아뢰었다.

"고마운 말이오. 과인이 일어설 수만 있다면 얼마나 좋겠소. 오늘은 경에게 또 다른 하명을……. 아니요, 이것은 과인이 그대에게 정중히 부탁하는 청이라오."

대왕은 희미하게 웃었다.

"하명하소서."

치원은 엎드려 아뢰었다.

"지난번에 과인이 열반하신 진감선사에 대한 비명을 하명하였소. 그런데 이번에 과인이 열에 시달리면서 또 다른 사명감을 느끼게 되었소. 그동안 과인은 어린 나이에 즉위하여 상대등의 섭정을 받으며 보위에 십이 년이나 앉아 있었소. 신의 나라를 다스리는 살아 있는 신으로 십이 년 이상이나 추앙을 받았단 말이오. 위로는 하늘의 천복을 누리고, 또 선왕들의 가호를 받으며 재위 기간 동안 큰일이나 재해를 받지 않고 태평성대를 누렸소. 그러면서도 선왕들의 가호하심을 잊은 채 비빈들의 꼬임과 수많은 미희와의 열락에만 빠져 먹고 마시는 일에만 치우친 나머지 정작 군왕으로서할 일을 하지 못하였소."

겨우 입을 연 대왕은 마른기침을 계속했다.

"그, 그래서 말인데 곡사鵠寺에도 비 하나를 세우고 싶소."

나인들이 건네주는 물을 마시자 대왕은 간신히 기침을 멈추었다.

"토함산 말방末方에 있는 대숭복사를 이르시는 말씀이시옵니까?"

치원이 고개를 들어 대왕의 용안을 살폈다.

"그렇소. 그 절 뒤에 고니 모양의 바위가 있다 하여 예로부터 곡사로 불린 왕실의 절이 아니오? 우리 왕실에서 그 곡사를 일단 대숭복사로 선대에서 승격시키고 왕실의 절로 중창한 일은 있소만……. 아직 그 절에 선대 대왕들의 덕을 기리는 비가 없소. 등하불명이라고 정작 왕실에서 가장 가까운 그 절에 대왕들의 추모비가 없는 것이 얼마나 한심한 일이오? 이게 다 과인이 불민했던 탓이오."

대왕이 헐떡거리며 몹시 괴로운 표정을 지었다.

"황감하신 말씀이옵니다."

치원이 다시 머리를 조아렸다.

"참, 대숭복사는 경과도 인연이 있을 터인데."

겨우 정신을 가다듬은 대왕이 애써 미소를 띤 얼굴로 치원을 바라보았다.

"네, 마마. 돌아간 제 아비가 대숭복사의 중창에 불사를 맡았었습니다."

"그렇지, 그렇지. 선대인께서 그 일을 훌륭히 해낸 것을 경문대왕께서 늘 칭찬하셨지요. 이제 경이 그곳에 비문을 지어 훌륭한 비석을 세우면 우리 서라벌 왕가가 2대에 걸쳐 손을 본 대숭복사의 불사에 화룡점정을 하게 되는 것이오."

대왕은 크게 웃으려고 몸을 뒤척였지만, 생각과 달리 입에서는 가느다란 쉿소리만이 겨우 흘러나왔다.

이를 가만히 지켜본 치원 내외는 안타까운 심정이 뜨거운 눈물이 되어 거침없이 흘러내리는 것을 애써 참으며 자리에서 물러났다.

그로부터 사흘 후, 월성에서는 또다시 최치원 내외를 불렀다. 부랴부랴 입궐을 하니, 이미 기별을 받고 입궐한 중신들이 모여 저마다 수군거리며 서로 미묘한 눈짓을 주고받고 있었다. 왕실의 긴 회랑을 따라 치원 내외가 끝자락에 서자, 큰 발걸음으로 내전과 어전 사이를 오가던 상대등이 이를 발견하고는 황급히 다가왔다.

"어서 내전으로 들어가 보시오."

그 소리를 듣고 치원은 혼자 들어가야 되는 것인지 아니면 호몽과 함께 들어가야 하는 것인지 몰라 우물쭈물하고 서 있을 수밖에 없었다.

"부인도 함께 들어가시오!"

상대등의 허락이 떨어지자, 치원 내외는 내전으로 발걸음을 황급히 옮겼다. 두 눈만 껌벅이며 누워 있던 대왕이 치원 내외를 발견하자 간신히 손을 들어 가까이 오라는 신호를 보냈다. 치원이 다가가자 대왕은 더 가까이 오도록 했다. 치원은 한 걸음 더 다가가 대왕의 얼굴에 거의 닿을 듯 고개를 숙였다.

"내 오늘 이승을 하직할 듯하오. 부인께 부탁하여 당에서 온 그…… . 경교의 여자를 들라 하시오."

대왕은 치원의 귀에 대고 고작 몇 마디를 전하면서도 몹시 힘겨워했다.

"배찬 대감의 따님을 이르시는 말씀이시옵니까?"

순간 치원은 당황해하며 난처한 기색을 드러내자 대왕은 고개를 끄덕였다. 하는 수 없이 치원은 상대등에게 이 사실을 그대로 전했다.

"뭐야? 그 당에서 온 여자…… 경교를 믿는 여자 말이오? 허, 참! 이 막중한 순간에 아녀자를 들이시겠다, 이거요?"

상대등은 미간을 찌푸리며 화를 냈다. 치원도 할 말을 잃고 어찌 할 바를 모른 채 상대등의 얼굴만 뚫어져라 쳐다보았다.

"빨리 마차를 보내거라! 언덕 위에 있는 그 집으로 사람을 보내서 당나라에서 온 배찬 대감 따님을 모셔오너라!"

잠시 생각에 잠겨 있던 상대등이 이내 내관에게 일러 배찬 대감의 딸을 데려오도록 했다. 그러면서 상대등은 중신들을 의식한 듯 '배찬 대감'이라는 대목에서 목소리를 높였다. 명분을 찾는 것이었다.

정오가 조금 지나 검은 예복을 입은 밀리엄 수녀가 종종걸음으로 입실했다. 중신들이 곁눈질을 하며 얼굴이 하얀 밀리엄 수녀를 지켜보았고 상대등은 못 본 듯 외면했다. 그녀가 내전에 들자 헌강왕은 안심이 되는 듯 표정이 편안한 색깔로 변했다.

"이상하게도 그대가 보고 싶었느니……."

헌강왕은 상체를 일으키려고 하다가 힘이 없어 풀썩 쓰러지며 그냥 누운 채 입술로만 미소를 전했다.

"황감하옵니다, 대왕마마."

밀리엄 수녀가 붉어진 얼굴을 손으로 쓰다듬으며 부끄러워했다.

"묻겠노니 과인도 부활을 할 수 있겠느냐? 과인은 후대에 성군으로 다시 환생하기보다는 저승에 가서 편히 쉬다가 그 어느 날엔가 부활을 하고 싶은데……."

혼신의 힘을 쏟는 대왕의 목소리가 심하게 떨리고 있었다.

"그렇다면 지금 바로 의식을 치르셔야 합니다."

조금 전과는 달리 밀리엄 수녀의 얼굴에는 굳은 결의가 묻어나왔다. 그러더니 밀리엄 수녀는 미리 준비해 온 사람처럼 침착한 눈빛을 호몽에게 보냈다. 그러자 호몽은 알아들었다는 듯 내관에게 일러 맑은 샘물을 준비시켰다.

얼마 후 내관이 재빠르게 움직이며 은대야에 그 귀중한 물을 받아왔다. 밀리엄 수녀가 그 성수로 대왕의 정수리를 적시고 성호를 그은 다음, 대왕의 입술 위에 십자가를 대 주었다.

"믿습니까? 이 십자가의 도를 믿습니까?"

밀리엄 수녀의 목소리는 나직하게 내전에 울렸으나 한 치의 흔들림도 없었다. 이에 대왕은 밀리엄 수녀의 애잔한 눈빛을 바라보며 어린아이처럼 고개를 끄덕일 뿐이었다.

"십자가가 당신의 죄를 사해 주심도 믿습니까?"

밀리엄 수녀가 다시 한 번 물었다. 이번에도 대왕은 말없이 고개를 끄덕였다.

"그럼 부활도 믿습니까?"

이번에는 대왕이 눈빛을 반짝이며 두 손을 모아 가까스로 합장했다. 그리고 끄덕였다. 대왕은 다시 내관에게 일러 상대등을 불러

들였다. 상대등이 관복을 휘날리며 황황히 들어올 때, 좌우 중신들도 상대등의 뒤를 따라 들어왔다.

"이제 과인의 마음이 편안해졌소. 상대등, 아니 숙부라 부르고 싶소. 숙부!"

대왕은 천천히 말을 이어갔다.

"대왕마마, 하명하소서. 무엇이든 따르겠나이다."

상대등도 허리를 구부리며 아뢰었다.

"여기에 있는 사람들을 내보내지 마세요. 지금부터 기록은 최치원 한림학사가 맡아서 해주시오. 첫째, 과인이 최 한림학사에게 이미 하명한 비문 두 개를 세우는 일을 상대등께서는 꼭 도와주세요. 둘째, 과인을 남산의 선대 발치에 묻어 주시되, 의식은 간소하게 해 주세요. 셋째, 경교의 교당을 세워 주시되, 불국사 근처에 세우세요."

헌강왕은 숨이 차오르는 것을 힘겹게 참아내며 사력을 다해 마지막 하명을 했다.

"대왕마마, 불국사는 서라벌의 국찰이옵니다. 어찌 이교도의 교당을 그 경내에 세운단 말입니까?"

상대등이 격하게 분노하며 대왕의 말을 가로막았다.

"숙부, 과인의 유언입니다. 내 지금까지 숙부의 말을 거역한 일이 있소이까?"

대왕이 결연한 목소리로 나직이 말했다. 그러자 기세등등한 상대등도 아무 말 못하고 뒤로 한걸음 물러섰다.

"숙부, 과인의 마지막 소원입니다. 과인은 언젠가 오산의 무덤을 깨고 부활하고 싶습니다. 그러니 경교의 교당이 보이는 오산자락에 과인을 묻어 주시오."

대왕의 숨소리가 잦아드는가 싶더니 이내 눈빛이 흐려지며 눈꺼풀이 반쯤 내려앉고 있었다.

"하교대로 하오리다, 대왕마마."

마침내 상대등은 헌강왕의 마지막 명을 받아들였다. 내전에 모여 있던 사람들 모두 그 자리에 풀썩 주저앉아 통곡을 했다. 대왕의 마지막 전교를 받아 적던 치원은 들고 있던 붓을 떨어뜨리며 울기 시작했다. 호몽과 밀리엄 수녀도 서로 손을 잡고 소리 내어 슬피 울었다.

잠시 후 내관이 월성 꼭대기에 올라가 하늘을 향해 곤룡포 자락을 흔들며 대왕의 붕어를 만천하에 알렸다. 그러자 서라벌 사람들은 모두 땅에 엎드려 슬픈 울음을 쏟아내었다.

"참으로 관대하시고 마음이 넉넉하셨던 성군이셨는데……."

백성들은 슬피 울며 헌강대왕을 추모했다.

은함殷含

    치원은 바쁜 나날을 보내느라 잠시도 쉴 틈이 없었으며, 심지어 잠자는 시간도 없이 거의 매일을 뜬눈으로 보냈다. 붕어한 헌강대왕의 치적을 정리하고 그 공을 기리는 헌사를 써야 하며, 당 황실에 올릴 문서를 만들어야 하고, 오산에 세울 대왕의 비문에 이르기까지 모든 일을 혼자 도맡아 해야 했기에 허구한 날 밤을 지새워야만 했다.

    그러다 보니 제때 끼니를 해결할 수도 없어 호몽이 집에서 만들어 보내는 선식을 물에 타 마시는 정도로 허기를 채웠다. 그러면서 졸린 눈을 비비며 월성의 경전에서 문구 하나하나를 다듬는 일에만 몰두했다. 일찍이 호몽과 함께 자오곡에서 수련을 했던 그 시절을 떠올리며 정신을 바짝 차리고, 체력을 아끼며 하루하루를 지탱했다.

    왕실에서는 노역꾼들을 남산으로 보내 대왕을 모실 능을 조성하고 있었으며, 월성 안팎에서는 나인들의 호곡 소리가 끊이지를 않

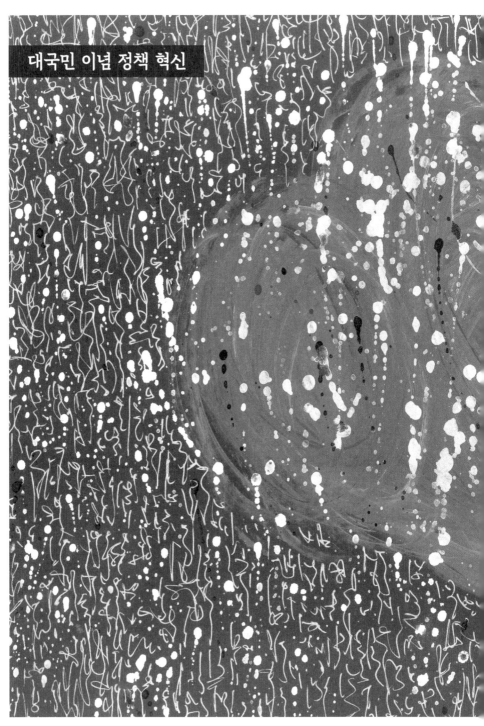

대국민 이념 정책 혁신

대국민 이념 정책의 중요성을 형상화한 이미지. 최치원은 계원필경에서 '사람들이 백을 하면
나는 천배 이상 노력해 깨달아 얻은 것을 반드시 실천했다'고 하였다. 새로운 대한민국의 이념으로 삼을 만한 글귀다.

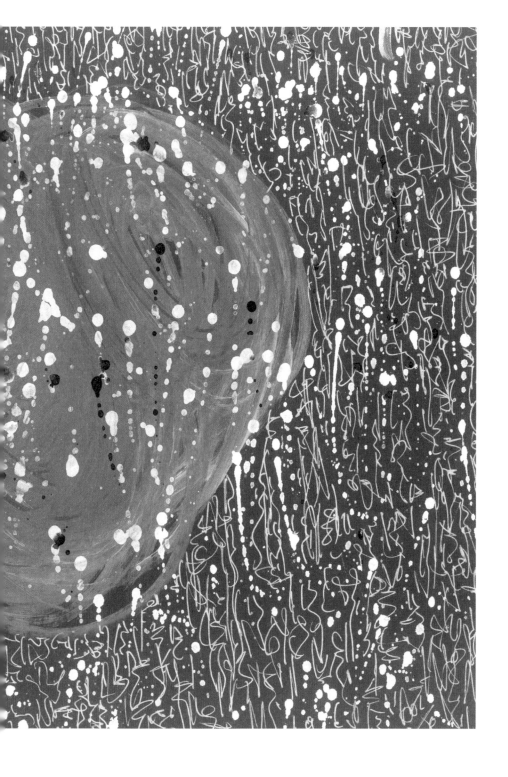

았다. 그때 궁궐 깊은 곳에서는 진골들이 은밀히 모여 대왕의 붕어에 따른 심오한 일을 거론하고 있었다.

"참으로 안타까운 일이오. 형님이신 경문대왕께서 세상을 뜨신 후 지난 12년간 보위에 잘 계셨던 헌강대왕께서 요절하셨으니 그 젊은 연치에 하늘이 무너지는 것 같습니다. 그러나 태자 김 요金嶢는 아직 돌도 지나지 않았고, 이제 남은 김씨 문중의 혈통은 정晸 왕자, 만曼 공주, 그리고 윤胤뿐이오."

상좌에 앉은 위홍이 짐짓 한숨을 내쉬며 입을 열었다. 그는 상대등으로서 말을 하는 게 아니라 왕가의 가장 웃어른인 숙부의 자격으로 가문을 대표하여 제법 위엄 있는 목소리로 말했다.

"천 년 사직의 중대사입니다. 지금에 와서 사사로운 법도를 내세울 수는 없습니다. 태자는 아직도 강보를 벗어나지 못한 상태입니다. 그렇다고 해서 상대등 어른께서 섭정하실 수도 없습니다. 순리대로 일을 풀어 가십시오."

왕후인 의명 부인懿明夫人이 서럽게 흐느꼈다. 왕후로서 상대등이 결단을 쉽게 내릴 수 있도록 분위기를 정리해 준 것이다.

"그렇습니다. 태자의 나이가 보위에 앉으실 만한 나이가 돼야지……. 아직 젖도 물리지 못하시니 할 수 없지요. 보위는 한시도 비워 놓을 수 없는 일이니 숙고할 여지가 없습니다. 정 왕자께서는 저희들의 절을 받아 주십시오."

상대등의 말이 끝나자마자 모두 일어나 정 왕자 앞에 무릎을 꿇고 예를 올렸다. 갑작스럽게 벌어진 일에 대해 정 왕자는 무척 난처한 표정을 지을 뿐이었다.

"저도 아직 어립니다. 약관을 겨우 넘겼어요. 상대등의 도움이 절실히 필요합니다. 상대등, 제게 섭정을 약속해 주십시오."

정 왕자는 울먹거리는 얼굴로 상대등을 바라보았다.

"오라버니, 숙부만 믿고 어서 보위에 오르세요."

키가 크고 남자처럼 씩씩하게 생긴 김만이 오라버니의 어깨를 감싸주었다.

"만 공주, 옥체에 함부로 손을 대는 게 아니오. 이제부터는 오라버니가 아니라 하늘에서 내려오신 우리 신국의 군주로 받들어야 합니다."

위홍이 만 공주를 점잖게 나무랐다. 그러자 만 공주는 움찔하여 자리로 돌아가 앉으며 상대등에게 고개를 숙였다.

어느덧 계절이 바뀌어 온 들판에 봄꽃들이 즐비하게 피기 시작했다. 남산 기슭의 보리사菩提寺 동남쪽에 능이 완성되어 헌강왕을 그리 모시고 나서야 긴 국상도 끝이 났다.

그리고 헌강왕의 뒤를 이어 정강왕定康王이 보위에 오르고서야 서라벌은 가까스로 안정을 되찾았다. 정강왕은 보위에 앉자마자 하동 골짜기로 원행을 서둘렀다. 새로운 임금의 행차를 반기는 듯 날씨마저도 화창한 게 여느 봄날의 나들이를 연상케 했다. 모처럼 밖으로 나온 정강왕은 맑은 물이 흐르는 계곡에 다다르자 그동안 억눌렸던 가슴을 활짝 펴고 숨을 크게 들이마셨다. 계곡물이 요란한 소리를 내며 어디론가 바쁘게 흘러가고 있었다.

그러나 왕의 행렬이 깊은 골짜기로 들어서자 호위 군사들은 바짝 긴장을 했다. 그 계곡에는 대낮에도 도둑 떼가 설치기 때문에 잠시라도 경계를 늦출 수가 없었다. 그때 산등성이 여기저기서 누군가 큰 소리를 지르며 신호를 보냈다.

'호위 군사들이여, 우리 승군들이 있으니 너무 긴장하지 마시오.'

사찰에서 나온 승군들이었다. 이 골짜기에 있는 사찰들은 나름대로 도둑 떼에게 대항하기 위해 승군을 양성하고 있었다. 이날 왕의 행차를 통보받은 승군들이 미리 나와 행렬을 호위하기로 했던 것이다. 승군들은 승리의 색깔인 붉은 깃발을 흔들며 왕의 행렬을 호위했다.

"한림학사, 이 골짜기 저 골짜기에 있는 절들의 이름이 어찌 되오?"

정강왕이 뒤를 따르던 최치원을 불러 물었다.

"절들이 저마다 옥천사玉泉寺라고 내세우고 있사옵니다. 개울물이 맑아 옥천사라고 하는 것은 좋은 일이오나, 서로 자기 절이 옥천사의 본산이라고 우기고 있으니 실로 딱한 일이옵나이다."

최치원이 매우 난처한 표정을 지으며 대답했다.

"다 도를 닦는다는 선승들일 텐데, 어찌 절 이름 하나를 양보하지 못한단 말이오?"

왕은 불쾌한 기색을 여지없이 드러냈다.

"대왕마마께서 이번에 행차하신 김에 가장 마음에 드시는 옥천사에 따로 절 이름을 하사하시는 것이 옳으신 줄로 아옵니다."

치원은 마치 자신의 죄인 양 무척 송구스러워했다. 그 모습을 본 정강왕은 미소를 띤 채 치원을 바라보며 고개를 끄덕였다. 그러는 사이 왕의 행렬은 무사히 옥천사 입구에 도착했다. 어가에서 내린 정강왕은 골짜기 이곳저곳에 있는 몇 개의 옥천사를 둘러본 후 제일 명당이라 여기는 사찰로 들어갔다.

"굳이 옥천사라는 사찰 명을 고집할 필요가 있겠소?"

어가가 사찰로 들어서는 것을 본 주지승이 부랴부랴 달려와 부복을 하자, 왕은 대뜸 사찰의 이름을 가지고 주지승에게 나무라듯 물었다.

"저희들도 비슷비슷한 이름에서 벗어나고 싶사옵니다. 대왕마마의 하늘 같은 선처를 기다리겠나이다."

주지승이 시선을 땅바닥에 떨군 채 공손하게 아뢰었다.

"한림학사, 여기서 보이는 계곡이 두 줄기로 보이니 쌍계사雙溪寺라는 이름으로 하는 것이 어떻겠소?"

대왕은 치원을 바라보며 물었다.

"지당하신 하명이시옵니다, 대왕마마. 주변 경관과 딱 맞아떨어지는 좋은 이름이옵니다."

치원은 정강왕의 예리한 감각에 탄복했다.

주지승이 황급히 지필묵을 대령하자, 정강왕은 단정한 해서체楷

書體로 현판 글씨를 내려 주었다.

　　雙溪寺쌍계사

　쌍계사를 다녀온 후 치원은 밤낮없이 비문 쓰기에 매달렸다. 우선 진감선사에 대한 여러 가지 자료를 수집하다가 의상대사가 창건한 의성 고운사(경상북도 의성군)에서 한동안 머물러 있었다는 자료를 보고 의성 고운사를 찾아가 주지 스님을 만났다. 주지 스님 법륜이 진감선사 모습과 행적에 대해 말해주었다. 의상대사는 원효대사와 선진화된 불교문화를 공부하기 위해 당나라 유학길을 함께 떠나기로 결심하였다.

고운사_ 경북 의성 출처, 위키백과

경주를 출발하여 경기도 화성 당항포 근처에 도착하려 했을 때쯤 어두워지기 시작했다. 피곤하여 밤길을 도저히 더 이상 갈 수 없어 인근에서 하룻밤을 숙박하려고 민가를 찾아보았으나 발견하지 못했다. 노숙하기로 마음먹고 잠자기에 알맞은 곳을 찾아 헤매던 중 달빛 아래 공동묘지가 눈에 들어왔다. 공동묘지는 죽은 사람들이 영면하고 있는 곳이므로 살아 있는 사람이 잠자기도 편안할 것이라고 생각되어 이곳에 여장을 풀고 두 사람 모두 잠을 청하였다. 다음 날 아침 의상대사는 꿈속에서 미모를 갖춘 현묘한 한 여인이 나타나서 유학길을 무사히 잘할 수 있도록 도와 드릴 것이니 근심 걱정을 하지 않아도 된다는 꿈을 꾸었다고 간밤의 꿈 이야기를 원효대사에게 말해주었다.

원효대사도 간밤에 있었던 일을 말하였다. 갈증이 몹시 심하여 잠에서 깨어나서 마실 물을 찾던 중 물 한 바가지를 발견하고 들이켰더니 그 물맛이 너무 시원하고 달콤함에 모든 갈증이 해소되어 또다시 깊은 잠에 들었다. 아침에 일어나 보니 그 맛있던 물이 죽은 사람의 해골바가지에 담겨 있었던 물이라는 것을 보고 깜짝 놀랐다. 간밤에 먹었던 물을 의상대사 모르게 조용히 토해 내려고 최선을 다했지만 고통만 따르고 마셨던 물을 또다시 토해 낼 수 없다는 사실을 의상대사에게 말해주었다.

그리고 원효대사는 의상대사에게 유학길을 포기하고 생활불교를 함께하자고 제안했다.

의상대사는 원효대사에게 유학길을 포기하는 이유에 대하여 구체적으로 말해 달라고 하였다. 어젯밤 먹었던 물이 해골바가지 물이라는 것을 모르고 먹었을 때는 너무나 좋았는데 아침에 토해 내지 아니하면 견딜 수 없게 된 것은 생각의 변화 때문임을 순간적으로 깨닫게 되었다는 이유를 말하면서 이 세상 모든 것이 일체유심조라고 하였다.

그러나 의상대사는 유학을 반드시 해야 된다는 이유를 원효대사에게 말했다. 당나라 불교 제일인자인 현장법사도 인도에 유학을 가서 불교경전 공부를 하면서 경전 책을 구입하려고 하였으나 인도에서 절대로 매각할 수 없다고 하여 당나라 황실에 고하고 많은 재정지원을 받아 경전 책을 구입해서 십수 년 공부한 덕분에 제일인자가 된 사실을 들어서 알고 있었음을 말해주었다.

의상대사는 원효대사와 공부하고자 하는 목표가 서로 다르기 때문이므로 반드시 유학을 간다고 하였다. 원효대사와 헤어진 후 당항포에서 무역상선의 배를 타고 당나라에 무사히 도착하여 부유한 선비 집에 잠시 머물게 되었는데 미모가 뛰어난 선묘아가씨를 만나게 되었고 선묘아가씨가 동행하여 계속 도와주겠다고 하였지만 꿈꾸는 경전공부 성취를 위해 동행을 거절하고 훗날을 기약했다. 곧바로 화엄경의 본산이 있는 종남산 지상사至相寺 지엄선사를 찾아갔다.

지엄선사는 의상대사가 이곳으로 찾아올 것이라는 것을 미리 알고 있었던 듯 의상대사를 반갑게 맞이 해주었다. 지엄선사의 수많은 제자들이 의상대사를 시기하고 질투하였다. 그러나 의상대사는 화엄경을 10년 동안 공부하여 새로운 화엄법계 일승도 경전을 완성하였다. 지엄선사는 의상대사를 후계자로 지명하고 화엄경전 강연을 실시하라고 하였다. 의상대사의 강연을 듣기 위해 당나라 유명선사들이 지상사로 찾아왔다. 의상대사는 측천무후여황제가 신라를 당나라 속국으로 만들고자 한다는 소문을 듣고 하루 빨리 고국으로 되돌아가서 대비책을 왕에게 알리고 싶었다. 지상사 조사직을 포기하는 이유로 신라에 계신 부모님을 생전에 한 번 더 찾아뵙기 위함이라고 말했다.

고국으로 돌아가기 전 선묘여인의 은혜에 보답하기 위해 옛날 집으로 찾아갔더니 선묘여인은 의상대사를 그리워하면서 불교에 귀의하여 수행하다가 이미 죽었다는 사실을 알고 영가천도 기도를 해주고 신라로 가는 무역상선의 배를 타고 오던 중 여러 차례 심한 풍랑 때문에 죽을 고비를 넘기고 고국에 무사히 도착하였다. 의상대사는 유학하기 전 도와주겠다는 꿈속의 여인이 선묘여인이라고 생각하며 관세음보살행을 실천해야겠다고 결심했다.

신라에 돌아온 의상대사는 신라 백성들에게 당나라와 싸워 이기는 방법은 애국심을 고취시키는 화엄일승법계도 실천도량을 많이 지어야 한다는 사실을 왕실에 고하였다. 통일신라의 기본정신으로 화랑도정신과 화엄일승법계도 정신을 융합하여 고구려, 백제, 신라 백성들의 마음을 하나로 하여 군사훈련을 시켜야 한다는 사실도 아뢰었다. 애국애민을 위해 신라로 돌아왔다는 사실을 알려 주면서 의상대사의 특징으로 얼굴색이 검고 도술에 능하며 불심이 아주 깊은 승려라는 것을 말해주었다.

　그리고 고운사의 창건에 대하여 말했다. 의상대사는 산수가 아름답고 연꽃이 피어 있는 것과 같은 화엄경지인 이곳에 고운사를 창건하면서 의상조사 법성게 210자를 실천도량으로 만들어 후세 사람들에게 실천수행 도장으로 사용하여 화엄사상이 이 땅에서 꽃 피우고 이웃 나라로 전파되어 이곳을 찾아오도록 하기 위해 조성하였다고 했다.

　　　의상조사 법성게(일명 화엄일승법계도)

　　　모든 법의 성품은 둘이 아니고 하나이며 본성은 변하지 아니한다.
　　　부처님의 가르침은 몸과 마음에 진실과 거짓을 알 수 있을 때를 부처와 보살이 된다고 했느니라.
　　　진실과 거짓이 있다 없다 함은 마음에서 생기는 생각 때문이라. 지혜로서 깨달음을 얻을 수 있으나 지식으론 얻을 수 없느니라.
　　　부처님의 가르침은 스스로 깨달을 수 있다고 했는데 인연 및 연기법에 따라 깨닫는다고 생각하느니라. 하나가 곧 모두요, 모두가 하나이니 하나가 모두이니라.
　　　아주 작은 먼지로 온 우주가 되듯이 온 우주가 작은 먼지, 즉 티끌과 같으니라. 그러므로 한 먼지 티끌 속에 시방세계가 다 들어 있다. 즉, 한 생각에 따라 영원한 것이 순간이요, 순간을 영원이라 함은 마음에서 생각함이요. 마음으로 어제 오늘 내일이 있다고 하나 오늘뿐이니 깨달은 자는 어제 오늘 내일을 구분 없이 오늘 지금 이 순간만을 생각하느니라. 마음으로 깨달음을 바랄 때 깨달음을 얻으며 삶과 죽음을 모를 때 깨달음을 얻는 것이라. 깨달음이란 있는 그대로를 아는 것이니 다르게 알지 말라.

부처님과 보현보살님도 크게 깨우쳐 마음대로 다스릴 수 있어 마음이 바다의 물결처럼 고요할 때를 최고의 깨달음이라 하였듯이 이 세상 모두가 부처라.

수행한 만큼 깨달을 수 있으므로 깨달음을 바라면 진실을 거짓으로 아는 것과 거짓을 진실로 아는 이 두가지 생각을 모두 털어내 있는 그대로를 알 수 있는 힘이 있을 때 깨달음을 얻어 부처가 되느니라.

신비한 이 주문은 불국토에서 행복한 삶을 누리니 좌우 위아래가 없는 중도자를 예부터 현재, 미래까지 불·법·승, 삼보를 이름 짓지 아니하고 오래전부터 전해오고 있는 것을 부처라 하느니라.

義湘祖師 法性偈 의상조사 법성게

法性圓融無二相 법성원융무이상

諸法不動本來寂 제법부동본래적

無名無想絕一切 무명무상절일체

證智所知非餘境 증지소지비여경

眞性甚深極微妙 진성심심극미묘

不守自性隨緣成 불수자성수연성

一中一切多中一 일중일체다중일

一卽一切多卽一 일즉일체다즉일

一微塵中含十方 일미진중함시방

一切塵中亦如是 일체진중역여시

無量遠劫卽一念 무량원겁즉일념

一念卽是無量劫 일념즉시무량겁

九世十世互相卽 구세십세호상즉

仍不雜亂隔別成 잉불잡난격별성

初發心時便正覺 초발심시변정각

生死涅槃常共和 생사열반상공화

理事冥然無分別 이사명연무분별

十佛普賢大人境 십불보현대인경

能仁海印三昧中 능인해인삼매중

繁出如意不思議 번출여의불사의

雨寶益生滿虛空 우보익생만허공

衆生隨器得利益 중생수기득이익

是古行者還本際 시고행자환본제

叵息忘想必不得 파식망상필부득

無緣善巧捉如意 무연선교착여의

歸家隨分得資糧 귀가수분득자량

以陀羅尼無盡寶 이타라니무진보

莊嚴法界實寶殿 장엄법계실보전

窮坐實際中道上 궁좌실제중도상

주문

舊來不動名爲佛 구래부동명위불

舊來不動名爲法 구래부동명위법

舊來不動名爲僧 구래부동명위승

　법륜스님은 암자에서 차 한잔을 나누어 마신 후 한림학사 최치
원을 모시고 경내 건물에 대하여 하나하나 설명해주었다. 특히 의
상조사 법성게 실천도장을 조성한 경위를 구체적으로 설명하면서
의상대사의 기이한 행적과 숨겨진 비밀 이야기를 이어나갔다.

　의상대사는 귀신이 나타났다 사라졌다 하는 것과 같이 현묘하
고 또 현묘해서 이름하려 해도 이름할 수 없고 문자로는 기록할
수 없다고 하였다. 그러므로 황하사(갠지스강의 모래)를 두고 만萬이
다 억億이다 논하지 말고 외로이 떠 있는 구름을 두고 남과 북을
논하지 마라. 제법공상諸法空相(우주만물의 이름 붙이기 이전 있는 그대로를
말함)의 자연을 있는 그대로 보아야지 이름을 붙이면 진실이 아닌

것이라고 하였다.

 법륜 주지 스님은 대사가 걸어온 길에 대해 말했다. 의상대사는 신라 진골출신으로 중국 종남산 지상사에서 지엄선사 제자로 입문하여 화엄경을 공부하면서 스스로 깨달아 얻은 지식으로 화엄경전 10권을 독자적으로 찬술하여 스승님에게 보고드리자 지엄선사는 매우 잘 쓴 글이라고 칭찬한 후 책 10권 모두를 부처님 앞 촛불에 태웠다.

 그러나 촛불에 타지 아니하고 남아있는 글자를 모아 보았더니 글자수가 210자였다. 불에 타지 아니한 글자는 현묘하고 신비스러움이 존재할 것이라고 판단하여 의상대사에게 남아 있는 글자를 다시 글로 융합해 보라고 말했다.

 의상대사가 남아 있는 글자 210자를 가지고 다시 글로 완성한 때가 서기 668년 7월 여름이었다. 이를 '의상조사법성계義湘祖師法性偈', 또는 '화엄일승법계도華嚴一乘法界圖'라고 이름 지은 것이라고 설명해 주었다.

 나무아미타불 관세음보살! 주문을 끝내고 법륜스님은 당나라뿐만 아니라 신라에서 문장에 가장 뛰어난 최치원 한림학사에게 원효대사와 의상대사의 융합된 도道에 대하여 한 수 가르쳐달라고 간청하였다. 이 말을 듣고 치원은 말했다.

 "소인도 당나라 종남산 종리권선사로부터 의상대사의 행적에 대하여 들었고 화엄경 사상의 제일인자 지엄선사께서도 의상대사가 나보다 앞선다고 하신 말씀을 전해 들었습니다."

그리하여 의상조사법성게를 관심 있게 공부하면서 세상이치를 우주원리에 맞추어 글로 표현한 것을 이해하고 깨달음을 얻은 후 이보다 더욱 심오한 글을 써서 후대에 남기고 싶다고 하였다. 이어서 자신 스스로 항상 생각하고 있는 도에 대하여 말했다.

"이 몸은 외로이 떠있는 구름처럼 한 곳에 오래 머물러 있지 못합니다. 우선 당나라 유학시절 공부하면서 얻은 지식을 말해 보겠습니다. 진나라 진시황제가 만리장성을 쌓은 일과 수나라 수양제나 당나라 태종이 요동(고구려) 정벌을 위해 고구려와 전쟁을 일으킨 것은 황제가 자기 업적을 위한 것이지 백성을 위한 것이 아닙니다. 백성은 황제의 명령에 따르지만 스스로 의리에 의하여 전쟁에 참여한 것은 아니었습니다. 그러나 백성된 자가 황제의 명령에 따르지 않고 어떻게 견뎌낼 수가 있었겠습니까? 지각이 의리 위에 피어나면 이는 곧 도심道心이요, 형가 위에 일어나면 이는 곧 인심心이니 주자가 말씀하시기를 인심은 그 모습이 다를 때도 있지만 도심은 두 가지로 볼 수 없으므로 두 곳에서 구할 수 없다 했습니다. 맹자 말씀에 눈으로 빛깔을 보고 귀로는 소리를 듣는 것이 성품이라 했듯이 마음이 지각이치를 갖춘 것을 도심이라 하고 이목이 문견이치를 갖춘 것을 인심이라고 했습니다. 중용에서 보고 들음이 나한테 있으므로 일의 경중은 스스로 다스릴 수 있다고 했습니다."

용이 바다를 건너면서 뗏목에 힘 입지 않고 봉황이 하늘을 날면서 달을 인정하지 않는 것과 같다고 했다. 심心은 달 그림자가 맑은 못 가운데 똑바로 비친 것을 보고는 고개를 숙여 유심히 살피다가 다시 하늘을 우러러 보고 말하기를 이것(水月)이 곧 이것이니(心) 더 이상 할 말이 없다고 했다.

부처가 연꽃을 들어 마음의 뜻을 전했던 풍류風流가 진실로 이에 합치되는 것과 같다고 했다. 또한 도의 심원함을 말하자면 하늘같이 높고 땅처럼 두터워 말로는 설명할 수 없다고 하였다. 도를 일으켜 깨우치는 것에 대해서 말하기를 마음이 몸의 주인이기는 하나 몸은 반드시 마음의 사표가 되어야 할 것이라고 하였다.

도가 어찌 사람으로부터 멀리 있겠느냐. 설령 배움 없는 시골뜨기라 하더라도 능히 속세에서 벗어날 수 있느니라. 즉 우주만물을 있는 그대로 관찰하는 능력을 갖추어 자기 생각을 상대방과 같이 함께 소통할 수 있어야 한다.

다시 말해 서로 소통하는 것이 도의 실천방법이다. 이로써 하늘과 땅(돌)이 말하지 못함을 알았고 지극한 도에 이르는 길이 아주 멀다는 것을 체험하였다고 하였다.

그러나 지극한 도는 사람으로부터 멀리 있지 않고 원래 눈 앞에 있다고 했다(至道在目前). 도에 대한 가르침을 끝내면서 이곳은 화엄경실천도량으로 후세에 널리 교육시키기 위한 교육장으로 가운루, 우화루(호랑이가 지켜보고 있는 누각), 연수전(왕실 기도 도량) 3개의 누각을 추가로 창건할 것을 건의하였다.

법륜스님은 지극한 도에 대하여 깨달음을 얻고 고개 숙여 감사의 뜻을 전했다. 이 시간 이후부터는 이 절 이름을 고운사高雲寺에서 최치원 호인 고운사孤雲寺로 명칭을 바꾸어 후세까지 전해지도록 노력하겠습니다라고 하였다. 법륜스님과의 대화를 마치고 치원은 서라벌로 곧장 돌아와서 비문 자료정리를 계속했다.

한편 아내 호몽은 왕명을 받고 진감선사비문 작성에 열중하고 있는 남편을 도와주기 위해 당나라 북문상회 상단 신라 주재관 고영을 찾아갔다. 진감선사가 당나라 종남산 지상사에서 공부한 자료 등을 있는 대로 빠른 기일 내 수집해 달라고 청탁하였다.

그 후 신라 고영 주재관은 진감선사가 공부한 행적 자료 등을 수집하여 호몽에게 전해 주었다. 아내 호몽은 즉시 남편에게 이 자료들을 인계하였다.

"당신이 당에서 구해 온 여러 가지 책으로 좋은 글이 되어 가고 있소. 우리 선사는 범패에도 아주 능하고 노래도 잘 하셨는데……. '양서'라는 책을 보면 사안謝安이라는 사람이 나옵니다. 그런데 이 사람이 어찌나 한량이었던지 낙하서생영洛下書生詠이라는 가곡을 즐겨 불렀는데, 사람들이 이를 듣고는 모두 따라 불렀다오. 하루는 그 사람이 감기가 들어 콧소리로 노래를 하자, 사람들은 또 그 콧소리가 좋다고 하면서 모두 자기 코를 움켜쥐고 감기 든 소리까지 흉내를 냈다고 합니다. 사람들은 무조건 유명한 사람들을 따라 흉내를 내는 것을 멋으로 아는 모양이오."

치원은 호몽을 곁에 앉히고 모처럼 밝은 얼굴로 대화를 나누었다.

"뭐, 서시의 효빈效颦 이야기와 비슷하군요. 그때나 지금이나 세속 인심이 다 그렇지요."

호몽도 옅은 미소를 띠며, 비문 작성하는 일에 너무 열중하는 치원을 염려하여 삶은 밤과 함께 잣과 호두를 그의 앞으로 밀었다.

"양서에 보면 시중 저상楮翔의 얘기도 나와요. 그분은 중앙 관료로 있기가 싫어 의흥 태수를 자청하여 나갔는데, 백성들과 어찌나 친밀하게 지내고 선정을 베풀었던지 나라에서 태수직을 그만두게 했다지 뭐요. 그러자 그 지역 사람들이 모두 들고 일어나 황제께 체직(직을 박탈하는 것)을 거두어 달라는 상소를 올렸고, 선정비를 세우며 백성들이 모두 울면서 몇 십 리 밖까지 배웅을 했다는 얘기가 있소."

치원은 호몽이 당나라에서 가져온 잣과 호두를 먹으며 모처럼 이런저런 이야기를 나누었다.

"여보, 우리도 이 아이가 잘 자라 아장아장 걷게 되면 어머님 모시고 외직으로 나가요. 저는 이제 이 좁고 답답한 서라벌이 싫어요. 그 온화하고 자상하셨던 헌강대왕께서 붕어하시고 나서는 이 서라벌에 통 정을 붙일 수가 없어요. 우리도 저상 어른처럼 외직으로 나가 태수라도 하면서 백성들 하고 어울려 사는 것이 좋지 않겠어요?"

호몽은 그간 마음에 묻어 두었던 생각을 치원에게 전했다.

"좋소. 여기 서라벌에서 최선을 다하고, 그래도 뜻을 펴지 못하게 된다면 외직으로 나갑시다. 우선은 내가 헌강대왕과 금상께 약속한 이 비문부터 완성해야 되지 않겠소?"

치원은 의미심장한 눈으로 호몽을 바라보며 다시 붓을 잡았다.

중요 자료 요점 정리한 것을 다시 한 번 확인하면서 경계인의 입장에서 진감선사의 사상과 삶에 대한 검토가 너무 미흡하다는 것을 느꼈다. 잠시 눈을 감고 깊은 정념을 행하였다.

정념에 몰입하자 처음 나라를 세우시고 하늘에 제사를 지냈던 태백산 천제단 그리고 마니산 참성단을 찾아가라, 그러면 하늘의 계시를 받을 것이라는 생각이 뇌리에서 떠나지 않았다. 그러므로 잡았던 붓을 내려놓고 부인에게 말했다.

이어서 우리 민족의 정기가 솟구치고 있는 백두산, 한라산, 마니산, 태백산 중에서 중앙 지점에 위치하고 있는 동쪽의 태백산, 서쪽의 마니산 두 곳으로 가서 하늘에 제를 드려야 하니 여정에 필요한 행장 등을 준비하여 줄 것을 요청하였다. 그러자 부인은 장기간 여정 동안 소요될 간식과 선식, 지필묵 등을 준비해 주었다.

치원은 행장이 준비된 것을 확인하고 곧장 황궁으로 가서 정강왕을 알현하였다.

"국태민안을 위한 진감선사비문 완성을 위하여 태백산과 마니산에 가서 하늘에 제사를 지내고 되돌아온 후 비문 완성을 하겠습니다."

정강왕은 치원의 말을 듣고 윤허하시면서 치원과 함께 제사에 참석할 수행원과 호위무사를 선별하여 빠른 시일 내에 출발할 수 있도록 승지에게 하명하였다.

소명을 받은 치원 일행은 맡은 바 소임을 성실히 수행하기 위하여 먼저 태백산 천제단으로 떠났다. 그리곤 천제단에 도착하여 제물을 차려놓고 하늘에 제를 올렸다. 하늘에 기도 드리자 앞으로 여러 곳에서 국난이 일어날 것이니 군사훈련과 민심을 잘 살피라는 하늘의 계시를 받았다.

제를 마치고 곧바로 강화도 마니산 참성단으로 출발하였다. 강화도 선착장에 도착하자 중국 생활을 끝내고 신라로 돌아올 때 해풍 등으로 고생하였던 것이 회상되었다. 강화도 선착장을 관리하는 관리들에게 왕명을 받들고 국가 차원에서 제사를 지내기 위한 것이니 해풍 등을 감안하여 좋은 시간에 출발하여 달라고 부탁했다.

하늘의 도움으로 무탈하게 섬에 잘 도착하였다. 현지 관리의 도움을 받아 마니산 참성단에 도착하였다.

치원이 제복을 정제하고 제물을 정성스럽게 정리하여 놓은 후 제사를 지내니 약간 검은 구름 속에 가려 있던 태양이 갑자기 강력한 빛을 내며 치원의 정수리를 뜨겁게 내려 비추고 있었다.

치원은 두 손 모아 기도하면서 이 우주 만물을 하나로 관찰할 수 있는 깨달음의 지혜를 달라고 본태양에게 앙명昻明을 드렸다.

그리고 하늘에서 바람소리로 나지막하게 들려오고 있는 것을 느끼고 있었다.

치원은 들려오는 소리 하나하나를 마음속에 깊이 새겼다.

한참 동안 기도를 마치고 수행원에게 미리 준비해 온 지필묵을 꺼내라고 하였다. 그리고 글을 쓰기 시작하였다.

一始無始一　析三極無盡	10자
本天一　一地一　二人一	9자
三一積十　鉅無櫃化	8자
三天二　三地二　三人二	9자
三大三合　六　生七八九	9자
運三四成　環五十一	8자
妙衍　萬往萬來　用變不動本	11자
本心　本太陽　昂明	7자
人中天地一　一終無終一	10자

　81자를 적은 후 이를 천부경天符經이라고 하였다. 글자를 다 쓰고 '일시무시일' '인중천지일' '일종무종일' 주문을 열 번 외우기 시작했다. 열다섯 자의 주문 중 '인중천지일' 대목인 열 번째 말을 끝내자마자 또다시 하늘의 계시가 내려졌다.

　천부경 81자를 묘향산 바위에 석인石印하거라. 그러나 묘향산으로

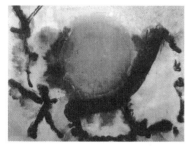

천지인을 의미함

인천광역시 강화군 화도면 상방리 산 35

가기 전에 강화도 석모도에 살고 있는 사람들이 옛날부터 바다의 용신과 천지인 삼신할멈에게 제사나 굿을 하고 있는 외포리 선착장 인근(봉황이 석모도를 품고 있는 자리)과 가까이 있는 교동현에 소재한 화개산華蓋山으로 가서 반드시 산신제를 지내고 묘향산으로 가거라. 하늘의 계시를 모두 듣고 마지막 주문 '일종무종일'을 끝냈다.

최치원은 현장 근무 관리에게 이곳 사람들이 굿(허튼개굿)이나 제를 지내고 있는 외포리 인근 장소로 안내해 줄 것을 요청하였다. 치원 일행은 용신 또는 삼신에게 굿이나 제사를 지내는 곳에 도착하였다.

그리고 이곳에 있는 모든 사람에게 제사에 함께 참여해 달라고 간청하였다. 지극 정성을 다해 제사를 지내는 동안 마지막 술잔을 드리려고 하는 그때 석모도 쪽에서 강화도 쪽으로 많은 구름이 빠르게 몰려오면서 싱싱, 윙윙 또는 웅웅 소리를 내면서 세차게 불어오는 바람소리를 통하여 삼신할멈이 치원에게 속삭이듯이 말했다.

"월성포항에 도착하여 배산인 화개산(해발 259m) 정상에 가서 산신제를 또다시 지내거라. 이 할멈이 그대를 무한히 도울 것이니라. 그러므로 하고자 하는 일을 끊임없이 추진하거라."

이 같은 예언 소리를 한 번 더 듣게 되었다.

강화도 외포리에서 용신굿과 삼신굿을 끝내고 창후리 선착장에 도착하여 하늘을 바라보며 처정관동행의 정념에 들어갔다.

정념을 끝내고 높은 하늘을 쳐다보았다. 구름 한 점 없이 밝게 비추어진 서해 바닷물은 은빛 보석처럼 빛났다.

치원은 현지 관원에게 물었다.

"여기서부터 교동도까지 가는 뱃길에 험한 파도가 일어날 때가 자주 있습니까?"

관원이 대답했다.

"오후 물이 빠져 있는 시간에는 바닷물이 대부분 고요합니다. 그리고 커다란 석모도 상주산과 교동도 화개산이 좌청룡 우백호로 해풍을 잘 막아주고 있는 덕분에 안전하게 교동현에 도착할 수 있다고 하였습니다. 그리고 이곳은 옛날부터 강화도의 정서진正西津에 해당하는 곳이라고 전해 오고 있습니다."

치원은 정서진에 대하여 생각해 보았다. 음양오행에 따르면 동해의 정동진은 새벽 아침 해를 맞이하는 곳으로 모든 사물의 시작을 뜻하는 곳이다. 서해의 정서진은 저녁 일몰이 바다 넘어로 지는 곳으로 어떤 사물의 마무리를 짓는다는 뜻이다. 그러므로 정서진에 해당하는 인물은 이 세상 만물을 귀성전결 짓는 자로 보아야 된다고 했다.

따라서 현재 또는 후세 사람들이 그러한 인물을 평가하고 만들어주는 것이라는 것을 주위 사람들에게 말해 주었다.

일행들은 강화도 창후리항을 출발해서 교동도 월성포항에 무사히 도착했다. 월성포항에서 잠시 휴식을 취한 후 간단히 짐을 챙겨 화개산으로 향했다. 화개산은 개성으로부터 흐르는 예성강 하류와 북한강 남한강이 합수되어 흐르는 한강과 임진강 하류가 합수되어 흘러들어오는 물을 품으려고 하는 교동현 인사진人士津 포구의 배산이다. 화개산 정상에 도착하였다.

산 아래 교동현의 풍수지리를 관찰해 보니 사방이 바다이고 옥토가 광활하여 이곳에 사는 사람들이 생활하는데 필요한 농·수산물이 풍요로워 여유롭게 생활할 수 있는 곳이었다. 그리고 북쪽의 예성강과 동쪽의 한강에서 많은 물이 유입되어 바닷물과 합쳐져서 유속이 몹시 빠르게 돌아 흐르므로 해상을 통해서 외부 침입이 어려운 곳이고 화개산의 땅 기운이 바다를 도와주고 있어 훗날 다른 나라의 침입에도 잘 이겨낼 수 있는 곳이었다…….

치원은 일행에게 제사 지낼 준비를 하라고 말했다. 백두산 줄기 묘향산 쪽으로 산신제물을 차려 놓고 치원은 지필묵을 꺼내 제문을 쓰기 시작하였다.

'당나라에서 경험한 바 있는 인재등용, 문화창조 등을 위하여 누구든 그가 태어난 나라와 출신 성분(골품신분제도)을 구분하지 아니하고 사람의 능력을 가장 귀하게 하는 인중천지일人中天地一 제도가 신의 나라에 하루 빨리 시행되어 당나라보다 더욱더 빛나는 인재가 많이 나와서 이 사람들이 나라를 이익되게 하여 주소서'라는 제문을 작성하였다. 그리고 제문을 산신령에게 고하고 산신제 의식을 모두 끝냈다. 용신제와 삼신제 그리고 산신제를 모두 끝내고 일행에게 묘향산으로 가는 지름길을 알려 주었다. 곧바로 인사진 포구에 도착하여 배를 타고 예성강 포구에 도착한 후 묘향산으로 갔다. 치원은 현준스님이 당에서 자신의 태생 비밀(금돼지굴에서 출생한 것을 말함)을 들려준 것이 새삼스럽게 회상되었다.

일행과 묘향산에 도착하여 바위 암벽이 바람을 맞지 아니하고 빗물이 잘 스며들지 아니하는 곳을 찾아서 천부경 81자를 석각하라고 석각자에게 지시하였다.

석각자가 석각을 끝내자 치원은 또다시 기도를 드렸다. 기도 주문은 "일시무시일 인중천지일 일종무종일"을 10번 반야심경 주문 외우듯이 기도하였다. 그리고 빨리 황궁으로 가자고 일행에게 말했다.

황궁에 도착하여 정강왕에게 그동안 있었던 사실을 상세히 보고하자 정강왕은 국태민안과 백성들이 쉽게 이해할 수 있는 내용을 담은 진감선사비문을 빠른 시일 내에 완성하라고 하명하였다.

치원은 정강왕의 하명을 받고 곧바로 귀가하여 자료들을 면밀히 살펴보고 마니산 참성단에서 하늘의 명을 받은 하늘의 비밀인 천부경의 핵심사상을 근본으로 하여 진감선사비문에 진력했다. 도불원인 인무이국道不遠人 人無異國을 서문으로 하여 며칠 동안 밤잠도 설치면서 비문 쓰기에 매달렸다. 얼마 후 치원은 마침내 2,500여 자가 넘는 '진감선사'의 비문을 완성했다.

진감선사께서는 문성대왕조 때 열반에 드셨다. 대왕께서 안타까워하시며 청정한 시호를 내리고자 하였으나, 선사께서 사양하신 것을 생각하고 탑을 세우지 못하였다. 그 후 36년이 지나 헌강대왕께서 선사를 진감선사라 추시하시고 탑명을 '대공영탑大空靈塔'이라 명하셨다. 아, 그러

나 안타깝도다. 거북의 형상이 비석을 받치기도 전에 헌
강대왕께서 승하하셨다. 정강왕께서 뒤를 이어 즉위하신
후 옥천사를 쌍계사로 고쳐 부르시며, 이 못난 하신下臣
에게 거듭 명을 내리시어 명銘을 짓게 하셨다.
　신 최치원이 글을 쓰고, 승려 환영奐榮이 글자를 새겼다.

　드디어 진감선사비가 쌍계사에 세워졌다. 그때 서라벌에서 내려
간 군사는 대략 천여 명이었고, 쌍계사 골짜기에는 각 사찰의 깃
발을 들고 참여한 승병이 오백 명은 족히 넘었다. 게다가 모든 고
을의 유지들이 다 모였고, 서라벌의 고관들도 마차와 가마를 타고
속속 쌍계사로 모였다.
　골짜기에 범패 소리가 가득 울리고 악공들의 연주곡이 계곡을
따라 조용히 흘렀다. 백여 명에 이르는 무희들이 하얀 옷을 입고
승무를 추었는데, 이때 처용이 눈치 없게 끼어들어 미녀들과 함께
승무 흉내를 내었다. 이를 지켜본 사람들은 고개를 돌리고는 저마
다 키득키득 웃었다.
　흥이 제법 무르익자 이번에는 피루즈 왕자가 나와 춤을 추었고,
그 춤이 절정에 이르자 아령 옹주가 붉은 옷을 입고 나와 함께 춤
을 추었다. 정강왕도 상대등과 함께 임시로 설치한 상좌에 앉아 있
다가 피루즈 왕자와 아령 옹주의 춤을 보면서 매우 흡족한 표정을
지었다. 이날은 고승인 진감선사의 탑이 세워지는 날이기 때문에
모두 흥에 겨워 경사스러운 날을 마음껏 즐기기에 여념이 없었다.

"상대등, 이번 기회에 저 피루즈 왕자와 아령 옹주를 맺어 주는 것이 어떻겠습니까? 이렇게 만좌중에 소문을 내고 내버려 두면 오히려 흉흉한 소문만 떠돌게 아니요?"

대왕이 조용히 시선을 돌려 위홍의 의중을 떠보았다.

"그렇습니다. 날짜를 잡아서 혼례를 올리도록 하지요."

상대등은 별다른 표정 변화 없이 고개만 끄덕였다.

이날은 반야 부인과 호몽도 쌍계사에 들러 진감비와 나란히 세워진 오층석탑의 탑돌이에 심취해 있었다.

"아가야, 만삭인데 괜찮겠느냐?"

반야 부인은 몹시 걱정스러운 듯 호몽을 바라보았다.

"아마 서라벌로 돌아가면 몸을 풀어야 할 것입니다. 발길질을 심하게 하는 것을 보니, 필시 아들이 틀림없습니다."

오히려 호몽은 태연했다.

'부디, 훌륭한 아들을 주시어 최씨 문중의 맥을 열어 주소서.'

반야 부인은 두 손을 모은 채 탑을 돌며 간절히 염원했다.

그로부터 한 달이 지난 후 호몽은 드디어 몸을 풀었다. 모두 예상한 대로 두 눈을 번뜩이며 씩씩한 사내아이가 태어났다. 울음소리 또한 어찌나 거창하던지 치원의 집 앞을 지나던 사람들이 모두 무슨 일인가 싶어 발길을 멈추고 대문을 기웃거릴 정도였다.

이 기쁜 소식을 듣고는 미탄사의 스님들이 서둘러 달려와 축복해 주었고, 이에 대한 보답으로 치원의 가문에서는 미탄사를 찾아

적잖은 공양을 올리며 공덕을 쌓았다. 그때 치원은 정강왕의 부름을 받고 서둘러 입궐을 했다.

"축하하오. 옥동자라지요?"

이미 모든 정황을 알고 있던 정강왕은 치원이 입궐을 하자 축하 인사부터 건넸다.

"대왕께서 즉위하시고, 쌍계사에 진감비가 세워진 기쁨 덕분에 아이가 일찍 세상을 보려고 뛰쳐나온 듯합니다."

치원이 허리를 굽히며 정중히 아뢰었다.

"허허, 꿈보다 해몽이 좋소. 그렇지요. 이제 우리 서라벌에도 기쁨이 가득 차게 될 것이오. 그래, 아들 이름은 지었소?"

정강왕이 사뭇 온화한 표정을 지으며 치원을 향해 물었다.

"아직 이름을 짓지 못하였나이다. 해인사의 고승이나 저희 집 근처에 있는 미탄사 주지 스님께 부탁을 올릴까, 하고 생각 중이옵니다."

치원은 다시 머리를 조아리며 말했다. 그러자 정강왕은 깊은 상념에 잠긴 듯 눈을 감은 채 연신 고개를 끄덕였다.

"이번에 경께서 선대에서 하명하셨던 진감비를 세우느라 노고가 많았는데, 과인이 아직 그 보답을 못 했소."

깊은 의미를 담고 있는 듯한 대왕의 말에 치원은 잠시 고개를 들었다.

"대왕마마, 신이 마땅히 할 일을 하였고, 오히려 서둘지 못하여 선대에 완성하지 못한 것을 한으로 여기고 있는데, 어찌 그런 황송

한 말씀을 내리시는지요?"

치원이 허리를 더 낮추며 겸손하게 말했다.

"그래서 말인데 이번에 과인이 경의 아들에게 이름을 내리면 어떻겠소? 이미 선대 형님께서 그대의 아비에게 견일 공이라는 좋은 이름을 내리지 않았소?"

정강왕이 자리에서 일어나 치원의 곁으로 다가가며 말했다.

"성은이 망극하옵니다."

치원은 바닥에 엎드린 채 몹시 떨리는 목소리로 아뢰었다.

사흘 후, 월성에서 나온 사자의 손에는 작고도 화려한 함이 비단 보자기에 싸여 있었다. 궁에서 사자가 나왔다는 소리에 반야 부인도 아기를 안고 나왔다. 할머니의 품에서 고이 잠을 자던 아기는 마치 제 일이라는 것을 알고나 있는 것처럼 갑자기 깨어 우렁차게 울어댔다.

치원의 집 마당에는 미리 깔아놓은 멍석 위에 작은 탁자가 놓여 있었다. 사자가 들고 있던 함을 탁자 위에 내려놓자, 치원 내외가 함을 향해 삼배하고 무릎을 꿇은 채 비단 보자기를 풀었다. 보자기 안에서 딱딱한 함이 모습을 드러냈고, 다시 함을 열자 마침내 당지에 싸인 문서가 나왔다. 치원이 그것을 두 손으로 받들어 펼쳤다.

"은함殷含이라! 아, 은함이라……. 가멸고 활짝 피어 온 누리를 덮는다는 뜻이로다."

어느새 치원의 손이 부들부들 떨리고 있었다.

"정말 멋져요. 은함이라……. 넉넉하고 끝없이 번창한다는 뜻이잖아요?"

아기의 이름을 받아든 호몽이 기뻐하며 큰 소리로 말했다.

"그렇소, 우리 가문이 끝없이 번창한다는 뜻이오."

치원도 벅차오르는 가슴을 추스르지 못했다.

> 과인은 그대 가문에 새로 태어난 옥동자를 축복하고자
> 하노니. 이제 그대는 서라벌 최씨의 개조가 될 것이며, 이
> 번에 태어난 은함은 최씨 가문의 제1 세손이 될 것이다.
> 다시 한 번 축복하노라. 최씨 가문이 서라벌에서 으뜸이
> 되는 가문이 될 것이며, 그 후손들은 나라의 귀한 인재
> 들이 될 것이다. 세세연년, 번창하고 풍족하리로다.

치원이 떨리는 목소리로 대왕의 축문을 읽어 내려가자, 숨을 죽
이고 이를 듣던 반야 부인과 호몽은 어깨를 부르르 떨며 뜨거운
눈물을 연거푸 흘렸다. 대왕마마께서 우리 가문을 축복해 주시다
니. 호몽은 도저히 믿을 수 없다는 듯이 치원에게서 축문을 빼앗
듯이 건네받고는 몇 번이고 다시 읽어 내려갔다.

그날 밤, 미탄사에서 스님들이 모두 달려왔고, 언덕 위에 교당을
짓고 머물러 있던 밀리엄 수녀와 마르코 수도사도 아기에게 전할
예물을 잔뜩 싸들고 찾아왔다.

어떻게 소문을 들었는지, 대궐에서는 피루즈 왕자와 아령 옹주
도 달려와 아기 손에 은방울을 채워 주고 노리개도 한아름 안겨

주었다. 동시에서 장사하는 서역 상인들도 온 얼굴에 웃음을 가득 담고는 찾아와 예물을 가득 전해 주고는 돌아갔다. 그날따라 서라벌에 탁발을 나왔던 현준스님도 때맞춰 들러 첫 조카인 은함을 소중히 안아 주었다.

치원의 집에 모인 사람들은 밤새도록 먹고 마시며, 서라벌과 장안에 얽힌 이런저런 이야기를 나누며 웃고 떠들기를 반복했다. 치원의 집안에서는 모처럼 웃음꽃이 활짝 피어 그 그윽한 향기를 온 나라에 전하고 있었다.

수상한 세월

토함산에서 난데없는 횃불이 솟아오르더니, 이내 오산 정상에도 봉화가 타올랐다. 무언가 심상치 않은 일이 벌어진 것이다. 불국사에서 종소리가 요란하게 울리더니, 얼마 지나지 않아 그 종소리를 받은 황룡사에서 북소리가 크게 울렸다.

마침내 월성에 깃발이 오르더니 이내 변방에서 달려오는 전령의 다급한 말발굽 소리가 온 산야를 뒤흔들었다. 말에서 내린 전령이 숨을 헐떡거리며 전황을 알렸다.

그때 월성을 지키고 있던 근위대장인 원봉은 이미 나이 육십을 넘긴 노장이었다. 머리카락은 이미 파뿌리보다 더 하얗게 변해 장군으로서의 기개마저 떨어뜨리고 있었으며, 이빨도 두 개나 빠져 있어 근위대장으로서의 용맹성도 잃은 지 오래되었다. 그러나 그는 월성의 근위대장을 자처하여 상대등 위홍의 위세에 버금가는 권력을 가지고 있었다.

"위홍의 거처는 지나가는 데만도 만 보요, 원봉의 저택을 지나는 데는 칠천 보가 걸리네. 위홍의 집에는 노비만 삼천이요, 원봉의 집에는 애첩만 오백이라. 이 둘이 서라벌에서 사라져야 백성들이 노역의 짐과 세금의 질곡에서 벗어나느니."

"그 두 놈만 그렇게 잘 사나? 진골 육두품이 다 잘 살지. 들판이 있는 가야의 육두품은 종만 이백이요, 대장간을 가지고 있는 또 다른 육두품은 농지가 평야를 이루고, 변방의 장군들은 사철유택에 종 백 명 이상을 다 거느리고 있네. 그놈이 그놈이지. 다 백성의 고혈을 빠는 기생충들이지."

"이거야 원, 역성혁명이라도 일어나야 정신들을 차리지."

"쉿! 자네도 거열형에 처해지려고 이러나? 말조심하게!"

"뭘, 말조심을 해? 지금 쌍계사 골짜기만 넘어가면 도둑들이 오백 명씩 짝을 지어 모여 있다네. 그들은 아무도 두려워하지 않아. 그 산채에 들어가면 춥지도 않고 배고프지도 않다네."

사람들이 모인 자리라면 언제나 위홍과 원봉을 헐뜯는 이야기가 끊이지 않았다. 백성들은 이렇게 수군거리며 나라가 잘못된 길로 들어서고 있음을 한탄했다.

"사불성沙弗城(지금의 경상북도 상주) 전령 아뢰오. 그동안 성 밖에 있던 도둑들이 아자개阿玆蓋를 중심으로 공공연히 군사를 일으켰습니다. 스스로 장군이라 칭하고 아들 넷과 함께 들판을 누비고 있습니다."

"아자개? 그 자가 대체 누구란 말인가?"

원봉 장군이 사불성 전령으로부터 다급한 보고를 받고 수염을 부르르 떨었다.

"원래는 사불성 근처에서 얌전히 농사를 짓던 농민이었습니다. 마음씨 착하고 이웃을 잘 대하여 고을 유지로 대접을 받던 자입니다. 그런데 근자에 역심을 품고 큰 도둑이 되었습니다. 마을을 공략하여 곡식을 훔치고 훔친 곡식을 인근 마을에 뿌려 오히려 인심을 얻고 있습니다."

전령은 조심스럽게 고했다.

"뭐? 훔친 곡식으로 인심을 산다고? 전형적인 반란의 괴수구나. 네 사령관이 누구더냐?"

원봉 장군의 목소리가 심하게 떨리며 얼굴이 붉으락푸르락 변하고 있었다.

"네. 중알찬重閼粲이신 이재異才 장군이옵니다."

전령은 주저하며 겨우 대답했다.

"흠……. 중알찬 이재 장군이면 우리 서라벌 북쪽을 다 지키고 있는 야전 사령관이 아닌가? 장군께서 따로 하신 말씀은 없는가?"

그러자 전령은 허리춤을 뒤적이더니 밀서 하나를 꺼내 정중히 올렸다. 밀서를 받아든 원봉 장군은 휘청거리며 집무실로 발걸음을 옮겼다.

　　대장군께 아뢰오. 지금 이곳 상황이 보통 황황한 게 아니
　　오. 사불성에서 일어난 아자개는 네 아들과 이웃 장정 이

백 명을 모아 지금은 천 명을 헤아리는 반군을 형성하여 제법 의적노릇까지 하고 있소. 지방 호족들의 창고를 털어 구휼 활동까지 하며 장군노릇을 하고 있소이다. 또 한수 이북에서는 궁예라는 자가 양길 밑에서 도둑 떼를 형성하고 세를 급속히 불리고 있소.

특히 궁예는 참람僭濫(분수에 넘침)하게도 자신이 왕가의 이손異孫이라고 하면서 금상이 자신의 이복형님이라 주장하고 다니오. 내 이자를 아무도 모르게 베려고 수차례 병력을 보냈으나 활 솜씨가 귀신 같고 몸놀림이 번개 같아 번번이 내 군사들만 잃었소.

현재의 상황을 정직하게 보고한다면 역부족이오. 소장이 가지고 있는 군사들만 가지고는 이 도둑들의 뒤꿈치를 따라잡을 수 없소. 따라서 도둑들과 일일이 싸우기보다는 성문을 굳게 닫고 거점을 확보한 뒤에 충분히 양병을 하여, 어느 날 한날한시에 이 도둑떼를 쳐서 도륙해야 할 것이오. 이런 소장의 전술에 대하여 대왕마마의 윤허를 얻어 주시기 바라오.

중알찬이 보낸 밀서를 다 읽은 후 원봉 장군은 주먹을 부르르 떨며 탁자를 힘껏 내리쳤다. 그리고는 그 길로 곧장 정강왕을 찾아갔다. 사태가 워낙 시급한지라 원봉은 상대등을 거치지 않고 내전에 들어 정황을 설명한 뒤 윤허를 기다렸다. 그러나 이제 겨우 스무 살을 갓 넘긴 정강왕은 이런 중차대한 전술적인 문제를 스스로 결정할 지혜가 부족했다.

"그래, 대장군 생각은 어떠시오? 성문을 굳게 잠그고 양병하여 후일을 도모하는 것이 낫겠소? 상대등과 함께 상의해야 되는 것이 아니겠소?"

대왕은 원봉 장군을 바라보며 떨리는 목소리로 되물었다.

"소장의 생각으로는 이재 장군의 뜻대로 해 주는 것이 옳을 것 같사옵니다. 지금은 섣불리 나서지 말고, 병력을 아끼고 기다려야 할 때인 줄 아옵니다."

원봉 장군은 오래전부터 군에 관한 문제를 상대등과 일일이 상의한다는 것이 내심 못마땅했던 터라 대왕에게 직언을 했던 것이다.

"대장군의 생각이 그러하면 그대로 시행하세요."

워낙 소심한 대왕은 결국 원봉 장군의 손을 들어 주고 말았다. 원봉 장군은 매우 흡족해하며 허리를 굽히는 체만 하고는 서둘러 어전을 빠져나왔다. 그리고 전방 전령에게 이 사실을 적어 보냈다.

그로부터 한 달 뒤, 마침내 서라벌에는 또다시 봉화가 올랐다. 백성들이 모두 술에 취해 주작대로와 황남대로를 어지럽게 거닐고 있을 때였다. 이 무렵 진골 귀족들은 물론 육두품과 오두품들이 동시와 남시 그리고 대로의 좌우에서 풍악을 잡힌 채 주지육림에 빠져 모두 휘청거리고 있었다.

그때 불국사의 종과 황룡사의 북이 아주 다급한 울음을 토해냈다. 이어 말발굽 소리가 요란하게 일더니, 이내 한 떼의 폭도들이 그 주작대로와 황남대로를 거침없이 누비기 시작했다. 거리의 백성들이 비명을 지르며 제각각 흩어졌고, 술집 여인들은 옷도 제대로 여미지 못한 채 방향도 잡지 못하고 무작정 거리로 달려나와 숨을 곳을 찾아 뛰었다.

어둠 속을 누비는 그 폭도들은 모두 손에 횃불을 들었고, 눈에 띄는 군사들을 향해 창검을 귀신처럼 휘둘렀다. 그러자 순검을 돌던 서라벌 군사들은 시뻘건 피를 토하며 짚단처럼 나가떨어졌다. 간신히 숨이 붙어 있는 병사들은 그저 벌벌 떨면서 몸을 숨기기에 바빴다. 얼굴에 복면을 두른 침입자들은 들고 있던 횃불을 담장 너머로 휙휙 던지면서 크게 웃었는데, 그 웃음소리가 어찌나 요란하게 귓속을 파고들던지 소름마저 돋게 했다.

황남대로와 주작대로를 마음껏 누비던 그들은 경교의 십자가가 세워져 있는 교당의 언덕에 이르자 비로소 말을 멈추었다.

"이것이 서라벌이었던가! 저기 보이는 것이 월성이었던가! 왜 나서지 않는가? 서라벌을 지키는 군졸은 다 어디로 갔는가? 나와 보라! 나는 북에서 내려온 궁예 장군이시다! 월성을 향해 묻노라! 나를 한번 포박해 보라! 나는 경문대왕의 아들이며 금상의 이복동생이다. 만약 내가 왕실의 핏줄을 참칭하고 다닌다면 나를 포박하여 반역죄로 다스려야 할 것이야!"

황남대로를 주름잡던 궁예라는 그 사내의 목소리가 쩌렁쩌렁하게 울리더니 월성을 향해 날아갔다. 그러나 월성의 문은 굳게 닫혀 있었고 원봉 장군은 궁성의 정문 누각 위에서 그 소리를 듣고 있었다.

"나는 아자개 대장군의 아들, 견훤이다! 너희들이 호국의영장護
國義營將으로 모시는 수창군壽昌郡(지금의 대구 일대)의 사령관인 이재
장군과 승리를 겨루고 있는 아자개 대장군의 큰아들이다. 지금 우
리는 군사의 숫자가 서라벌의 정규군보다는 적다. 그래서 오늘은
우리가 기습작전만을 펴고 사라지고자 한다. 이것은 어디까지나
맛보기다. 그 언젠가 아니, 가까운 시일에 이 서라벌의 주작대로와
황남대로를 당당히 걸어 진군해 올 것이다. 월성의 문을 굳게 닫고
있는 늙은 구렁이인 상대등 위홍과 원봉 장군은 들어라. 너희들의
부귀영화도 머지않았다. 백성들의 피 끓는 소리, 아니 배고파 창자
가 끊어지는 애곡 소리를 들어 보라! 너희들의 기름지고 축 늘어
진 그 뱃가죽을 내 손수 벗겨 북을 만들어 둥둥 치리라."

이번에는 주작대로를 휘젓고 달려온 젊은 견훤이 나서 호령을
했다. 얼마 후, 그들을 따라온 수많은 군사들이 횃불만을 동산 위
에 남겨둔 채 떠났다. 그들은 떠나면서 대담하게도 월성의 정문으
로 다가갔고, 지휘자인 궁예와 견훤이 마상에서 대궐의 문을 과녁
삼아 활 솜씨를 한껏 뽐내기도 했다. 그들이 쏜 화살 끝에는 좀 전
에 동산에서 외치던 내용을 글로 적은 협박문이 매달려 있었다.

그들이 썰물처럼 빠지고 나자 서라벌은 다시 정적으로 휩싸여
그 누구도 거리에 나오지 않았다. 늙은 원봉 장군은 부장이 들고
온 궁예와 견훤의 서신을 상대등 위홍에게 전했다.

"이런, 미친놈들! 강도 떼 같으니라구! 모두 잡아 거열형에 처할

놈들."

궁예와 견훤이 보낸 글을 끝까지 읽은 위홍은 끓어오르는 분노를 참지 못하고 씩씩거리며 그 협박문을 구석으로 던져 버렸다. 그리고는 그 길로 정강왕을 찾아갔다. 그때 정강왕은 옥좌에 얼굴을 파묻고 흐느끼고 있었다.

"대왕마마, 많이 놀라셨사옵니까? 보위에 계시면 이런 일은 감내하셔야 합니다. 선대왕이신 경문대왕 마지막 해에는 이찬이었던 근종이 난을 일으켜 아예 월성 문을 깨고 들어오기까지 하지 않았습니까?"

상대등은 두려움에 떨며 흐느끼는 어린 왕에게 다가가 안타까운 마음을 전했다.

"숙부! 이 몸은 그때 뒷문으로 빠져나가 토굴 속에 어마마마와 함께 숨었소이다. 어찌 그런 일이 또다시 일어난단 말이오? 난 무섭소."

대왕은 얼굴이 하얗게 질린 채 상대등의 품을 파고들었다.

"군주는 최후의 순간에도 위엄을 잃어서는 안 됩니다. 고정하십시오. 사나이답게 쭉 가슴을 펴세요. 아니, 군주답게 용상을 굳건히 지키세요."

위홍은 왕을 위로하면서 때때로 왕실의 어른답게 호통을 치기도 했다.

"그때 월성을 지켰던 원봉 장군은 지금 노인이 됐잖아요? 아까 반군들이 그렇게 횃불을 치켜들고 떠들어 대도 우리의 금군이 나가지도 못했잖아요? 숙부, 난 보위가 싫습니다. 차라리 숙부께서 이 자리를 맡으세요.”

상대등의 위로에도 불구하고 대왕은 사시나무 떨듯 하며 말까지 더듬었다.

“날이 밝으면 모든 것이 제자리로 돌아옵니다. 어서 침전에 드셔서 숙면을 취하세요. 군주는 하늘이 내리는 겁니다.”

상대등은 위엄 있는 목소리로 또다시 대왕을 다독였다.

“아까 반란군의 두목이라 자처하는 궁예라는 자 말이오. 그가 자신도 왕자라고 소리치고 갔다는데 그게 사실입니까? 숙부께서는 그 내막을 알고 계실 것 아니오?”

정강왕이 눈물을 닦으며 상대등에게 물었다.

“선왕이신 경문대왕께서 모후이신 문의왕후文懿王后와 잠시 사이가 뜸하셨던 일이 있었는데, 그때 아마 후궁을 취하며 아들 하나를 얻으셨던 것 같습니다. 왕후께서 주술사의 말을 듣고(훗날 왕이 될 사주를 받고 태어남) 후사를 염려하여 내관을 시켜 그 아기를 데려오려 하자, 후궁이 누각 밑에 부복하고 있던 유모에게 그 아기를 던졌다고 합니다. 그때 유모가 아기를 받다가 유모 손가락에 아기는 눈을 찔려 그만 왼쪽 눈을 다쳤다고 하던데 이번에 서라벌에 들어온 그 반란군 괴수가 눈에 안대를 하고 있었다고 합니다. 애꾸가 확실하다면 아마도 그 아기일 수도 있을 겁니다.”

상대등은 비교적 차분한 목소리로 말을 이어가며 지난 일에 대해 왕에게 소상히 아뢰었다.

"내 소문으로 듣자 하니, 그 자는 귀신 같은 활 솜씨를 가지고 있을 뿐만 아니라 말도 잘 탄다고 합디다. 미륵을 자처하며 빈도들과 휴식을 취할 때에는 반드시 예불을 올린다고 합니다. 그렇게 처신이 반듯하고 신심이 깊다면 왕손일 수도 있다고 봅니다."

정강왕은 불안한 마음을 다스리지 못하고 몸을 와들와들 떨었다.

"황공하옵나이다, 마마. 현재로서는 그 사실을 정확히 파악할 길이 없사옵니다."

상대등은 어찌할 도리가 없어 그저 허리만 연신 굽히고 있었다.

울음을 멈추고 간신히 정신을 가다듬은 정강왕은 옥좌에서 일어나 침전으로 향했다. 그러다가 몇 걸음 옮기지도 못한 채 그 자리에 쓰러지고 말았다.

"어의! 어의는 어서 들라!"

상대등은 갑작스럽게 일어난 사태에 당황하며 큰 소리로 어의를 불렀다. 기력이 쇠약해질 대로 쇠약해진 대왕은 상대등의 품에 안겨 정신을 잃고 말았다.

"도통순관! 도통순관! 최치원 도통순관!"

촛불 아래 앉아 늦게까지 비문 쓰는 일에 열중하던 치원은 누군가 다급하게 부르는 소리에 그만 가슴이 철렁하고 내려앉는 것을 느꼈다. 도통순관이라니…….

그것은 당나라에 있을 때 고병 막하에서 쓰던 관직으로, 서라벌에 온 이후로 한 번도 들어 보지 못한 말이었다. '내가 잘못 들

었나?'

치원은 귀를 만지작거리며 다시 하던 일에 몰두했다. 그때 대문을 두드리며 '최치원 도통순관'이라고 부르는 소리가 더 크게 들렸다. '분명 무슨 일이 또 벌어졌구나!' 놀란 치원은 먼저 나가려는 호몽을 만류하고 서둘러 밖으로 나갔다.

치원이 마당을 건너 대문의 빗장을 풀자 밖에는 아무도 없었다. 누군가 장난을 쳤다는 생각이 들어 발길을 다시 돌리려고 할 때, 이미 마당 한가운데 웬 사내의 낯익은 모습이 눈에 들어왔다.

"날세! 가까이 오라!"

그 목소리는 무척이나 귀에 익은 목소리였다.

"아니, 대장군 아니세요? 고병 대장군!"

호몽이 먼저 마루 위에서 아는 체를 했다. 뜻밖에도 그는 고병 대장군이었다.

"당신은 물을 떠 오구려."

호몽이 반가운 마음에 마당으로 내려가려 하자 치원이 다시 한 번 말렸다.

"제 절을 받으시옵소서. 대신 제 처는 몸 푼 지가 얼마 되지 않으니 너무 놀라지 않게 하소서."

호몽이 부엌으로 향하자, 치원은 마당에 서 있는 대장군을 향해 예를 올렸다.

"내 다 아느니……. 내가 이승의 삶을 다 겪어 보지 않았는가? 너무 놀라지 마시게. 도인답지 않게."

치원의 절을 받은 대장군은 어둠 속에서 껄껄 웃었다.

"알겠사옵니다. 도가 높으신 대장군께 속인의 안목으로 말씀을 올려 송구스럽습니다. 어서 방으로 드시지요."

치원은 공손히 몸을 일으키고는 대장군을 방으로 안내했다.

그런데 방으로 들어온 대장군의 모습은 어딘가 모르게 이상해 보였다. 한쪽 버선에는 흙이 묻어 있었고, 머리의 정수리 부분에는 머리카락이 없었다. 그런 대장군을 물끄러미 바라보며 치원이 고개를 갸우뚱거릴 때 호몽이 들어왔다.

"제 절도 받아 주소서."

물을 떠서 들고 들어온 호몽이 대장군에게 예를 올렸다.

"부인, 심야에 불청객을 맞아 놀랐지요? 옥동자를 낳으시느라 산고가 많았겠소."

대장군은 희미하게 웃으며 호몽의 절을 받았다.

"이 모든 게 대장군께서 돌봐 주신 덕분입니다. 천상의 즐거움은 어떠신지요?"

호몽도 얼굴에 잔잔한 미소를 띠며 침착하게 대답했다.

"천상도 이승과 크게 다를 바가 없소. 빛이 맑고 천자가 계시고 기화요초가 있다는 것뿐이오. 오늘은 서해를 건너온 도통순관이 보고 싶어 왔소. 내 딸 바둑 한 판만 두고 가리다."

대장군은 온화한 미소를 지어 보였다. 그러자 호몽은 침착하게 바둑판을 내리고 대장군에게 냉수를 올렸다.

"물은 그쪽에 올려놓으시오. 저승 사람이 이승의 물을 마실 수 없다는 것은 부인도 잘 알고 계시지 않소?”

대장군은 다시 점잖게 웃었다. 치원이 무릎을 꿇고 고병 대장군에게 흰 돌을 올렸다. 대장군은 여윈 손을 내밀어 흰 돌을 잡았다. 치원이 검은 돌을 내려놓자 대장군도 주저하지 않고 흰 돌로 응수했다. 그렇게 두 사람이 바둑 한 판을 두는 사이 날이 밝아지며 닭 우는 소리가 들렸다.

“오늘은 여기까지……. 즐거웠소! 두 사람 화락하게 지내시오.”

대장군이 황황히 일어섰다.

그때 안방에서 아기 우는 소리와 함께 반야 부인의 기침 소리가 문지방을 타고 넘어왔다. 잠시 머뭇거리던 대장군은 뒤도 돌아보지 않고 마당으로 내려가 흔적도 없이 사라졌다.

다음 날, 개운포에서 누군가 치원을 찾아왔다. 그는 당나라에서 고운이 보낸 서신을 가지고 온 것이다. 치원과 호몽은 서찰을 조심스럽게 뜯어보았다. 호몽은 낯익은 글씨를 보며 가슴이 저미는 것을 느꼈다. 오랜만에 보는 오라버니의 달필이었다.

참으로 안타까운 일이 벌어졌소. 고병 대장군의 군막에서 변고가 생겼소. 부장 필사탁이 반란을 일으켰소. 명분은 방사 여용지와 제갈은의 독주를 막기 위하여 거병한 것이라고 했지만, 사실은 고병 대장군을 처치하고 자신들이 병권을 잡기 위한 것이었소.

필사탁은 단번에 방사 여용지와 제갈은을 쳤지만, 다행히

고병 대장군께서는 도술을 써서 막사를 떠나셨소. 아마
도 시해선의 묘법을 쓰신 것 같소. 대장군의 군화 한쪽과
정수리의 머리털만 현장에 남아 있었다 하오. 실로 안타
까운 세월이오. 서라벌도 흉흉하다는 소식을 들었소. 부
디 몸조심하시오. 또 득남하였다는 낭보도 들었소. 아무
쪼록 자중자애하시오.

치원과 호몽은 당나라 관찰사 고운이 보낸 서신을 읽은 후 꼬박
사흘을 앓았다. 그러나 이 일에 대해서 아무에게도 발설하지 않았다.

여왕의 시대

정강왕은 의식을 차리고서도 계속 땀을 흘리며 헛소리를 하느라 잠을 제대로 이루지 못했다. 상대등은 불안한 마음을 움켜쥐고 밤새 정강왕의 곁을 지키며 좌불안석이었다. 그러다가 어의를 다그치며 시간이 흘러도 대왕의 병세가 호전되지 않음을 안타까워했다.

어의는 한치 앞을 내다볼 수 없는 깜깜한 밤길을 달려 호몽을 찾아갔다. 온갖 처방을 다해 보았지만 대왕의 병세가 차도를 보이지 않으니 어의로서도 어찌할 바를 몰랐다. 그래서 비방을 듣고자 몰래 궁을 빠져나와 호몽을 찾아갔던 것이다.

"우선 이것으로 대왕의 열을 식히고 마음의 평정을 얻도록 해 보세요. 그리고 쌀뜨물로 목욕을 시켜 드리세요. 지금 온몸에 열꽃이 퍼져 있나요?"

호몽은 솔잎에 은가루를 넣어 해열제를 만들고, 현미에 우황을 풀어 진정제를 만들어 어의에게 건넸다.

"그렇습니다. 꼭 헌강대왕 말년의 증세와 같습니다."

어의는 대왕의 안위가 무척이나 불안한 듯 호몽과 대화를 하는 내내 두 손을 사시나무 떨듯했다.

"십 년 이상 잠복되었던 수은의 독에 의한 후유증입니다. 아마도 성상의 폐나 간도 온전하지 못할 것입니다."

호몽은 한숨을 내쉬었다.

"저도 그리 생각합니다."

어의도 고개를 끄덕였다. 어의는 호몽이 내려 준 비방을 들고 쏜살같이 달려 다시 궁으로 들어갔다. 호몽이 처방해 준 약을 먹은 정강왕은 언제 그랬냐는 듯이 마음의 평정을 찾더니 이내 스르륵 잠이 들었다. 그러나 정강왕은 오래 잠들지 못했다.

가까스로 든 잠에서 깨어 팔을 휘저으며 헛소리까지 해댔던 것이다. 그때 북쪽 변방에서 밤새 말을 달려온 전령이 들이닥쳤다. 소란스러움을 느낀 정강왕이 겨우 눈을 떴다.

"한주漢州(지금의 서울 일대)에서 이찬 벼슬에 있는 김요라는 변방 사령관이 반란을 일으켰다 하옵니다."

정강왕은 다시 쓰러졌다.

얼마 후, 이재 장군의 신속한 대응으로 김요의 반란은 초기에 진압되었다. 반란군의 수괴인 김요는 황룡사 앞 네거리에서 거열형에 처해졌다. 이러한 나날이 지속되면서 정강왕은 점점 혼돈 속으로 빠져들며 기력이 사그라지고 있었다. 그런 혼란을 더 이상 견디지 못하고 혼절을 거듭하다가 겨우 의식이 돌아왔을 때는 또 다른 소식이 두려움을 몰고 왔다. 급기야 정강왕은 한림학사 최치원을 불러 유조遺詔(임금의 유언)를 내렸다.

첫째, 선대인 경문왕조에 낙뢰로 파손된 황룡사 9층 탑을 속히 보수할지어다. 경덕왕 이후 조정에서 반목을 일으켜 신하들도 어찌 할 바를 모르고 있었고 백성들은 저마다 생계 걱정을 하고 있었다. 경덕왕께서 이를 바로 잡고자 갖은 노력을 기울였지만 화랑들마저도 서로 갈등이 생겨 서로 죽고 죽이는 일이 반복되었다.

그러자 조정대신은 여러 파로 나누어져 걷잡을 수 없이 뒤숭숭하여 조정 대신들 간에도 서로 불신이 생겨 어느 누구 하나 나라를 걱정하는 인재들이 없었다. 그 이후 나라는 점점 더 어려워지고 조정 및 지방에서 탐관오리들이 부정부패를 저질렀으므로 백성들은 먹고 살기가 힘겨워 굶어 죽는 자가 늘고 또 거지들이 넘쳐났다.

경문왕이 9층 탑 보수를 하였음에도 불구하고 또다시 하늘이 노하여 황룡사 9층 탑에 천둥과 번개를 맞아 파손되었다. 그러니 상대등이 직접 감독하여 황룡사 9층 탑 보수를 완성하도록 하라.

둘째, 선대 헌강대왕께도 유시하신 경교의 교당을 불국사 일주문에서 오백 보 떨어진 서쪽에 지어 주도록 하라.

셋째, 과인이 붕어할 경우 묏자리를 헌강대왕의 묘가 보이는 곳에 마련하도록 하라.

정강대왕은 연일 계속되는 경기와 고열을 이기지 못하고 보위에 오른 지 이 년 만에 세상을 뜨고 말았다. 서라벌의 백성들은 상복을 채 벗지 못한 상태에서 또다시 국상을 맞게 된 것이다.

국상 중임에도 불구하고 상대등 위홍은 정강왕의 유지대로 황룡사 9층 탑 보수 작업에 매달렸다. 사흘이 멀다 하고 황룡사를 오르내리며 땀을 뻘뻘 흘린 덕에 한쪽으로 기울어졌던 9층 탑은 반듯하게 섰을 뿐만 아니라 부서져 내렸던 상층부 날개가 다시 살아났다.

이어 불국사 일주문에서 서쪽으로 떨어진 외곽에 경교의 교당인 대진사가 들어서고, 그 대진사에는 당나라에서 오는 사신들이 묵을 수 있는 영빈관도 정갈하게 만들어졌다.

그 무렵, 궁성 안에서는 또 다른 회의가 열리고 있었다. 왕실의 친척들과 진골들이 모두 모인 자리에서 상대등 위홍은 상석에 앉아 사뭇 얼굴을 찡그리고 있었다. 모인 사람들 모두 무언가 심각한 표정을 짓고 있었다.

"도대체 이게 무슨 변괴인가? 보위에 오르신 지 십 년을 넘겨 바야흐로 경륜을 마음껏 펼쳐 보이시려고 날개를 펴시던 헌강대왕께서 서른을 바라보시며 붕어하시고, 그 뒤를 이으신 정강대왕께서 겨우 옥좌의 온기를 따뜻하게 데우기 시작한 시점에서 붕어하셨소. 신의 나라인 이 서라벌에 왜 이런 변괴가 생긴단 말이오?

이 사람도 이제는 마흔을 넘겨 쉬어야 할 나이인데, 단 한시도 쉴 수가 없으니 도대체 어찌하면 좋단 말이오?"

상대등이 굳은 표정을 그대로 드러냈다.

"그러게 말입니다. 우리 서라벌에 이 무슨 변괴입니까? 대왕께서는 옥좌에 오르셔서 만백성을 이끌어 나가시고, 상대등은 중신들과 더불어 충성을 바치는 것이 본연의 임무일 텐데 헌강대왕과 정강대왕을 모두 섭정하시고, 이제는 새로 추대할 대왕까지 모셔야 할 처지가 됐으니……. 이제는 우리 상대등 건강도 생각할 때입니다."

위홍의 부인으로서 모후의 위력을 과시하던 부호鳧好 부인이 거들고 나섰다.

"그래도 어찌하겠습니까? 우리 진골 집안에 상대등 어른이 계시다는 것만으로도 큰 위로가 됩니다. 만약 상대등 어른께서 계시지 않았다면 우리 서라벌의 월성이 어찌 유지될 수 있었겠습니까?"

왕실의 친척들과 진골들이 모두 머리를 조아리며 상대등을 위로했다.

"이제는 왈가왈부할 시간이 없소. 국상을 서둘러야 할 것이오. 그리고 새로 받들 왕을 모셔야 합니다."

새로운 힘을 얻은 상대등은 목소리를 드높이며 제법 위엄을 되찾고 있었다.

"상대등, 이제 어찌하시겠습니까? 지금 왕자들은 모두 열 살이 되지 못한 어린 나이일 뿐 아니라 보위에 오를 수 있는 혈통이 없습니다. 그러나 선덕대왕의 위업을 생각하면 이 문제는 쉽게 풀릴 것 같습니다."

의명 부인이 조심스럽게 이야기를 꺼냈다. 진골 중에 나이가 제일 많고, 헌강대왕의 부인으로서 모후의 자리에 앉아 있는 터라 그녀의 말을 들은 사람들은 모두 눈을 동그랗게 뜨고는 말없이 고개를 끄덕였다.

"옳으신 말씀입니다. 만 공주는 선대의 선덕여왕과 충분히 비견할 수 있는 인물이십니다. 외모도 선덕대왕과 비슷한 걸로 알고 있습니다. 키가 크시며 우람하시어 사내들을 능가하고 계십니다. 어디 그뿐이겠습니까? 말도 잘 타시고 활 솜씨도 뛰어나시어 화랑들의 재주를 뛰어넘는 무예를 가지고 계십니다. 또한 어려서부터 서책을 가까이 하여 이제는 박식하시고 중신들을 아우를 수 있는 경륜을 가지고 계십니다. 현재로서는 헌강, 정강, 두 대왕에 이어 우리의 만 공주께서 삼대를 이어갈 수밖에 없습니다. 통일의 위업을 이룩하시고 우리 서라벌을 신의 나라로 확고하게 다지신 선덕여왕의 환생이라고 봐야 할 것입니다."

상대등이 긴장을 풀고 얼굴에 화색을 드러내자, 모두 고개를 끄덕이며 만曼 공주를 바라보았다. 이것으로 진골회의는 모두 끝이 났다. 진골들이 만 공주의 발 아래에 엎드려 예를 올렸다. 만 공주는 갑작스런 상황에 난처해하면서도 자신에게 찾아온 기회를 기꺼이 놓치지 않으리라 다짐했다.

모든 것이 일사천리로 진행되었다. 치원이 또다시 밤을 지새우며 당나라에 보낼 국서를 작성했다. 붕어한 정강대왕의 공로를 정리하고, 선덕여왕과 진덕여왕에 이어서 여성으로서 다시 왕조의 대를 잇게 되었었다는 내용이었다.

진성여왕이 보위에 오를 수밖에 없는 당위성을 설명한 국서를 사신 편으로 당나라에 보고했다. 주작대로와 황남대로가 만나는 네거리에도 이와 같은 내용을 적은 방이 붙었다.

사람들은 상복을 벗어 버리고 색깔 있는 화려한 옷을 꺼내 입었다. 젊은이들은 주작대로와 황남대로에서 처용의 춤을 추며 밤새도록 술판을 벌였다. 어느새 정강대왕의 국상은 파묻혀 버리고 새로운 진성대왕의 즉위식에만 관심을 쏟았다. 거리와 골목은 모두 축제의 인파로 뒤덮였다.

정강대왕의 국상은 간소하게 진행되었고 헌강대왕의 발치에 조용히 묻혔다. 그러나 진성여왕의 즉위식은 이례적으로 궁성 밖에서 화려하게 거행되었다. 그 무렵 당에서는 황소의 난이 평정되었다고는 하지만 아직 나라가 안정을 되찾지 못한 시기인 탓에 희종 황제는 여전히 서촉 땅에 머물러 있었다.

그런 연유로 당에서는 장군 이무정李茂貞이 축하 사절로 왔고, 왜에서는 요란한 사절단과 함께 비단, 술, 보석 등을 푸짐하게 보내왔다. 붉은 비단으로 장식한 월성 주변에서는 우렁찬 풍악과 함께 아름다운 무희들이 현란한 춤을 추며 새로운 여왕의 시대가 시작되었음을 만천하에 알리고 있었다.

홍이 절정에 달하자, 상대등 위홍이 만 공주의 손을 잡고 천천히 걸어 나왔다. 모인 사람들이 허리를 굽혀 예를 올리고 나자, 이윽고 옥좌에 앉은 공주 머리 위에 찬란한 금빛 왕관이 씌워졌다.

"진성대왕마마, 만수무강하옵소서. 일찍이 서라벌에 떠올랐던 선덕여왕의 빛을 받아 온누리에 새로운 빛을 발하소서. 들에는 오곡백과가 풍성하게 열리며, 바다에는 고기떼가 만선을 이루게 하소서. 만백성이 배불리 먹고 다시 한 번 태평성대가 될 수 있는 요순시대를 열게 하소서."

상대등이 큰 목소리로 축수를 하자, 만조백관이 모두 허리를 숙이고 예를 올렸다. 잠시 후 진성여왕 앞으로 나온 이무정 장군이 당에서 가지고 온 예물을 바쳤다. 서라벌의 왕실을 보장하는 검과 거울 그리고 곡옥(구부러진 옥구슬)이 들어 있는 함을 받은 진성여왕은 매우 기뻐하며 당 황제의 세심한 배려에 감사의 뜻을 전했다.

"여왕의 시대가 열렸다! 선덕여왕보다 더 뛰어난 여왕님이 탄생하셨다!"

"이제 서라벌에 슬픔은 사라졌고 오직 기쁜 일만 남아 있다. 아, 진성대왕 만세!"

이날 서라벌에서는 백성들도 모두 배불리 먹고 마시며 풍악을 즐겼다. 젊은이들은 큰 소리로 외치며 거리로 달려 나가 진성여왕이 이끌 새로운 시대를 기쁨으로 맞이했다.

"참으로 대단하십니다. 오라버니 둘과 막내 여동생까지. 숙부께서 삼대에 걸쳐 섭정을 하시게 됐습니다. 참으로 노고가 크십니다."

당에서 축하 사절로 온 이무정 장군이 상대등과 마주 앉아 술잔을 건넸다.

"여러 가지로 부족한 이 사람이 숙부라는 이유 하나로 삼대에 걸쳐 큰일을 하게 됐는데 저도 이제는 나이 사십을 넘긴 터라 하루하루가 버겁습니다. 다망한 국사를 일일이 챙기자니 도무지 체력이 따라 주지 않습니다."

상대등은 짐짓 겸손하게 허리를 굽히며 대답했다.

"제가 보기엔 상대등께서는 아직도 삼십대 청년 같으신데, 그 무슨 소린지요? 지금도 미인을 품지 않으시고는 잠을 청하시기가 어려우시죠?"

이무정 장군이 눈을 내리깔고는 껄껄 웃었다.

"장군도 참, 농이 너무 지나치십니다. 이제는 제 안사람 하나 챙기기도 어렵습니다. 장군이야말로 아직도 청춘으로 보이시는데 하명만 하십시오. 내 장군을 위해 오늘 밤에는 이 서라벌의 미녀 중 그 누구라도 목욕재계하여 대령토록 하겠습니다."

상대등은 이무정을 향해 눈을 치켜뜨고는 의미심장한 표정을 지었다.

"대장군, 우리 신라 여인은 보시다시피 이렇게 섬세하고 아름답습니다. 오늘 밤에는 신라 여인의 향기에 흠뻑 취해 보시지요."

부호 부인이 이무정의 잔에 술을 가득 따랐다.

"부인께서도 참으로 아름다우십니다. 제가 들은 바로는 이번에 즉위하신 진성여왕을 어려서부터 젖을 물려 키우셨다고 하던데 그렇게 되면 여왕마마의 유모…… 아니, 모후가 아니겠습니까? 바깥어른이신 상대등께서는 섭정을 하시고 부인께서는 여왕의 어머니가 되시니 이 서라벌은 바로 두 분의 나라가 아니겠습니까?"

이무정이 술잔을 들어 마시며 한쪽 눈을 내리깔고 부호 부인의 표정을 살폈다.

"장군, 무슨 불충한 말씀을 그리 하십니까? 이 서라벌이 상대등과 이 유모의 나라라니요? 저희 내외가 대역모반죄에 걸릴 것을 바라시기라도 하시는 겁니까?"

부인은 짐짓 놀라는 표정을 지으며 이무정의 손등을 툭 쳤다. 그러면서도 부인은 사뭇 즐거운 표정이었다. 그때 풍악이 울리고 무희들이 다시 춤을 추기 시작했다. 갸름한 머리에 띠처럼 얇은 금관을 쓰고 홍포를 두른 여왕의 모습은 그야말로 선녀와도 같았다.

"옛날 우리 당 태종폐하께서 선덕여왕께 모란꽃을 보낸 일이 있었지요?"

이무정이 다시 상대등의 잔에 술을 가득 채웠다.

"그랬었지요. 남자처럼 기세가 등등해 보이는 선덕여왕을 향기 없는 모란꽃에 비유를 했었지요. 장군께서는 오늘 즉위하신 진성여왕마마를 어찌 보시는지요?"

상대등은 허리에 까만 흉배를 두른 여왕을 곁눈질로 바라보며 활짝 핀 모란과도 같다는 생각을 했다. 그 진한 향기가 벌써 코끝을 스치며 가슴속을 파고드는 듯 위홍은 잠시 눈을 감은 채 온몸이 녹아내리는 것을 느꼈다.

"만개한 작약이시군요. 참으로 아름다우십니다."

이무정은 눈이 부시도록 화려한 여왕을 바라보며 찬탄했다. 그때 여왕이 천천히 걸어와 두 사람 곁으로 다가왔다.

"두 분은 무슨 얘기가 그렇게 재미있으십니까? 과인의 키가 남자보다 크다고 흉을 보셨나요?"

여왕의 얼굴은 백목련보다도 곱고 단아했으며, 몸매는 한 점의 티도 없는 것이 매끈하게 자란 대나무와도 같았다.

"황감하옵나이다. 저희들은 그저 여왕마마의 아름다움에 취해 있을 뿐입니다."

두 사내는 손사래를 치며 말하면서도 여왕의 몸매를 위아래로 훑어보며 뜨거운 시선을 끝내 거두지 못했다.

"호호, 장군과 상대등께서 여왕마마를 작약보다 아름답다고 하시면서 저에게는 눈길 한 번 주지 않습니다. 이 할미꽃은 서러워서 어찌해야 할까요?"

부호 부인의 말에 모두 웃었다. 그러나 상대등은 초점을 잃은 눈으로 진성여왕의 얼굴을 바라보며 정신이 혼미해지는 것을 느꼈다. 지금까지 한낱 어린 조카로만 여겼던 만 공주가 이제 여왕이 되어 아름다운 자태를 한껏 드러내며 여인의 향취마저 내뿜고 있으니 여색을 즐기는 상대등으로서 잠시 침을 삼키는 것은 어쩌면 당연한 일이었다.

'사내의 털끝마저도 기꺼이 세울 수 있는 저 입술, 뜨겁고도 거

친 몸을 잠시 뉘일 수 있는 저 봉긋한 가슴, 어찌 이리도 곱게 자랐단 말이더냐.'

어느새 훌쩍 성장한 여왕을 바라보며 상대등은 한 여인을 향해 깊은 곳에서 꿈틀거리는 사내의 거센 기운이 몸부림쳐 오르는 욕구를 그대로 느꼈다.

서라벌의 온기

　상대등 위홍은 날이 밝자마자 입궐하여 늦은 밤이 되어서야 퇴청을 했다. 하루하루 월성을 드나드는 일이 즐거웠고 모든 사람에게 늘 웃는 얼굴로 대했다. 어느 때는 혼자 길을 가면서도 실실거리는 통에 대신들마저 고개를 갸우뚱거리며 상대등의 안위를 걱정할 정도였다.

　그러나 다른 한편에서는 그런 상대등을 바라보며 무언가 이상하다는 듯 수군거리기도 했다. 그도 그럴 것이 헌강왕과 정강왕이 옥좌에 있을 때는 온갖 짐을 다 지고 있는 듯이 피로한 기색과 불만을 얼굴에 고스란히 드러내며 인상을 찌푸리던 사람이 진성여왕이 즉위하고 나서부터는 월성에 꿀단지라도 숨겨 놓은 것처럼 자주 드나들며 시시때때로 웃어대니 모든 사람들에게 의심의 눈초리를 받을 수밖에 없었다.

　"숙부께서 조정대신들과 내시들에게 그렇게 환하게 웃어 주시니 과인도 보기가 좋습니다."

진성여왕 또한 위홍과 보내는 시간이 마냥 행복하기만 했다.

"다른 사람들이 듣습니다. 절대로 저를 숙부라고 부르지 마십시오. 상대등이라는 관직을 부르시거나 그냥 대각간으로 부르시든지요."

위홍은 짐짓 엄숙하게 말하기도 했다.

"사람들이 없을 때는 숙부라고 부르고 싶어요. 정말 숙부가 안 계시면 이 사람이 어찌 왕위를 지탱할 수 있겠습니까? 전 숙부가 항상 제 곁에 계셔서 무척이나 좋습니다. 선덕여왕께서도 숙부이신 용춘龍春 공을 하늘처럼 믿다가 결국은……."

소녀처럼 어리광을 피우던 여왕이 끝내 말을 잇지 못하고 얼굴을 붉혔다.

"대왕마마, 황공하옵니다. 그 다음 말은……."

그 의미를 알아차린 상대등은 야릇한 미소를 지으며 여왕을 쳐다보았다. 두 사람은 서로 눈빛이 부딪치는 순간, 잔잔한 호수에 작은 파장이 이는 것처럼 몸속 깊숙이 전해지는 짜릿한 느낌을 받았다. 그러면서 얼굴을 붉혔다.

위홍은 당황한 나머지 헛기침을 하고는 황황히 어전을 나왔다. 그 뒷모습을 바라보던 여왕은 다시 몸속 깊은 곳에서 끓어오르는 뜨거운 기운을 느끼며 살며시 눈을 감았다.

황급히 월성을 빠져나온 위홍도 아직 가시지 않은 황홀한 감정을 거머쥐고는 손수 마차를 몰아 달리고 또 달렸다. 시원한 바람이 가슴속을 파고들고 진한 꽃향기가 사내의 마음을 녹이고 있었다. 마차가 황남대로를 지나자 상대등은 더욱 거세게 채찍질을 하여 쉴 새 없이 마차를 몰았다. 이윽고 상대등이 탄 마차는 공사가 막바지로 치닫고 있는 불국사 앞 대진사에 이르러서야 멈추었다.

"공사는 다 되어 가느냐?"

"다음 달 초닷새에 상량식을 할 것입니다."

상대등이 당도하자 공사의 책임을 맡고 있는 한 사내가 달려 나와 허리를 굽히며 말했다. 상대등은 그 길로 마차를 몰아 토함산 아래까지 달리고, 다시 서라벌대로를 가로지른 후에야 집으로 돌아왔다.

"당신은 내가 어떤 처지에 놓여도 믿어줄 수 있겠소?"

방으로 들어간 상대등은 부호 부인을 앞혀 놓고 뜬금없는 이야기를 꺼냈다.

"여왕마마께서 상대등보다 더한 자리를 맡아 달라고 하시던가요?"

부호 부인이 넘겨짚으며 말했다.

"상대등보다 더 높은 자리가 있겠소? 상대등 위는 대왕마마가 되는 것뿐인데. 내가 그런 불충한 마음을 먹었다면 어린 조카를 둘씩이나 아무 탈 없이 조용히 섭정을 하고 여기까지 왔겠소? 둘 다 몸도 좋지 않고 노상 골골하던 사람들이었는데. 나는 불충한 사람이 아니오. 신명을 다해 왕실을 섬겨 온 사람이오."

자신의 속내를 몰라주는 부호 부인이 마냥 못마땅한 상대등은 헛기침을 하며 돌아앉았다.

"전 당신을 지아비로 꼭 잡아 두고자 하는 속 좁은 아녀자가 아니에요. 저는 지금의 대왕마마를 제 친딸처럼 여기고 어려서부터 제 젖을 물려 키웠어요. 여왕께서 두 오라버니가 계속 승하하시는 모습을 지켜보며 얼마나 속이 허하시겠어요? 아주 가까이서 모시세요. 그 성벽처럼 든든하시던 통일의 대왕이신 선덕여왕께서도 숙부이신 용춘 공을 결국은 지아비로 섬겼고, 용춘 외에도 흠반欽飯과 을제乙祭를 거느리셨잖아요. 우리 신의 나라에서는 여왕이 남편 셋을 두는 삼서지제三婿之制가 아주 자연스러운 일 아닙니까? 당신이 여왕과 함께하신다면 당신 사후에는 용춘 어른처럼 왕의 칭호를 얻으실 수 있을 거예요. 용춘 어른은 사후에 문흥대왕文興大王으로 추봉되시지 않았습니까? 저도 제 자식들이 대왕의 후손이 되는 것이 꿈이에요."

그제야 상대등의 속내를 알아차린 부호 부인은 복잡한 심경을 애써 감추며 눈을 감아 주었다. 상대등은 그렇게 넉넉히 이해해 주는 부인이 참으로 고마웠다.

아름다운 여왕이 즉위해서 그런지 궁성의 분위기는 나날이 밝아졌다. 어느 날, 왕명을 받는 치원은 그야말로 오랜만에 월성으로 들어갔다. 정전으로 들어가던 치원은 전에 없던 낯선 광경에 그만 발걸음을 멈추고 말았다. 얼굴과 몸에 화려하게 치장을 한 진성여왕이 상대등과 나란히 앉아 있었던 것이다. 그러나 좌우에 도열하고 있는 대신들 모두 밝은 표정인가 하면, 악대까지 동원해 은은한 음악을 연주해 주고 있었다. 미처 예기치 못했던 기이한 상황에 직면한 치원은 도무지 믿을 수가 없었다.

"어서 오세요, 한림학사. 그동안 계속된 왕실의 상고 때문에 제문을 쓰고 비석을 세우느라 애를 많이 썼습니다. 과인이 오늘은 백성들을 즐겁게 할 묘책을 하나 발표할 것이오. 상대등 어르신과 여러 대신이 결정해 주신 내용을 한림학사가 잘 정리하여 발표하시고, 황제에게도 사실 그대로 보고해 주세요."

여왕은 기분이 좋은 듯 고른 치아까지 드러내보이며 사뭇 즐겁게 웃었다. 그런 여왕 곁에서 상대등은 연신 헛기침만 토하며 멋쩍게 웃었다.

"대왕마마, 분부 받잡겠나이다. 하명하소서."

치원은 내관이 가지고 온 지필묵을 앞에 놓고 정중히 아뢰었다. 그러자 여왕은 시를 낭송하듯 낭랑한 목소리로 천천히 입을 열었다.

첫째, 특별한 국사범을 제외한 죄수들을 모두 방면한다.
둘째, 향후 일 년에 걸쳐 각 군현에서 걷어 올리던 세금을 모두 면제한다.
셋째, 궁성과 각 군현의 창고에 보관 중인 곡식을 모두 풀어 사품 이하의 가난한 집에 골고루 나누어 준다.
넷째, 그동안 출가를 금하고 승려가 되는 일을 억제하였던 규정을 풀어 백 명의 젊은이들에게 승려가 될 수 있는 기회를 허락한다.

다섯째, 그동안 유명무실했던 화랑제도를 활성화시켜 젊은이들에게 일하며 수련할 수 있는 기회를 마련해 준다.

치원은 여왕이 자신에게 내린 첫 소임을 기쁜 마음으로 받들었다. 얼마 후, 여왕의 첫 번째 특명을 적은 방이 서라벌 곳곳에 내걸리자 백성들은 환호했다.

"드디어 선덕여왕시대가 다시 열리고 있구나! 죄인을 방면하고, 조세를 감면하고, 젊은이들에게 일자리를 만들어 주고, 가난한 이들을 보살피기 시작하셨다. 여왕마마 만세!"

"그동안 왕족과 장군들 그리고 육두품들만 사철유택을 짓고 호의호식해 왔는데 이제는 가난하고 헐벗은 백성들을 돌보기 시작하는구나. 나라가 이제야 제 방향으로 가는구나. 서라벌 만세!"

주작대로와 황남대로에는 젊은이들이 모여 여왕의 치세에 탄복하고, 뒤를 이어 악공들과 무희들이 떼 지어 다니며 흥을 돋우었다. 모처럼 찾아온 태평성대를 즐기며 모두 흥겨운 나날을 보냈다. 서라벌 거리 곳곳에는 밤새도록 횃불이 켜져 길을 훤히 비추고, 그 길로 젊은 화랑들이 뛰어나오며 흥겹게 춤을 주었다.

"여왕마마! 이왕이면 원화제도도 복원해 주소서! 우리 여자들도 화랑만큼 멋지게 해낼 수 있답니다. 여왕마마!"

젊은 여인들도 손에 손을 잡고 월성을 향해 큰 소리로 외쳤다. 새로운 희망을 가득 품은 젊은이들이 밤새 거리를 누비는 바람에 거리는 온통 술렁거렸다.

때마침 대진사도 완공되어 서라벌 사람들이 일제히 몰려들었다. 어떻게 소식을 듣고 왔는지, 낙성식을 거행하는 날에는 당에서도 대진사 소속의 많은 수도사와 수녀들이 속속 서라벌에 들어왔다. 경교의 수도사들과 수녀들 중에는 키 크고 머리가 노란 서역 사람들이 많이 섞여 있던 터라 아이들과 아녀자들이 호기심 어린 눈으로 그들을 따라 몰려 다녔다.

　왜나라에서도 경교 신자들이 집단으로 찾아왔는데, 호들갑스럽고 촐랑대기 좋아하는 개운포의 왜인 상인들과는 달리 모두 점잖고 조용한 모습이었다. 사람들은 새로 지은 대진사 꼭대기에 내걸린 십자가를 호기심 어린 눈길로 바라보았다.

　이날 온 백성들의 기대와는 달리 여왕은 참석하지 않고 여왕을 대신해 상대등이 행차를 했다. 공교롭게도 당나라에서 건너온 경교 신자 중에는 절도사 급에 해당하는 장군이 세 명이나 포함돼 있었고, 왜에서 건너온 경교 신자들이 월성을 찾아와 값비싼 비단은 물론 여왕이 반길 만한 파사도독부의 유리구슬과 함께 금으로 장식된 화려한 보석들을 진상했기 때문에 여왕은 그들과 따로 즐거운 한때를 보내고 있었던 것이다.

　십자가 아래에 있는 종이 은은하게 울려 퍼지는 것으로 의식이 시작되었다. 예배가 시작되자, 서역에서 건너온 듯한 현악기가 맑은 소리를 내면서 미사가 진행되는데 분위기는 점점 무르익어 환상적인 분위기를 연출했다. 황룡사나 분황사에서 백고좌를 울릴 때 흔히 듣던 목탁 소리나 독경 소리와는 아주 다른 이국적인 향취가 묻어났다.

드디어 마르코 수도사가 나서 집전을 시작했다. 그러자 당에서 건너온 장수들과 위세 등등한 절도사들이 모두 고개를 숙이더니 묵주를 돌리며 마르코 수도사가 집전하는 대로 앉았다 일어서기를 반복했다.

'아니, 저런 내로라하는 장수들이 이렇게 먼 이역까지 찾아온 것도 모자라 이토록 자그마한 대진사에서 저토록 진지하게 예배를 보는 것은 도대체 무슨 까닭일까? 경교라는 것은 무엇이며, 이 교당 끝에 서 있는 십자가는 또 무슨 의미란 말인가. 왜에서 건너온 경교 신자들도 상당한 수준의 무사들이라는데 마치 조용한 양 떼들이 움직이는 것처럼 순명하며 겸손한 모습은 대체 무슨 이유란 말인가?'

앞자리에 앉아 조용히 의식을 지켜보던 상대등은 이처럼 기이한 광경에 놀란 나머지 입을 다물지 못했다. 그러면서 유리창이라고 불리는 곳으로 형형색색의 햇살이 가득 들어오는 것을 그대로 맞았다. 지금껏 서라벌에서 구경해 본 일이 없는 희한한 물건이었다.

"저 유리창은 어찌 만든 것인고?"

상대등은 옆에 앉아 있는 치원을 향해 물었다.

"파사도독부에서 가져온 유리라는 것입니다. 그 유리를 얇게 만들어 색깔을 입혔다 합니다. 서역에서는 오래전부터 유리 기술이 발달하여 유리창을 저처럼 아름답게 만들 수 있습니다."

치원이 빙그레 웃으며 말했다.

"저 절도사들이 가지고 있는 검은 책은 일찍이 본 일이 없는데 저것은 대체 무엇이오?"

"네, 저것은 소가죽으로 만든 것입니다. 소가죽에 검은 물감을 들여 쉽게 닳지 않도록 책을 싼 것인데, 그 안쪽에 있는 천은 양피지라 하여 양 껍질 위에 글자를 쓴 것입니다."

그때 교당 2층에서 조용한 성가가 울려 퍼졌다. 손가락으로 연주하는 현악기에 맞춰 머리에 흰 천을 쓴 여성들이 성가를 부르자, 상대등은 또다시 맞닥뜨린 기이한 광경에 놀라 눈을 희번덕거렸다.

"저 노래를 부르는 여자들은 어디 사람들인가?"

"서라벌의 여인들입니다. 모두 평민이나 천민 출신이고, 저들 중에는 육두품 출신의 여인들도 더러 있습니다."

"이 교당에서는 신분이나 계급이 없단 말이오?"

상대등은 다시 한 번 놀라고 말았다.

"그러하옵니다. 이 교당에서는 백고좌 같은 높은 자리가 따로 없사옵고 모두 평등하게 예배를 드립니다. 저 가운데서 예식을 진행하고 있는 노인은 장로라고 불리는 중심인물인데, 동시에서 오랫동안 장사를 해온 아부틴이라는 서역인입니다. 이번에 거금을 내놓아 이 대진사의 내부 장식을 감당하였습니다."

치원은 고개를 숙이며 대답했다.

"잠시 안내 말씀을 올리겠습니다. 오늘 우리 서라벌 대진사의 낙성식을 축하해 주기 위하여 존엄하신 상대등 위홍 어르신께서 납시었습니다. 모두 예를 갖추어 주시기 바랍니다."

길고 장엄한 의식이 끝나자 아부틴 장로가 정중하게 입을 열었다. 그러자 사람들이 모두 일어나 상대등을 향해 인사를 했다. 생각지도 않은 일이 벌어지자 상대등은 황급히 일어나 고개를 숙이면서도 마음이 복잡해짐을 느꼈다.

상대등은 자신이 왜 여기에 와서 이런 인사를 해야 하는가에 대해 의문을 품으며 사뭇 불편한 기색을 드러냈다. 그러나 상대등은 당나라 절도사들이 서 있는 쪽으로 다가가 인사를 하지 않을 수 없었다.

관복을 입지 않고 평복 차림을 한 그 절도사들은 아주 겸손한 자세로 상대등을 맞았다. 그러나 상대등은 알고 있었다. 그 사람들이 얼마나 높은 지위에 있는 사람들인가를. 서라벌에서 사신이 간다 해도 결코 만날 수 없는 사람들이며, 그 어마어마한 군문에 접근하는 일조차 결코 쉽지 않은 일이라는 것을……

"우리 서라벌에는 언제 오셨습니까? 저희 궁중에서는 이렇게 많은 귀빈이 오신 것을 전혀 모르고 있었습니다. 세상에, 이런 결례가 어디에 있겠습니까? 절도사들께서는 저희들의 결례를 용서해 주십시오. 지금이라도 궁으로 납시어 저희 여왕마마를 뵙고 가시지요."

상대등은 불편한 감정을 애써 감추며 최대한 예를 갖추어 말했다.

"여기서 상대등을 뵙게 될 줄은 몰랐습니다. 우선 내 신분을 밝히겠소. 나는 당의 장군 양행밀楊行密이오."

제일 앞에 서 있던 절도사가 상대등을 향해 눈을 내리깔고는 위엄 있게 말했다. 순간 상대등은 놀란 나머지 어찌할 바를 몰랐다. 며칠 전에 당의 전황에 대하여 들은 바로는, 당은 현재도 강북과 강남에서 내전이 진행 중이었다. 양행밀 장군은 강남 지역의 최강자였고, 특히 양주楊州 지역에서는 전황을 완전히 뒤집고 승기를 잡고 있었다.

"아, 그 양주 전투에서 승전하시고 강북과 강남을 머지않아 아우르실……"

상대등은 얼굴이 하얗게 질리다 못해 넋이 나간 표정이 되어 양행밀을 제대로 쳐다보지 못했다.

"이 성스러운 자리에서 우리 공적인 이야기는 하지 맙시다. 우리는 오늘 밤 배로 떠나야 하오. 우리가 이곳에 온 것은 주님을 믿는 신자로서 온 것입니다. 다른 윗분들에 대한 신상은 공개할 수가 없소이다. 월성에 들어가 여왕을 뵙고 가는 것이 예의인 줄은 아나, 지금은 때가 아니요. 지금 돌아가 여장을 챙긴 후 밤배로 떠나야 합니다. 이 양행밀의 안부만을 여왕께 전해 주시기 바라오."

양행밀이 서둘러 상대등의 입을 막고 아쉬운 마음만을 작별인사로 전했다. 그 사이 또 다른 장수들은 조용하면서도 아주 신속하게 교당을 빠져 나가 행방을 감추었다. 어둠 속으로 사라진 이들의 뒷모습에 넋을 잃고 바라보던 상대등은 허탈한 마음을 달래며 월성으로 마차를 돌렸다.

삼대목

　여왕의 고민은 나날이 깊어만 갔다. 여인네가 왕위에 오른 것을 두고 백성들이 뒤에서 수군거리지나 않는지, 나라는 제대로 끌어가고 있는지 불안해 하루하루 근심과 걱정이 쌓여만 가고 있는 것이다. 그렇다고 해서 무작정 궐 밖으로 뛰쳐나가 백성들의 소리에 귀를 기울일 수만은 없는 노릇이므로 여왕은 하는 수 없이 자신이 그토록 믿고 의지하는 상대등과 마음속으로 연모하고 있는 최치원을 통해 궐 안팎의 세상 소리를 들을 수밖에 없었다.

　"상대등, 왜 요즘 통 얼굴을 보기가 힘든 게요? 자주 궐에 들러 이 사람에게 궐 밖 세상도 좀 알려 주셔야죠. 그래, 서라벌 민심은 좀 어떻습니까? 여자가 왕이 되었다고 백성들이 우습게 여기며 수군대지는 않습니까?"

　여왕은 상대등을 부른 자리에서 그동안 불안했던 자신의 속마음을 살포시 꺼내 보였다. 그러면서도 혹여 왕으로서 체통을 잃을까 두려운 나머지 애써 불안한 마음을 억누르고 있었다. 그러나 눈치 빠르기로 소문난 상대등이 저고리 속에 고이 감춰진 여왕의 이러한 속내를 모를 리가 없었다.

"마마, 걱정하지 마십시오. 지금 마마의 치세가 온 서라벌을 덮고 하늘을 찌르고 있습니다. 빈둥빈둥 놀던 젊은이들이 불문에 들어가려고 불전 공부를 열심히 하는가 하면, 절에 나가 공양도 열심히 하고, 또 탑돌이를 하면서 여왕마마의 만수무강을 빌고 있다고 합니다. 어디 그뿐이겠습니까? 기운깨나 있고 슬기로운 젊은이들은 화랑에 들어가기 위해 무예를 익히는 가운데 병서도 읽으면서 열심히 실력을 닦음은 물론, 거리에서 서로 만나는 일이 있으면 늘 이 나라의 앞날을 위해 자신들이 무엇을 해야 할까 묻고, 생각하고, 다짐을 한다고 합니다. 이 모든 게 대왕마마의 성덕이 서라벌에 가득한 덕분입니다."

상대등의 말을 듣자, 여왕은 그간의 불안했던 마음을 어느 정도는 내려놓을 수 있었다. 상대등의 말대로 민심이 순조롭게 돌아간다면 분명 하늘도 왕실을 축복해 줄 거라 생각을 하니 묵은 체증이 가시듯, 가슴속이 시원해짐을 느꼈다.

그도 그럴 것이 최근 일여 년 사이에 여왕은 선대왕이었던 자신의 오라버니들을 차례로 떠나보내야 했다. 아직은 젊은 나이에 세상을 하직하는 오라버니들을 배웅했으니, 여왕의 속마음이 오죽 타들어갔겠는가. 그러니 자연스레 상대등에게 의지하며 국정을 논의할 수밖에 없는 것이다.

상대등은 일찍이 여왕의 이런 속내를 알아차리고, 어찌하면 여왕에게 좀 더 가까이 다가갈 수 있을까 고민하며 그 틈을 엿보고 있었다. 그러면서 이제 서서히 그 기회가 오고 있음을 감지했다.

상대등은 한껏 들뜬 여왕의 표정만 봐도 이제 그녀의 속마음까지 훤히 들여다 볼 수 있게 되었다. 어차피 여왕이 지친 몸을 의지할 대상은 상대등인 자신밖에 없다는 것을 알고 있는 터였다. 이런 좋은 기회를 상대등이 놓칠 리가 없었다.

"제 나이 아직은 팔팔한 불혹이옵니다. 저를 믿고 답답한 마음을 잠시나마 내려놓으십시오. 제가 항상 곁에서 마마를 지켜 드릴 것입니다."

상대등의 진심 어린 마음을 확인한 여왕은 내심 안심이 되었다. 그제야 서로 얼굴을 바라보며 전에 없던 미소를 지을 수 있었다.

"그나저나 제가 이렇게 밤낮으로 여왕마마 곁을 지키는 것을 두고 중신들이 이상하게 보지나 않을지 걱정입니다. 마마 곁에 있는 내관이나 비복들의 눈도 그렇고요."

여왕의 마음이 한결 누그러진 것을 확인한 상대등이 평소에 우려하고 있었던 마음을 여왕에게 조심스레 열어 보였다.

"그게 무슨 말입니까? 상대등이라면 이 나라의 국정을 책임진 신하인데, 그런 상대등이 왕의 곁에 머무르며 정사를 논하는 것이 뭐가 이상하다는 말입니까?"

이번에는 여왕이 손사래를 치며 상대등의 답답한 마음을 위로했다. 상대등은 마치 여왕의 부드러운 품에 안긴 채 그녀의 하얀 속살의 진한 향기에 취한 듯 몽롱해졌다. 이내 큰 소리로 웃으며 잠시나마 가졌던 헛된 망상을 지우려 애를 썼다.

"그야 그렇습니다만, 선왕대까지만 해도 이렇게 자주 월성에 들어오지 않았고, 들어와도 왕명을 받잡아 한 달에 한 번꼴로 들어왔습니다. 그런데 요즘 제가 하루도 빠지지 않고 궁에 들어오니."

그러자 여왕이 눈빛을 반짝였다. 그것은 마치 한 사내에게 푹 빠진 앳된 여인이 더 깊이 머무를 곳을 찾아 두리번거릴 때 내는 초롱초롱한 눈빛 그대로였다.

"그럼 일을 만드세요. 과인과 상대등이 자연스럽게 만날 수 있는 일거리를 찾으란 말입니다."

여왕의 묘책에 놀란 상대등이 기다렸다는 듯이 환하게 웃었다.

"그래서 신이 일거리를 이미 마련하였습니다."

"그래요? 그게 무엇인지 어서 말씀을 해 보세요."

여왕은 더 이상 망설일 수가 없어 상대등을 다그쳤다. 여왕은 이제 잠시라도 상대등 곁을 떠나서는 살아갈 수가 없었다. 그것은 상대등도 마찬가지였다. 눈을 떠 잠자리에 들기 전까지 항상 여왕만을 생각해야 했다.

"우리 서라벌의 왕실은 삼대로 이어져 있습니다. 상대는 성골들만 왕실의 보위를 이어갔던 그때를 말하는 것이지요. 선덕여왕과 진덕여왕 때를 이릅니다. 그런데 중대에 들어서며 진골 출신이 보위에 오릅니다. 김춘추 대왕께서 보위에 오르시고 문무대왕이 삼국통일을 이루시는 그 시기를 중대라고 볼 수 있을 것입니다. 그러니까 지금은 당연히 우리 신의 나라 서라벌을 하대라고 봐야 할 것입니다."

여왕은 상대등의 말에 흥미를 느낀 나머지 귀를 쫑긋 세우며 가까이 다가갔다.

"그래서요?"

여왕은 상대등의 품 안으로라도 달려 들어갈 기세였다.

"그래서 저는 우리 왕실의 상대, 중대, 하대를 관통하는 시가를 찬술하고 싶습니다. 우리 천 년 왕실의 열성조를 훑어보면서 성군들의 훌륭한 역사를 노래로 엮어 백성들에게 전해 주고 싶습니다. 뿐만 아니라 조금 작게 보면 제가 섭정을 맡았던 헌강대왕, 정강대왕 그리고 진성대왕의 세 보위를 삼대라고 할 수 있을 것입니다. 개국 이래 열성조들의 찬란한 업적을 기리고 제가 모신 삼대를 돌아본다면, 소신 지금 죽어도 여한이 없을 것입니다."

상대등의 계획은 명분이 분명했으며 하나의 허점도 없었다. 마치 오래 전부터 차근차근 준비해 온 것처럼 치밀한 상대등의 말을 듣자 여왕은 상대등의 손을 덥석 잡으며 기쁜 마음을 숨기지 못했다.

"숙부, 무슨 말씀을 그리 하십니까? 지금 죽어도 여한이 없다니요? 이 경사스러운 순간에 왜 그런 말씀을……."

여왕의 눈가에 촉촉한 이슬이 맺히자, 상대등도 여왕의 손을 따뜻하게 감싸 주며 애절하게 바라보았다.

"소신의 이 마음이 그 정도로 곡진하다는 말씀이옵지요. 우리 여왕마마께서는 천수를 하시고, 이 몸은 백수만 하렵니다."

여왕과 상대등은 더는 참지 못하고 서로 부둥켜안았다. 차츰 거칠어지는 뜨거운 숨소리가 귓가에 맴돌고, 얇은 천 조각 너머 더욱 빨라지는 맥박 소리가 고스란히 속살을 파고들었다. 하지만 어디에선가 이를 지켜보고 있을 시선을 생각한 두 사람은 안타까운 마음을 잠시 접어 둘 수밖에 없었다.

"그런 일이라면 문장가로 으뜸인 최치원 한림학사와 함께 해야 되지 않겠습니까?"

겨우 정신을 가다듬은 여왕이 고개를 들어 애잔한 눈빛으로 상대등을 바라보며 입을 열었다.

"그 사람은 문장엔 능하나 서라벌 백성들의 속내를 제대로 모릅니다. 너무나 오랜 세월 당에서 지냈기 때문에 서라벌 왕실의 구구절절한 사정을 모를 뿐 아니라 오로지 당의 역사와 문장에만 능할 뿐입니다. 그리고 진서(한문)에만 능하기 때문에 백성들이 쉽게 이해하는 이두와 향가에 밝지 못합니다."

상대등은 고개를 가로저으며 이번 일에 최치원이 적합하지 않은 인물이라는 것을 여왕에게 소상히 아뢰었다. 그러자 여왕은 안타까운 표정을 지으며 다시 물었다.

"그럼 적당한 인물이 달리 있겠습니까?"

"있습니다. 오랫동안 화랑들에게 군가를 지어 주고, 이두로 시를 써 온 대구화상大矩和尙이라는 스님이 있습니다. 최근에는 칠봉산에 자주 오르며 황령사黃嶺寺라는 절을 중창하려고 애쓰는 스님이지요. 입도 무겁고 해서 이 일을 맡기기에는 딱 좋은 인물입니다. 제가 마마 곁에 밤늦게까지 남아 있더라도 함부로 발설하지 않을 뿐더러 보아도 못 본 듯, 알아도 모르는 듯 그냥 그렇게 스칠 만한 인물입니다."

상대등에게 대구화상이라는 스님에 대한 이야기를 전해들은 여왕은 더는 생각할 필요 없이 그 승려를 당장 데려오라고 일렀다. 그 승려가 시가를 찬술하고 못 하고는 이미 여왕의 관심 밖의 일이었다.

다만 여왕은 그 승려의 입이 무거워 상대등과 밤늦게까지 있어도 소문이 안 난다는 것과, 상대등과의 관계를 보아도 못 본 척하고, 알아도 모르는 척한다는 말에 오히려 더 관심이 쏠렸던 것이다. 이러한 여왕의 속내를 알아차린 상대등도 더 이상 지체할 필요가 없다는 것을 감지했다.

상대등은 곧바로 대구화상을 찾아가 앞으로의 중차대한 일에 대해 논의했다. 여왕이 있는 어전 바로 곁에 별실을 만들어 필요한 책들을 모으고, 상대등과 대구화상이 구술하는 내용을 받아쓸 학자들도 몇 사람 구했다. 그러나 막상 방대한 신의 나라 서라벌에 대한 고대사를 연구해 들어가자 진서의 대가가 필요했다. 상대등은 할 수 없이 최치원을 불렀다.

"한림학사, 내가 대구화상과 함께 삼대목을 정리해 보려고 하는데 우리 일을 도와줄 수 있겠소?"

상대등은 조심스레 최치원의 의중을 떠보았다.

"상대등께서 도모하시는 어려운 일에 소인을 불러 주시니 영광이오나 저는 지금 비문 쓰는 일에 몰두하고 있습니다. 그 일도 벅차한데 어찌 제가 궁에 들어와 이렇게 막중한 일에 참여할 수 있겠습니까?"

최치원은 정중히 거절을 했다. 그러자 상대등은 매우 난처하다는 듯 자신의 수염을 쓰다듬으며 헛기침을 연신해댔다.

"비문이라면 대숭복사의 비문을 말하는 것이오?"

"그러하옵니다. 일찍이 헌강대왕께서 하명하신 일인데 신이 게을러 지금까지 완성하지 못하였습니다. 가까스로 진감비는 얼마 전에 쌍계사에 세웠습니다만 정작 서라벌 왕실의 원찰이라고 할 수 있는 대숭복사의 터에 비를 세우지 못하고 있습니다."

그제야 상대등도 비문 짓는 일이 화급하다는 것을 알게 되었다.

"할 수 없지. 한림학사는 그 일에 전념하시오. 하지만 이 삼대목을 짓는 전체적인 방향에 대해서는 말을 해줄 수 있겠소?"

비문 짓는 일에 전념하라는 상대등의 말을 듣고는 다소 안심이 되었지만 삼대목의 전체적인 방향을 알려 달라는 부탁마저 거절할 수가 없었다. 최치원은 잠시 깊은 생각에 잠겼다.

"상대등께서는 그 누구보다 학문에 조예가 깊으시다는 것을 여러 신하들로부터 들어서 잘 알고 있습니다. 서라벌의 고대사에 얽힌 진서 문서를 저희 집으로 내려보내 주십시오. 소신이 힘이 닿는 대로 번역해 올리겠습니다. 향가나 향찰에 관한 내용은 대구화상께서 더 잘 알고 계실 것입니다. 다만 이두를 만드신 설총薛聰 어른에 대한 정신 사상을 정확히 이해하게 되면 길이 보일 것입니다.

상대등께서 이미 알고 계신 바와 같이 설총의 부친이신 원효대사
는 화쟁話爭, 소통疏通, 일심一心을 주장한 해동에서 으뜸가는 학승
이며 화엄의 대가이십니다. 그러나 그 아드님인 설총은 불교의 교
리나 가르침에만 의존하지 않고 백성들의 편에 서서 큰 학문의 길
을 걸었습니다. 그 근본은 유교에 있습니다. 설총은 아버님이 추구
하셨던 불가의 길보다는 백성들이 일반적으로 향하고 있는 유교
의 넓은 길을 좇고 그 유가의 길을 훌륭하게 닦아 낸 분입니다. 따
라서 지금 상대등께서 불교나 어려운 한문에 의존하지 않고 설총
어른이 만드신 이두를 서라벌 소리음으로 쉽게 풀이하여 사용하
시면 될 것입니다. 그와 함께 백성들이 부르는 향가를 채집하시고,
거기에 서라벌의 역사를 실으시려고 하는 점은 참으로 놀라우신
착상이옵니다."

헌강대왕의 밀명을 받고 왜나라 문화를 보고 온 것이 생각났지
만 발설해서는 절대 안 되는 것이기 때문에 책을 통해서 알고 있
는 것이라고만 말하였다.

"소신이 한 가지만 더 말씀을 올린다면 학자들을 왜나라에 보
내서 그들이 즐겨 부르고 있는 하이쿠(俳句)나 단가短歌를 연구해
오라고 하십시오. 왜인들이 부르는 하이쿠나 단가는 모두 백제에
서 건너간 것입니다. 백제의 노래를 왜인들이 재빨리 원용하여 자
신들의 노래로 만든 것입니다. 따라서 옛 백제 땅에도 사람을 보내
서 옛날 백제 노래에 밝은 사람들을 찾아내어, 그 창법과 운율을
삼대목에 접목하신다면 훌륭한 우리 전통문화를 새롭게 하는 작

품을 남기실 수 있게 될 것입니다."

최치원의 말을 묵묵히 듣고 있던 상대등은 고개를 끄덕이며 대구화상을 바라보았다. 두 사람 곁에서 미동도 않고 줄곧 두 사람의 대화가 오가는 것만 지켜보던 대구화상이 그제야 최치원에게 예를 올렸다.

"소승은 그동안 한림학사에 대한 이야기만 들었습니다. 그런데 오늘 소승의 좁고 짧은 안목을 단번에 넓고 크게 만들어 주시는 그 학문의 높으심과 깊이와 넓이에 대해 감복하게 되었습니다. 소승의 생각만으로 섣불리 손을 댔다가는 큰일 날 뻔했습니다."

상대등과 대구화상은 서로 얼굴을 바라보며 오늘 최치원을 만나 커다란 소득이 있었음을 눈빛으로 전했다. 최치원은 이런 두 사람을 뒤로 하고 자리를 털고 일어섰다.

상대등은 부랴부랴 학자들을 뽑아 왜나라와 옛 백제 땅에 사람을 보냈다. 그리고 젊은 학자들을 불러 남의 눈에 띄지 않는 한밤중에 최치원의 집으로 찾아가 그의 가르침을 받아 오라고 일렀다. 그렇게 해서 삼대목을 잘 편찬해 보고 싶었다.

상대등도 서라벌의 고대 왕실사를 뒤적이다가 잘 모르는 부분이 발견될 때는 정중하게 밑줄을 쳐서 치원에게 물었다. 치원도 그런 상대등의 학문적인 열기에 감복하여 밤잠을 줄여가며 하문에 답했다.

얼마 후 상대등의 정성을 알아챈 진성여왕은 상대등의 방에 고기와 여러 음식을 야식으로 들여보내며 미탄사 곁에 있는 치원의 집에도 똑같은 음식을 챙겨 보내도록 했다.

여왕이 보내 준 음식을 맛있게 먹은 반야 부인과 호몽은 그릇을 돌려보낼 때 감포에서 구한 싱싱한 해물 요리를 정성껏 담아 올렸다. 이를 본 여왕은 매우 기뻐했으며 또 여왕의 흐뭇한 미소를 지켜보던 상대등도 덩달아 흐뭇해했다.

어느덧 삼대목 찬술을 시작한 지도 벌써 반년이 지났다. 짧다면 짧고 길다면 긴 시간 동안 상대등은 삼대목 찬술에 갖은 노력을 기울였다. 그러면서 그간의 고생에 대한 남다른 보람도 느끼고 있었다. 어쩌면 그것은 남모르게 뒤에서 이를 지켜보며 다독여 준 여왕의 보이지 않는 따스한 마음에 힘을 얻은 것인지도 모른다.

드디어 삼대목을 완성한 상대등은 곧바로 진성여왕을 찾아갔다. 삼대목을 이리저리 살펴본 여왕은 매우 흡족해하며 상대등을 위한 잔치를 열었다. 그 자리에는 문무백관이 모두 모여 상대등의 노고를 치하하고 삼대목 편찬에 대한 여왕의 치세에 감동했다.

젊은 학자들과 예인들은 삼대목에 곡을 붙여 거리로 나가 백성들에게 이를 전파하였다.

여왕은 밤을 새워 삼대목을 읽으며 감동을 한 나머지 눈물을 흘렸다. 그것은 여왕 자신의 제위 기간 동안 삼대목을 완성했다는 대단한 만족과 기쁨의 눈물이자, 그동안 삼대목을 찬술하며 갖은 고생을 감내했던 상대등에 대한 고마움의 눈물이었다. 또한 여왕의 마음 깊은 곳에서 솟아오르는 안타까움과 아쉬움의 눈물이기

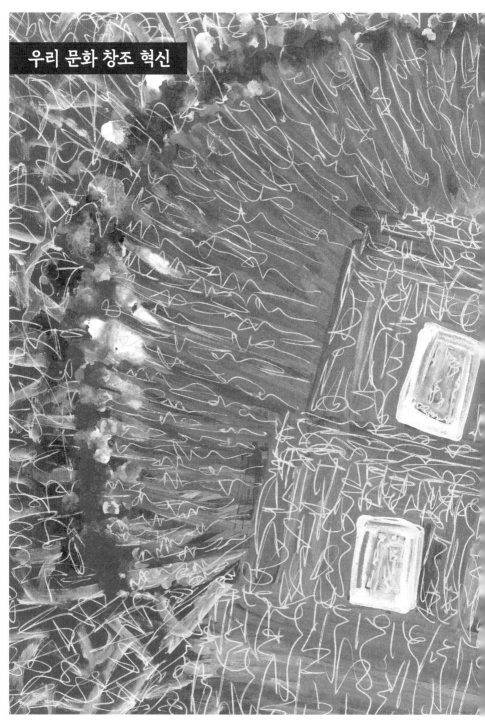

우리 문화 창조 혁신

최치원 선생의 철학과 사상이 담긴 대한민국의 창조와 혁신정책, 그리고 미래를 준비하는 방법을 25점으로 작품화하여 대한민국 정부에 제안한다.

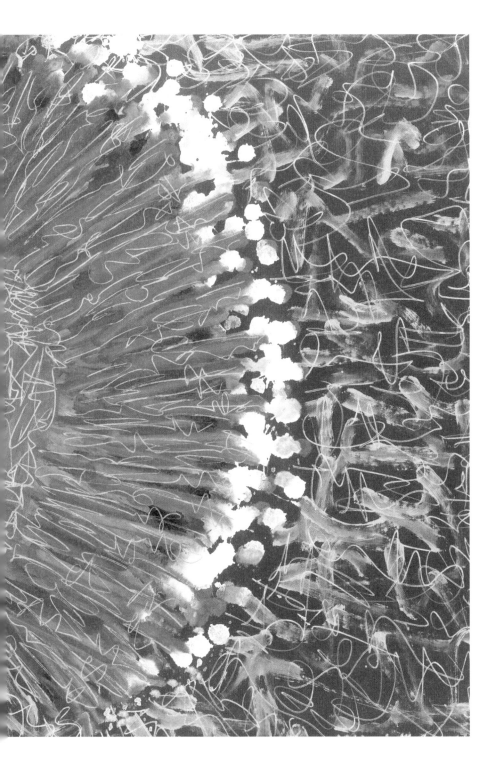

도 했다.

그동안 삼대목 편찬을 이유로 주위의 눈치를 보지 않고 상대등과 밤낮으로 만나며 깊은 정을 쌓을 수 있었는데, 이제 삼대목이 완성되어 자연스레 상대등의 품에 안길 수 없는 자신의 처지를 돌아보니 애처롭기 그지없었다.

그런 여왕의 눈물을 닦아 주며 무연히 바라보는 상대등도 여왕의 마음을 위로할 실마리를 찾지 못했다. 여왕의 처절한 마음을 누구보다 잘 아는 상대등이었기에 그저 쓸쓸한 마음을 달래며 여왕을 바라만 볼 뿐이었다. 그런 상대등의 손길을 의식한 여왕은 끓어오르는 슬픔을 참지 못하고 그만 상대등의 품에 얼굴을 묻었다.

상대등의 품에 안긴 여왕은 한 사내의 주체할 수 없는 욕망에 불을 지피는 한낱 여인으로 변하고 있었다. 상대등은 불끈 치솟는 뜨거운 열기를 온몸에 담아 여왕을 끌어안았다. 한 나라의 임금이자 조카이기도 한 여왕은 상대등의 불타는 손길에 몸을 맡긴 채 부드러운 속살로 신음을 토해내고 있었다. 이들의 밤은 그 어느 때보다 뜨겁고 오래도록 꺼질 줄을 몰랐다.

삼대목을 정리한 이후부터 서라벌의 저잣거리에서는 이상한 소문이 떠돌았다. 골목이나 공터에서 놀이를 하며 노는 아이들의 입을 통해 수상쩍은 동요가 흘러나왔던 것이다.

'월성의 동쪽 방에서는 밤새워 스님이 글을 짓고, 서쪽 방에서는 불이 꺼지며 남녀가 어울렸다. 얼레리 꼴레리~ 여왕은 꿀이 활

짝 핀 꽃, 그 꽃에는 벌과 나비가 너무 많이 몰려 얼레리 꼴레리~'
이 아이들의 철없는 노래는 단순한 놀이로 끝나지 않고, 황룡사와
분황사의 벽에는 방문이 나붙기에 이르렀다.

南無亡國 남무망국 利尼那帝 찰리나제 判尼判尼 판니판니

蘇判尼 소판니 于于三阿干 우우삼아간 鳧伊裟婆詞 부이사파사

　이를 본 월성의 호위대장인 원봉 장군은 당황한 나머지 온몸을
부들부들 떨며 부하 장수에게 일러 그 방문을 떼어오게 했다. 그
러나 그 글은 일반인들이 해석할 수 없는 불경인 다라니경과 비슷
하여 그냥 읽어서는 도무지 그 뜻을 헤아릴 수가 없었다. 생각다
못한 원봉 장군은 그 방문을 상대등에게 올려 보냈다.
　상대등 역시 도통 그 의미를 알 수가 없었다. 그래서 대구화상
에게 그 글을 건네어 의미를 알고자 했다. 상대등에게 수상한 방
문을 건네받은 대구화상은 그 글을 몇 번이고 되풀이해 읽어가며
의미를 찾으려 몹시 애를 썼다. 그리고 떨리는 목소리로 말했다.
　"이것은 다라니경을 흉내 낸 것으로, 그 내용이 어렵지는 않습
니다. 다만……."
　대구화상이 잠시 말을 끊고 주저하자 상대등은 더욱 궁금해졌다.
　"빨리 해석해 보시오. 도대체 내용이 뭡니까?"
　상대등의 성화에 못이겨 대구화상은 떨리는 목소리로 겨우 입
을 열었다.

"찰리나제는 황공하옵게도 대왕마마를 지칭하는 것이며, 판니 판니 소판니는 두 사람의 소판, 즉 상대등과 불초 소승을 이르는 말입니다. 그리고 우우삼아간은 세 아간을 말하는 것입니다."

이쯤 되자 글 내용에 대해 대략적으로 감을 잡은 상대등이 거친 숨을 몰아쉬었다. 이윽고 대구화상의 나직한 목소리가 다시 들렸다.

"여기서 세 아간은 화랑 출신의 세 인물을 말하는 것입니다. 즉 지금 궁에 들어와 대왕마마를 수발하며, 목욕을 시켜 드리고 또 밤에 대왕마마를 모시는 열아홉 살의 관일, 열여덟 살의 파랑과 승냥을 말합니다. 그리고 부이라는 인물은 아마도 부호 부인을 이르는 말인 듯합니다."

상대등은 그야말로 숨이 넘어갈 지경이 되었다. 숨소리가 거칠어짐은 물론 온몸이 부르르 떨리고 얼굴 표정마저 제어할 수 없을 정도로 붉으락푸르락하며 세상을 향해 매서운 창이라도 던질 듯한 기세였다. 상대등은 원봉 장군을 불러 소리 소문 없이 방문을 붙인 범인을 잡아오도록 명을 했다. 사안이 사안인지라, 이런 일은 조용하고도 신속하게 처리하는 게 무엇보다도 중요했다.

며칠 후, 궁성의 북쪽 지하 감옥에 한 사내가 잡혀왔다. 키가 크고 얼굴이 붉고 눈은 부리부리하며 머리를 산발한 청년이었다. 상대등은 형리들과 함께 횃불을 앞세워 지하 감옥으로 내려갔다.

"어디 사는 어떤 놈이냐?"

"대야주大耶州(합천)에 사는 왕거인王巨人이오."

상대등의 하늘을 찌르는 권력 앞에서도 사내는 전혀 움츠러들지 않았다.

"왜 이런 글을 썼느냐?"

"민심은 천심이오. 아이들이 저잣거리에서 부르는 노래를 못 들었소? 이 엄중한 시기에 여왕은 쾌락의 늪에 빠져 있고 백성들은 고통의 질곡에 빠져 있소. 지금 변방의 백성들은 먹을 것이 없어 자식을 팔고 어버이를 산에 버리고 있소. 당으로 가는 배에는 몸을 팔러 가는 여인들이 수백 명씩 몰려가 서로 머리채를 잡고 싸우다가 배를 얻어 타고 서해를 건너고 있소. 그뿐인 줄 아시오? 서라벌의 백성들이 당 여기저기에 가서 몸을 팔고 있소. 들에는 곡식이 자라지 않고 저잣거리에는 청루만 늘고 있소. 중앙 관료들과 장군들, 지방 토호들이 모두 한통속이 되어 백성들의 고혈을 빨고 있소. 그런 판에 국정을 책임진 상대등은 중을 불러들여 왕실에 아첨하는 노래를 짓고, 그것도 모자라 황음한 놀이를 벌이고 있소. 보위에 앉은 여왕은 위엄이 없고 오로지 쾌락만을 좇고 있으며, 상대등은 삼대에 걸친 왕실의 영화를 혼자 독차지하고 있으며, 늙은 장군 원봉은 국가를 보위할 힘도 없이 오로지 재산을 모으는 일과 늙은 몸으로 여색을 밝히는 일만을 하고 있소. 또 수많은 사찰에서는 날만 밝으면 경을 읽고 등을 달며, 먼 길을 달려오는 배고픈 신자들로부터 오로지 헌물과 예물만을 밝히고 있소. 도대체 이 서라벌 어느 구석에서 희망을 찾을 수 있단 말이오? 젊은 화랑이나 여인들조차 나라 이름을 팔아 오로지 출세할 생각, 돈 벌 궁리만 하고 있소. 그리고 상대등, 당신이야말로 이 모든 사태의 중심에 있는 인물이 아니오?"

상대등을 노려보는 강렬한 눈빛과 거침없는 목소리에 그만 상대등은 부들부들 떨며 소리를 질렀다.

"저놈의 등을 지져라!"

상대등의 말이 떨어지기가 무섭게 형리가 벌겋게 단 인두로 사내의 등짝을 지지자 살타는 냄새가 지하 감옥에 가득 찼다. 하지만 사내는 비명 소리 하나 내지 않으며, 오히려 겁에 질려 뒤로 물러서는 형리를 향해 큰 소리로 웃었다.

"좀 더운데? 조금 있으면 시원하라고 눈과 함께 우박이 내려치겠군."

사내가 알 듯 모를 듯한 말을 지껄이고 괴이한 웃음소리를 냈다. 그런데 이상스럽게도 사내의 웃음소리가 끝나자마자 갑자기 천둥소리가 울리더니 옥사 위로 눈발이 후려치기 시작하였다. 서라벌 사람들은 오뉴월에 내리는 흰 눈을 바라보며 모두 놀라 한밤중임에도 불구하고 길거리로 쏟아져 나와 소리를 질렀다.

"오뉴월에 눈이 내린다! 천재지변이 생겼다!"

잠시 후 벼락이 요란하게 치는 소리와 함께 주먹만 한 우박이 쏟아져 내렸다. 그제야 상대등은 신문을 중단하고 옥사의 계단을 허둥지둥 달려 밖으로 나왔다. 흰 눈 위로 우박이 내려치고 월성 전체가 요동치고 있었다. 상대등은 앞으로 거꾸러지며 소리쳤다.

"물! 물을 좀 가져오너라! 물!"

상대등은 한 대접이나 되는 물을 들이키고는 실신하였고, 대구 화상이 서둘러 상대등을 업고 뛰었다.

왕거인

　새벽의 소란스러움은 미탄사 곁에 있는 최치원의 집에도 여지없이 이어졌다. 그 시각 우물가에서 정화수를 떠 놓고 언제나 망부견일에 대하여 예를 올리던 반야 부인이 장독대에 하얗게 쌓인 눈과 우박을 보고 호몽을 불렀다.

　"얘야! 내 평생에 서라벌에서 이런 일을 본 것은 처음이구나! 오뉴월에 눈과 우박이 내리다니! 어서 한림학사를 깨우거라."

　이를 본 호몽도 놀라기는 마찬가지였다.

　"변괴군요. 오뉴월에 서릿발은 내릴 수 있어도 이렇게 우박과 눈이 내리다니요? 필시 하늘이 입을 열어 말을 하는 것 같군요. 하지만 학사께서는 밤새워 글을 쓰고 방금 전에야 겨우 눈을 붙였어요. 글을 쓸 때는 벼락이 떨어져도 모르는 분이라 간밤에 이런 변괴가 생긴 줄도 몰랐던 것 같아요."

　호몽은 반야 부인에게 남편을 깨울 수 없는 상황임을 전하며 불안하고 초조한 마음을 감추지 못했다.

"어서 애비를 깨우거라. 틀림없이 궁에서 사람이 나올 거다. 얼굴과 머리를 감고 관복을 입고 죽이라도 먹게 해라. 궁에 들어가면 먹을 수 없을 테니까 말이다."

좀처럼 아들을 귀찮게 하지 않는 반야 부인이지만 오늘만은 작심한 듯 단호하게 말했다.

"한림학사! 한림학사! 준비하십시오! 입궐하셔야 합니다."

반야 부인의 말이 끝나기가 무섭게 문 밖에서 수레 소리가 들리는가 싶더니 이내 궁에서 나온 전령이 허겁지겁 마당으로 들어섰다. 그런데 언제 준비를 했는지 최치원은 말쑥한 관복차림으로 마루에 서 있었다.

"아니, 한림학사! 간밤에 한숨도 못 자고 글만 쓰다가 겨우 눈을 붙였다더니?"

반야 부인이 놀라 최치원을 쳐다보는 사이 어느새 호몽이 죽 그릇을 들고 나왔다.

"내가 즐겨 마시는 선식 한 사발만 내주시오."

최치원의 말이 끝나자 호몽은 바로 부엌으로 달려가 선식 한 사발을 타서 들고 나왔다. 호몽이 건네주는 선식 한 사발을 단숨에 들이킨 최치원은 그 길로 월성을 향해 발걸음을 옮겼다.

"한림학사, 어서 오시오. 궁에 근심이 생겼소."

최치원이 궁으로 들어서자 여왕은 기다렸다는 듯이 애써 미소를 지으며 창백한 얼굴을 지우려는 모습이 역력했다.

"대왕마마! 무슨 일이옵니까?"

최치원은 여왕에게 다가서며 걱정스러운 듯 그간의 일에 대해 물었다.

"서라벌 거리에 유언비어를 써 붙인 중죄인을 잡아 간밤에 상대등께서 친히 심문을 하셨는데, 우연의 일치인지 아니면 무슨 변괴인지 서라벌에 눈이 내리고 천둥과 번개가 치며 우박이 떨어졌소."

좌우를 둘러보며 나직이 말하는 여왕의 목소리는 가늘게 떨리고 있어 불안한 마음을 짐작케 했다.

"소신도 오면서 보았사옵나이다. 대나무 줄기들이 우박을 맞아 부러지기도 하고 휘어졌으며 지붕 위에 넝쿨과 함께 있던 박들도 모조리 굴러 떨어져 있는 것을 보았습니다. 이는 분명 천재지변이옵니다."

천재지변이라는 말에 여왕은 울음보를 터뜨릴듯 한껏 상기된 표정이었다. 치원은 여왕으로부터 유언비어를 써 붙인자를 잡아 중죄인으로 처벌하려고 고문하는 중에 이러한 변이 일어났다는 말을 들었다.

'도인이 나라를 걱정하며 조언하기 위해 써 붙인 것을 왕실에서 이해하지 못하고 도인을 처벌할려고 하니 하늘이 처벌을 못하도록 한 것이구나.'

치원은 하늘의 뜻임을 직감하고 여왕에게 옛 오나라 소패왕으로 불리던 손책과 관련된 일화와 더불어 공자가 말한 가혹한 정치는 호랑이보다 더 무섭다(苛政猛於虎)는 가르침을 설명하면서 나라의 국태민안을 걱정하여 목숨을 버릴 각오로 자유롭게 행동한 행위는 오히려 왕실에 크나큰 도움이 될 수 있다고 했다. 그러므로 죄인을 방면해 주는 것이 나라에 이익이 될 수 있다는 뜻을 간청하였다.

"손책은 원한을 맺은 자객들로부터 불의의 습격을 받고 상처를 입었습니다. 그 상처가 낫기도 전인 어느 날 성루城樓에서 일을 논의하는데 갑자기 여러 장수들이 성루를 내려갔습니다. 그들은 도인道人 우길에게 다가가 큰절을 하고 신선神仙이라고 부르며 우러러 공경하였습니다. 신선을 믿지 않던 손책이 우길을 체포하라고 명하였습니다. 잡혀온 우길에게 재주를 물으니 바람과 비를 불러올 수 있다고 했습니다. 이에 우길에게 단에 올라가서 비를 불러오도록 명하니, 때맞추어서 큰 비가 내렸다고 합니다. 이 광경을 본 여러 관원들은 더욱 우길에게 감복하여 큰절을 올렸습니다. 우길의 능력이 대중을 현혹시킬 것이라고 생각한 손책은 속히 참수토록 명하였습니다. 신료들의 반대를 무릅쓰고 우길을 죽였지만 이때부터 손책은 꿈속에서 여러 차례 우길을 만나게 되고 우길의 혼에서 벗어나지 못한 채 앉으나 서나 마음이 불안하고 정신이 혼미해졌다고 합니다. 손책이 어느 날 거울을 들고 자신의 모습을 보기 위해 거울을 보니 거울 속에 우길이 서 있는 모습을 보게 되었습니다. 깜짝 놀라 거울을 깨뜨리며 손책은 크게 고함을 질렀고 아물고 있던 상처가 또다시 터져서 오래 살지 못하고 죽게 되었습니다."

　그리고 공자 제자 일행이 노나라에서 제나라로 가면서 태산(중국 5대 명산 중 최고 명산으로 황제만이 봉선의식을 행하는 곳 1,545m) 자락 풀숲 속에서 여인의 울음소리가 나는 곳으로 말없이 들어가고 있었다. 산기슭 숲 사이에는 무덤이 세 개 있었다.

　한 여인이 그 중 한 무덤 앞에 앉아서 하염없이 울고 있었다. 공자는 나무에 몸을 기대고 경의를 표하고는, 제자들에게 그 여인에게 다가가서 우는 사연을 알아보라고 하였다. 이 말을 들은 제자 중에서 가장 성미가 급한 자로가 여인에게 다가가 물었다.

　"부인은 무슨 일로 그리 슬피 울고 계십니까?"

　여인도 깜짝 놀라 고개를 쳐들었다. 흰 상복을 입은 여인은 자로와 저만치 서 있는 공자 일행을 본 후 별로 자신을 해칠 사람들이 아니라는 사실을 확인한 듯 손으로 눈물을 훔치면서 이렇게 대답하였다.

　"이곳은 호랑이의 피해가 아주 심한 무서운 곳입니다."

　여인은 손을 들어 세 무덤을 차례차례 가리키면서 대답하였다.

　"몇 년 전에는 시아버님이 호환虎患을 당하셨고 작년에는 남편이 또다시 당해서 이곳에 묻혔습니다. 그런데 이번에는……."

　여인은 가장 앞쪽에 있는 아직 떼도 입히지 못한 흙 무덤을 가리키면서 말했다.

　"그만 아들까지도 호랑이에게 잡아 먹혔습니다. 내 신세가 한없이 처량하고 슬퍼서 울고 있는 것입니다."

여인은 다시 통곡하기 시작하였다. 여인의 모습을 먼발치에서 바라보던 공자가 천천히 여인에게 가까이 다가가 물었다.

"그런데도 부인께서는 왜 이곳을 떠나지 않습니까?"

공자가 묻자 여인은 세 무덤을 물끄러미 쳐다본 후 한숨을 쉬면서 이렇게 말하였다.

"이곳은 비록 호랑이들이 사람을 해치는 무서운 곳이기는 하지만 국가에서 세금을 혹독하게 물리거나 못난 벼슬아치들이 백성들에게 함부로 노역을 시키거나 재물을 빼앗는 일은 없답니다. 그래서 탐관오리들의 횡포가 무서워서 이곳을 떠나지 못하고 있는 것입니다."

여인의 사정을 들은 공자 일행은 다시 여정을 떠났다. 한참을 가던 공자는 갑자기 수레를 멈추게 하고 제자들에게 탄식하며 말하였다.

"잘 명심해 두어라. 여인에게서 이미 들어 잘 알겠지만 가혹한 정치는 호랑이보다 무섭다는 것을 잊어서는 아니 된다."라고 말했다.

이런 사례를 이야기한 치원은 여왕에게 또다시 주청하였다.

"도인을 처벌하면 나라에 더 큰 재앙이 올 수 있으니 조정대신들도 모르게 은밀히 해결하는 것이 좋겠습니다."

치원의 이야기에 크게 놀란 여왕은 그의 말을 수용하며 말을 이어갔다.

"난 그 죄인이 무섭습니다. 그 자를 더 건드리지 말고 치원 그대가 직접 도맡아 은밀하게 내보냈으면 합니다. 그 자가 들어오고 나서 이런 변괴가 생겼습니다. 근자에는 참으로 괴이한 일이 많이 생기고 흉흉한 얘기들이 중신들의 입에서 회자됩니다."

"마마, 어떤 내용들인지요?"

최치원이 지난 일에 대해 거듭 묻자, 여왕은 차마 말을 잇지 못한 채 손을 부르르 떨다가 겨우 입을 열었다.

"아, 지난 2월에는 사량리의 돌이 스스로 굴러다닌다는 보고를 받았어요. 세상에 길가에 버려졌던 돌들이 스스로 발이 달린 것처럼 움직이고 있다니 있을 수 있는 일들인가요? 북쪽 변방에서는 그동안 그렇게 모질게만 나오던 보로국寶露國(여진) 사람들과 흑수국黑水國(말갈) 사람들이 아들과 딸들을 데리고 우리 국경을 넘어 밀려온다는 이재 장군의 보고도 있었어요."

"대왕마마, 너무 놀라시지 마시옵소서. 돌이 자행自行하거나 이국인들이 국경을 넘어 들어오는 일은 미상불 이상한 일이오나 자연 현상 중에는 우리 인간의 머리로서는 아직 알 수 없는 현상이 많고 여진족과 말갈족이 우리나라로 넘어오는 이유의 이면에는 그 나라 국내 정치에 숨겨진 사연이 있을 터이니 차차 알아보면 될 것입니다. 그나저나 그 죄인은 어디에 있습니까?"

조용히 앉아서 여왕의 말을 듣던 최치원이 죄인의 행방을 물었다.

"내관을 따라가 보세요. 지하 감옥에 있을 겁니다. 그 자를 자신의 집까지 은밀히 데려다 주고, 도대체 그 자가 어떤 자인지, 향후 어떤 행동을 할 것인지 소상히 알아보고 과인에게 보고해 주세요. 심문을 받은 그 자가 몸이 온전하지 못할 터이니 수레에 싣고 은밀히 움직이세요. 조정대신들과 민심을 생각해서 신속히 처리해 주세요."

최치원을 만나 좀 더 많은 얘기를 하고 싶었던 여왕은 잠시 숨을 고르고 죄인에 대한 뒤처리부터 부탁했다. 죄인에 대한 은밀하고도 신속한 처리가 그 무엇보다 중요하다고 판단했던 것이다.

여왕의 명을 받은 최치원은 서둘러 감옥으로 향해 죄인을 끌고 나왔다. 여왕의 말대로 죄인을 은밀하면서도 신속하게 호송하기 위해 온 힘을 기울였다. 수레가 월성을 빠져나와 남산 쪽으로 방향을 잡자, 겨우 안심이 된 최치원은 그제야 시선을 돌려 장막을 친 수레를 바라봤다.

"그대의 집은 어딘가?"

눈을 감고 수레 위에 누워 있던 왕거인이 살며시 눈을 떴다.

"오산의 중턱이옵니다. 시냇물이 흐르고 바위가 모여 있는 골짜기입니다. 골짜기 입구에 들어서면 아마 사람들이 나올 겁니다. 고생시켜 드려 죄송합니다. 한림학사 어르신!"

최치원이 수레꾼에게 방향을 알려 주고 서두를 것을 종용하자, 수레바퀴가 요란한 소리를 내며 구르다 돌부리에 걸려 흔들리기를 반복했다. 고문으로 온몸에 상처를 입은 왕거인은 수레가 흔들리는 통에 상처 난 곳이 아픈 듯 간간이 신음 소리를 뱉었다. 그런 왕거인의 사정은 생각지 않은 듯 수레는 요란한 소리를 내며 밤

길을 재촉하고 있었다. 치원은 잠시 생각에 잠겼다. 지하 감옥에서
왕거인을 데리고 나올 때 옥벽에 새겨져 있던 시가 떠올랐다.

우공이 통곡하니 삼 년을 가물었고
추연이 슬픔을 머금으니 오월 달에 서리가 내렸네
내 가슴에 맺힌 시름 옛 사람과 같거늘
하늘은 말없이 창창하기만 하구나

于公慟哭三年旱 우공통곡삼년한 鄒衍含悲五月霜 추연함비오월상
今我幽愁還似古 금아유수환사고 皇天無語但蒼蒼 황천무어단창창

우공은 한나라 사람으로 재판을 공정하게 했던 판관이었다. 그
리고 추연은 전국시대 제나라 사람으로 올바른 말을 하다가 연나
라 혜왕에 의해 억울하게 하옥되자, 하늘도 이에 노하여 오뉴월에
서리를 내려 주었다는 전설의 인물이었다.
　치원은 그 시를 찬찬히 떠올리면서 왕거인이라는 자가 보통 인
물이 아니라는 것을 단번에 알 수 있었다. 몇 시간이나 달렸을까.
부서질 듯 흔들리던 수레가 오산의 중턱을 넘고 골짜기로 들어서
자 걸인 차림의 청년들이 여기저기서 달려나왔다. 그들은 수레를
따라오며 큰 소리로 외쳤다.
　"스승님! 괜찮으세요? 목숨은 부지하신 겁니까?"
　묵묵히 뒤를 따르던 청년들이 갑자기 수레를 잡고 울면서 소리

를 지르기 시작했다.

"소란들 피우지 말거라! 난 아무렇지도 않아! 내가 드러누울 때까지 내 모습을 쳐다보지 말거라. 명령이다."

왕거인의 단호한 한마디에 청년들의 소란은 이내 잦아들었고, 그 틈을 이용해 왕거인은 꿍꿍 소리를 내며 모로 드러누웠다. 조용한 밤길을 가르는 물소리가 새벽을 재촉하고 있었다. 그렇게 한참을 달린 수레가 더는 나아갈 수 없는 자갈길로 들어섰다. 그제야 왕거인은 몸을 일으켰다.

"한림학사님, 다 왔습니다. 저는 저 산허리에 뚫린 토굴에 살고 있습니다. 더는 따라오시지 마십시오."

"난 괜찮소. 그대가 사는 곳을 보고 싶소. 그리고 그대와 이야기를 나누고 싶소."

"실로 누추한 곳입니다. 귀인이 오실 데가 못 됩니다. 하오나 실은 저도 오래전부터 한림학사님을 꼭 한 번 뵙고 싶었습니다. 제가 듣기로는 한림학사님께서는 당에서 오랫동안 도를 닦은 분이라고 했습니다. 그것도 우리 도인들이 한 번쯤은 가 보고 싶은 장안 남쪽 종남산의 자오곡 계곡에서 말입니다. 정말 그곳에는 종리권선사가 계십니까?"

아픔을 애써 참으며 연신 미소를 띠던 왕거인의 뜻밖의 말에 최치원은 잠시 어리둥절했다. 그리고 안광을 번뜩이는 그 사나이가 범속한 인물이 아니라는 것을 직감할 수 있었다.

"그대들 스승은 몸이 편찮소. 들것을 구할 수 있겠소?"

최치원은 수레 밖으로 고개를 내밀어 걸인 청년들을 향해 들것을 준비하라고 일렀다. 그러자 걸인 청년들은 번개처럼 움직이며 어디론가 흩어지나 싶더니 이내 들것을 구해 금방 돌아왔다. 그런데 막상 왕거인을 그 들것에 옮길 때 그 젊은이들은 모두 돌아서며 애써 외면을 하였다. 그러나 아주 민첩하게 왕거인을 토굴 속으로 옮겼다.

최치원은 가지고 간 보따리를 들고 그들을 따라 토굴 속으로 들어갔다. 황토와 바위가 절반쯤 섞인 그 토굴 안에는 거적이 깔려 있었고, 한쪽 벽면에는 달마대사인 듯한 눈이 큰 화상의 얼굴이 새겨져 있었다.

다른 한쪽 벽면에는 북두칠성이 새겨져 있는 것이 마치 신비로운 세계에 빠져든 듯한 착각을 불러일으키고 있었다. 더 신기한 것은 왕거인이 누운 머리맡에는 촛불과 향, 그리고 큰 칼 한 자루가 물그릇 위에 놓여 있는데, 그 칼끝은 벽에 새겨진 북두칠성을 향해 매서운 자태를 드러냈다.

토굴 안을 둘러보며 놀라움을 금치 못하던 최치원은 이내 정신을 가다듬고 가지고 간 보따리를 풀었다. 그리고 약기름을 꺼내 제일 상석인 듯한 사내를 불러 왕거인의 옷을 벗기고 화상을 입은 상처에 기름을 발라 주었다. 최치원의 손끝이 닿을 때마다 왕거인은 아픔 때문에 꿈틀꿈틀하면서 희한하게도 비명 대신 이상야릇한 소리를 질렀다.

"아이고 시원타, 아이고 시원해. 감사합니다. 한림학사님."

아픈 것을 참고 오히려 시원하다고 연신 떠들어 대는 왕거인을 바라보며 치원은 속으로 '거 참, 이상한 놈일세.' 하고 생각하며 기름으로 닦아 낸 상처 위에 송홧가루를 뿌리고 미세한 은가루마저 얹어 주었다.

"이제 됐소. 한 사흘이면 상처가 아물며 몹시 가려울 거요. 가려움이 극에 달하고 나면 딱지를 뗄 때 조심하시오. 상처 흔적이 남지 않도록."

자신이 할 일은 다했다는 듯 일어서려는 최치원을 왕거인이 붙잡으며 말을 건넸다.

"한림학사께서는 당에 머물며 서귀자가 되어 부귀영화를 누리시지, 왜 이 좁은 서라벌로 돌아오셔서 동귀자가 되셨습니까?"

"사람에게나 자연에게나 고향과 뿌리가 있는 법이오. 고향이 없는 사람, 뿌리가 없는 사람은 늘 외롭고 쓸쓸한 법이오."

그러면서 최치원은 동굴 벽면에 그려진 북두칠성을 바라보던 시선을 거두어 이내 왕거인의 머리맡에 놓인 검을 향해 다시 시선을 던졌다.

"시해법을 터득하셨소?"

최치원의 나직하면서도 단호한 일침에 놀란 왕거인이 자리를 털고 일어나려는 순간, 상처가 너무 깊어 몸을 움직이지 못하고 낮은 신음만 토해냈다. 그리고는 최치원의 손을 잡고 간절한 눈빛을 보냈다.

"소생은 낭인입니다. 한때 화랑이 되어 뜻을 펴고자 하였으나

무리를 이끄는 풍월주들도 다 부귀영화와 여색만을 탐하더이다. 젊은이들의 순수한 뜻을 헌신짝처럼 버리고 자신들의 영달만을 꾀했던 것입니다. 그런 풍월주들을 스승이라 모시는 낭도들이 참으로 불쌍했습니다. 또 지금의 화랑도들은 월성의 남자 기생패거나 지방을 떠도는 걸인패들과 크게 다를 바가 없습니다. 지방 토호들을 찾아가 먹을 것을 구하고 장군들을 찾아 일거리를 구걸하고 있습니다. 잘 생긴 낭도들도 돈 많은 여인들의 노리개가 되고 권세 높은 부인들의 천한 비복이 되고 있습니다."

왕거인이 과거 화랑이 되어 용맹을 떨치려 했던 서라벌의 낭도였다는 사실에 최치원은 적잖이 놀랐다.

"그렇다면 밖에 있는 걸인패들이 모두 그대의 낭도들이었단 말이오?"

"부끄럽게도 그러하옵니다. 소인이 화랑을 떠나자 저를 따라 온 낭도들이고, 지금은 이 산골짜기에 둥지를 틀고 비럭질을 하여 먹고 살고 있습니다. 밤마다 이 오산 꼭대기에서 북두칠성을 향하여 치성을 올리고 노력해 온 결과 하늘과 통하는 방법은 배운 듯합니다. 제가 월성에 죄 없이 끌려가 죽음을 앞에 두고 있을 때 눈과 우박이 온 것이 아마도 하늘의 응징인 것 같사오나, 교만하지 않습니다. 교만해지는 순간 하늘과의 교신이 끊어지기 때문입니다. 그러나 도에 대하여 맹목적으로 공부했기 때문에 저는 오래전부터 스승이 오시기를 기다렸습니다. 우리 동방에도 언젠가는 미륵이나 큰 선사나 이세상에서 가장 위대한 성현이 오시리라 믿고 있습니다. 그동안 희미하게 공부해 온 바에 의하면 북두칠성에게 깨끗한 마음으로 구하고 경을 잘 읽으면 시해할 수 있다는 것입니다. 언젠가 해인사에서 큰스님 한 분이 탁발을 나오셨다가 저희 무리들을 보시고 하룻밤을 이 토굴에서 묵고 가셨는데 그 스님께서 이렇게 말씀하셨습니다. 마음이 번잡하고 앞이 보이지 않을 때는 저 개울에 나가 목욕재계하고 북두칠성을 향해 예를 올리며 몸을 조용히 좌우로 흔들어라. 그리고 감응이 온다면 서서히 발을 좌우로 떼어 봐라."

왕거인이 자신을 따르던 낭도들과 토굴에서 생활을 하며 비록 어렵지만 결코 교만하지 않은 삶을 살아간다는 것도 의미심장한 이야기인데, 느닷없이 그가 꺼낸 해인사 스님에 관한 이야기를 들으니 최치원은 더욱 놀라운 마음을 감출 수가 없었다.

"그 스님이 키가 크시던가?"

"그러하옵니다. 용모도 수려하셨습니다. 그 스님으로부터 자오곡에 대한 얘기를 딱 한 번 들었습니다."

최치원은 고개를 끄덕였다.

"해인사에서 정진 중이라 나오실 수 없었을 거요. 그 대사는 늘 혼자서 다니면서 외롭고 괴롭고 아픈 사람들만을 찾아다니시지. 그대들과 같이 무리를 이루고 있는 사람들에게는 다시 오지 않을 거요. 왜냐하면 그대들은 외롭지는 않으니까."

최치원이 조용히 말을 이어가자 왕거인이 상체를 일으켜 앉으며 치원의 발을 붙잡았다.

"저는 한계점에 이르렀습니다. 지리와 때를 보는 법은 배웠고 하늘과 통하는 방법도 터득했습니다만, 시해법과 같은 한 단계 높은 도술과 유교나 불법과 같은 삼교에 대하여 체계적으로 배울 기회가 없었습니다. 그러니 캄캄한 밤에 등불 없이 길을 걷는 자와 같습니다. 한림학사께서 제 스승이 되어 주십시오. 이 오산의 주인이 되어 달란 말입니다."

최치원은 자신의 발목을 부여잡고 스승이 되어 달라고 간절하면서도 애절하게 부탁을 하는 왕거인의 모습에서 섬뜩한 기운마저 느꼈다. 하지만 지금 이 자리에서 당장 그의 부탁을 들어 줄 수가 없었다.

"내 다시 오리다."

최치원은 왕거인의 부탁을 뒤로 하며 서둘러 자리를 털고 일어났다.

최치원은 월성을 향해 밤길을 내처 달려 여왕을 찾아갔다.

"그자는 불순한 생각을 품은 무뢰배가 아니었습니다. 한때 낭도였고, 왕실과 나라를 위하는 마음에서 자신도 모르게 의분을 나타낸 것 같습니다. 그 자는 스스로 일을 도모한 것이 아니고 나름대로 하늘과 자연의 뜻에 따라 그런 짓을 저질렀던 것 같습니다. 일종의 신기 같은 것이 있는 사내였습니다."

최치원은 왕거인과 나눈 이야기를 모두 여왕에게 아뢰었다.

"그럼 그자는 박수(남자 무당)요?"

최치원의 말을 들은 여왕은 왕거인이라는 사내에 대해 더욱 궁금해졌다.

"단순한 박수가 아니라 스스로 공부하는 도인이라고 할 수 있습니다. 오산에서 오랫동안 도를 닦아 온 사람이라 차후에라도 건드리지 않는 것이 좋겠습니다. 제가 가끔 들러 말벗을 해줄까 합니다."

그렇게 말하면서도 최치원은 왕거인이 자신에게 스승이 되어달라는 부탁에 대해서는 입을 굳게 다물었다.

"세상에, 한림학사 같은 분이 박수와 만나요? 안 됩니다. 그런 천한 무리를 가까이 하지 마세요."

왕거인이 박수인지, 도인인지는 여왕에게 그리 중요한 문제가 아니었다. 다만 한림학사가 그들과 어울리는 게 걱정스러웠을 뿐이다.

"대왕마마, 염려 놓으소서. 저는 사람을 만나는 것도 공부라고 생각합니다. 산의 정기를 받은 사람들은 악하지 않습니다. 왕실이나 세속에 대하여 섭섭한 마음이 있다면 풀어주는 것이 옳은 일일 것입니다. 교화 차원에서 만나 보겠습니다. 하지만 글쓰기와 책 읽기에 골몰하는 제가 그런 시간을 낼 수 있을지가 문제이옵니다."

간신히 여왕을 안심시킨 최치원이 자리에서 일어서려고 하자 여왕이 다시 그를 만류했다.

"한림학사, 상대등을 문안해 주세요. 지금 동쪽 서당에 누워 계십니다. 자신이 직접 그자를 심문하시다 그런 일이 일어나서 많이 놀라신 것 같습니다."

최치원에게 상대등을 문안해 줄 것을 하교하며 여왕은 상대등을 향한 자신의 애잔한 마음을 들키지 않으려 부단히 애를 썼다. 최치원은 여왕의 분부대로 상대등을 문안하기 위해 길게 뻗은 마루를 건너 상대등이 누워 있는 서당에 들렀다. 방으로 들어서자 젊은 나인 둘이 상대등의 발을 주무르고 있다가 최치원이 들어오는 것을 보고는 서둘러 자리를 비켰다. 최치원은 상대등 곁으로 다가가 여왕에게 보고했던 것처럼 그간의 이야기를 들려 주고는 상대등을 안심시켰다.

"그래? 국록을 먹었다는 놈이 무엄하게 대왕마마나 이 상대등을 희롱해?"

상대등은 그 사내가 한때 낭도였다는 내용을 듣고는 언성을 높였다.

"제 딴에는 바른말을 한다고 젊은 혈기에 욱하였던 것 같습니다. 하해와 같은 은총으로 용서하여 주시옵소서."

최치원은 짐짓 왕거인의 입장을 두둔하며 상대등을 위로했다.

"다시 한 번 그런 괴문서가 떠돈다면, 내가 그자를 잡아 아예 거열형에 처할 것이오!"

상대등은 최치원의 위로에는 아랑곳하지 않고 손끝을 부르르 떨며 위엄을 내세웠다.

왕거인과 관련된 괴문서 사건이 일단락되자 최치원은 대숭복사에 최근 왕실이 찬란하게 빛냈던 업적을 실록 자료에 근거한 비를 세우는 일을 서둘렀다. 상대등 위홍이 대구화상과 함께 심혈을 기울여 편찬한 삼대목이 책으로 만들어진 것을 서라벌 왕실사라고 한다면, 지금 자신이 준비하고 있는 왕실의 사찰인 대숭복사에 세워질 비석이야말로 만인이 다니며 읽어 볼 수 있는 살아 있는 기념비이기 때문이었다.

왕실 사람들은 법회를 열 때에는 황룡사를 찾았고, 옛 선대왕들의 덕을 기리기 위해서는 반드시 대숭복사를 찾았다. 곡사라고 불리던 그 작은 절은 선덕대왕 이전에 파진찬波珍湌 김원량金元良이 창건한 사찰이었다. 그 후 원성왕이 죽자 왕실에서는 터가 좋은 그 고찰을 허물어 버리고 그곳에 원성왕릉을 조성하였다. 그 대신 곡사는 조금 아래에 터를 잡고 다시 세워졌다.

경문왕 때의 일이다. 그때 치원의 아버지였던 견일이 새 절을 짓는 불사를 총지휘하였다. 헌강대왕이 그 절 이름을 대숭복사라고 칭하며 격을 높여 주었다. 그러면서 헌강대왕은 꿈속에 선왕이었던 경문왕과 원성왕이 자주 보인다고 하며, 치원에게 비문을 짓고 비를 꼭 세우라고 일렀다. 최치원은 헌강대왕의 유지를 받들고자 밤낮없이 비문 짓는 일에 몰두하고 있었다.

그러던 어느 날, 오산에서 젊은 사내가 찾아왔다. 자세히 살펴보니 눈이 부리부리한 것이 왕거인의 모습이었다. 어디서 구했는지 말쑥한 예복을 차려입고 나타난 그 사내는 과거와는 전혀 다른 멋진 사내로 변해 있었다.

최치원이 왕거인을 반갑게 맞이했다. 그에게 곡차를 권하며 아내 호몽을 불렀다.

"우리 아들 은함이도 이제는 할머니 손을 잡고 아장아장 걸으니, 당신도 오산을 오르는 것이 어떻겠소?"

"남산 말이에요?"

"그렇소. 바로 이 청년이 그 남산에서 혼자서 쭈욱 도를 닦으며 살아 온 화랑 출신이오. 이 친구를 따르는 젊은이들도 꽤 있소."

최치원의 갑작스러운 말에 호몽은 잠시 당황을 했다.

"제 밑에는 오십 명의 젊은이들이 있습니다. 다 한때는 번듯한 집에서 자랐고 문벌도 있는 집의 자식들이었는데 세상이 하도 뒤바뀌고 돈과 권세를 가진 사람만 행세를 하니까 다 집을 떠나 지금은 저와 함께 토굴을 파고 생활하고 있습니다."

왕거인이 호몽의 이해를 도우려는 듯 간략하게나마 자신과 토굴 생활을 하는 젊은이들에 대해 소개를 했다.

"그럼 먹는 것, 옷이나 생활용품은 어떻게 구하세요? 그 많은 사람이……."

호몽이 관심을 보이며 그들의 생활에 대해 궁금해했다.

"뭐 다들 젊으니까요. 스님들이 탁발하듯이 원근 각처로 다니면서 얻어먹고 싸주는 것은 다 가져와 나누어 먹습니다. 옷가지도 주는 대로 받아다가 걸치고 있습니다. 다만 스승이 없다는 것이 가장 안타까운 일입니다. 그래서 오늘은 스승님을 모시고자 이렇게 찾아뵈었습니다."

왕거인이 최치원을 바라보았다.

"이 사람이 나보다는 훨씬 더 좋은 스승이 될 수 있을 거요. 이 사람과 함께 산도 오르고 외단과 내단을 익혀 보시오."

최치원이 왕거인에게 호몽을 소개하며 빙그레 웃었다. 그러자 왕거인이 벌떡 일어나 최치원 내외에게 큰절을 올렸다.

"오늘부터 두 분을 스승님으로 모시겠습니다. 무엇이든 가르쳐 주십시오."

태산이라도 흔들 것 같은 우렁찬 목소리에 호몽은 손으로 입을 가리고 웃었다. 그러면서도 오랜만에 눈빛을 반짝였다. 그날 저녁 왕거인은 반야 부인에게도 예를 올리고 최치원의 집에서 저녁밥도 먹었다. 그리고 으슥한 밤이 되자 최치원 내외에게 알 듯 모를 듯 한 이야기를 전했다.

"스승님, 제가 스승님 내외를 모시고 제일 먼저 해 보고 싶은 일이 있습니다."

"그게 뭔가?"

"오래전부터 산천을 찾아다니며 수련을 하던 화랑 사이에서는 이런 얘기가 전해져 옵니다."

왕거인은 머뭇거리다가 이내 입을 열었다. 잠시 뜸을 들이는 왕거인을 바라보며 호몽이 몹시 궁금하다는 듯 침을 꼴깍 삼켰다.

"이것은 어디까지나 전설이기도 하고 믿기가 어려운 내용입니다만……. 가야산, 그러니까 해인사 뒷산에는 그 절의 창건 때부터 하나의 비밀이 숨겨져 왔다고 합니다."

왕거인이 여기서 또 말을 끊자 이번에는 최치원이 긴장한 듯 왕거인을 바라보았다.

"뭐야? 해인사 뒷산에?"

"예, 스승님. 그 가야산 어딘가에는 그 절을 창건한 분들이 서라벌, 아니 통일신라의 강역 중에서도 산수 아름다운 곳곳에 불사를 시작하면서 해인사는 특히 국가의 번영과 안위를 위해서 후세까지 이어질 곳이라고 예견하여 해인사 절 뒤편 산 정상 가까운 곳에서 서라벌과 동해의 해 뜨는 모습을 가장 먼저 받아들이는 바위들 중 자연적으로 부처 모습을 갖추고 서 있는 큰 바위를 발견하고 그곳에 미륵 세계를 알려주는 신비스러운 마애불을 새겨놓았다고 합니다."

이때 호몽이 별것 아니라는 듯 왕거인의 말을 가로막았다.

"에이, 난 또 뭐라고. 왕거인, 그건 좀 믿기 어려운 얘긴데? 우리가 듣기로는 지금 해인사에는 스님과 거주하는 신도들만 이백 명이 넘고 승군이 계곡 사이에 팔백 명이나 진을 치고 있다고 하는데, 그렇게 큰 마애불이 바위에 새겨져 있다면 누구든 찾아내지 않았을까?"

호몽은 대놓고 왕거인의 말을 무시하고 나섰다.

"그 절을 지을 때부터 고승들은 그 마애불의 위치를 숨겨왔다고 합니다. 그리고 그 마애불을 보호하기 위해 고승들은 제자들에게도 그 위치를 알려 주지 않았다고 합니다. 그리고 자신이 열반을 할 때에는 제자에게 꼭 당부를 했다고 합니다. 혹시 네가 그 마애불을 찾아내더라도 절대로 그 위치를 남에게 발설해서는 안 된다.

만약 그 마애부처님의 위치를 속인들이나 신앙이 얕은 사람들에게 알리면 모두 그곳에 와 기복 소원을 빌고 법석을 떨며 산길을 내므로 자연이 훼손되고 오염되기 때문이라고 하였습니다. 그래서 그 마애불은 자신을 찾아낸 사람에게만 미소를 보내고 아주 신심이 높은 스님이나 신도들에게는 미래를 얘기해 준다고 합니다."

마애불에 얽힌 이야기를 하는 왕거인의 표정은 잔뜩 긴장된 모습이었다.

"뭐? 미래를 말해? 마애불이?"

최치원의 목소리가 가늘게 떨리고 있었다.

"여보, 우리 그 마애불을 찾으러 가요. 그리고 왕거인! 우리가 떠날 때 앞장을 서도록!"

호몽은 들뜬 나머지 당장이라도 마애불을 찾아 떠날 기세였다. 이 모습을 곁에서 지켜본 최치원과 왕거인 모두 애써 웃음을 참아야만 했다.

<제4권으로 계속>

부록

소설 속 용어 해설
·
계원필경
·
화엄일승법계도

소설 속 용어 해설

찬撰 : 시문時文 따위를 짓는 것, 기록하는 것

주장奏狀 : 천자天子에게 주상奏上하는 문서

당장堂狀 : 삼품三品이상 문무관文武官의 문서

격서檄書 : 특별한 경우에 군병을 모집하거나 적군을 회유懷柔,

　　　　　힐책詰責하기위하여 발표하는 글

위곡委曲 : 자세한 사정事情

거첩擧牒 : 편지첩

재사齋詞 : 중국의 운문체韻文體의 하나. 부정不淨을 금기禁忌하는 글

서장書狀 : 편지

잡서雜書 : 분류상 부류나 소속이 명확하지 않은 여러 가지 문서

서書 : 편지, 글

제祭 : 의식儀式이나 제전祭典을 의미하는 말

제문祭文 : 죽은 사람을 조상弔喪하는 글

소疏 : 임금에게 올리는 글

계원 필경

奏李棍己下叅軍縣尉等狀　　　　주이곤기하참군현위등장

奏請楊行敏知盧州軍州事狀　　　　주청양행민지노주군주사장

賀內宴孕給百官料錢狀	하내연잉급백관료전장
請降詔旨持喻兩折狀	청항조지지유양절장
謝加侍中兼實封狀	사가시중겸실봉장
謝落諸道鹽鐵使加侍中兼實封狀	사낙제도염철사가시중겸실봉장
謝弟祝再除綿州狀	사제축재제면주장
請轉官從事狀	청전관종사장

권7 별지別紙 20수

別紙	별지
滑州都統王令公三首	활주도통왕령공삼수
鄭畋相公二首	정전상공이수
史館簫遘相公	사관소구상공
度支裴鐵相公	탁지배철상공
租庸王徽相公	조용왕휘상공
前太原鄭徒讜尙書	전태원정도당상서
禮部夏侯潭侍郞	예부하후담시랑
使部裴瓚尙書二首	이부배찬상서2수
宣歙裴虔餘尙書二首	선흡배건여상서2수
鹽鐵李都相公二首	염철이도상공2수
廬紹給事	여소급사
壁州鄭凝績尙書	벽주정응적상서
泗州鄭庾常侍	사주정유상시

湖州杜孺休常侍 　　　　　　　　　호주두유휴상시

振武赫連鐸尙書謝馬狗   진무혁연탁상서사마구

幽州李加擧大王   유주이가거대왕

光州李罕之	광주이한지
楚壽兩州防秋廻戈將士	초수양주방추회과장사
歸順軍孫端	귀순군손단
楚州張雄	초주장웅
楚州張義府	초주장의부
潄州許勑	서주허칙
壽州張翺	수주장고
廬州楊行敏	여주양행민
和州秦彦	화주진언
盧傳	노전
戴盧	대로
光州王緒	광주왕서
楚州營田判官綦母蘋	초주영전판관기모빈
鄆州耿元審	운주경원심
海陵鎮高霸	해능진고패
淮口李質	회구이질

권13 거첩擧牒 25수

擧牒	거첩
行墨勑授散騎常侍	행묵칙수산기상시
授旴貽鎮將鄒唐御史中丞	수우이진장추당어사중승
授楚州刺史張雄將軍	수초주자사장웅장군

授高覇權知江州軍州事	수고패권지강주군주사
許勅妻劉氏封彭城郡君	허칙처유씨봉팽성군군
請節度判官李琯大夫充副使	청절도판관이관대부충부사
請副使李大夫知留後	청부사이대부지유후
請高彥休少府充鹽鐵巡官	청고언휴소부충염철순관
請泗州于濤尙書充都指揮使	청사주우도상서충도지휘사
王棨端公攝右司馬	왕계단공섭우사마
右司馬王棨端公攝鹽鐵出使巡官	우사마왕계단공섭염철출사순관
前邵州綠事忝軍顧玄夫攝桐城縣令	전소주녹사첨군고현부섭동성현령
海陵縣令鄭杞	해능현령정기
前宣州當塗縣令王翶攝揚子縣令	전선주당도현령왕고섭양자현령
柳孝讓攝潡州清流縣令	유효양섭서주청류현령
前婺州金華縣尉李涵攝天長縣尉	전무주금화현위이함섭천장현위
前浙西館驛巡官鄉貢三傳張咸攝山陽縣丞	전절서관역순관향공삼전장함섭산양현승
前潁上縣主簿鄭綬攝盛唐縣丞	전영상현주부정수섭성당현승
諸葛殷知權酒務	제갈은지권주무
李詔望充奉國巡官	이조망충봉국순관
柴嚴充洪澤雨塘巡官楚州營田	시엄충홍택우당순관초주영전
許權攝觀察衛推充洪澤巡官	허권섭관찰위추충홍택순관
王棨端公知丹陽監事	왕계단공지단양감사
臧瀚知鹽城監事	장한지염성감사

趙詞攝和州刺史　　　　　　　　　조사섭화주자사

권14 거첩擧牒 25수

擧牒　　　　　　　　　　　　　　거첩
淮口鎭將李質充沿淮應接使　　　　회구진장이질충연회응접사
淮陰鎭將陣季連充沿淮應接副使　　회음진장진계연충연회응접부사
宋再雄差充水軍都知兵馬使　　　　송재웅차충수군도지병마사
蘇聿補衙前盧候　　　　　　　　　소율보아전여후
曹威轉補散兵馬使　　　　　　　　조위전보산병마사
許勛授盧州刺史　　　　　　　　　허경수여주자사
孫端權知舒州軍州事　　　　　　　손단권지서주군주사
朱郫補討擊使　　　　　　　　　　주용보토격사
郝定補衙前兵馬使　　　　　　　　학정보아전병마사
客將哥舒瑢兼充樂營使　　　　　　객장가서당겸충악영사
王處順充鹽城鎭使　　　　　　　　왕처순충염성진사
張晏充盧州軍前催陣使　　　　　　장안충여주군전최진사
歸順軍補衙前兵馬使　　　　　　　귀순군보아전병마사
安再榮管臨淮都　　　　　　　　　안재영관임회도
呂用之兼管山陽都知兵馬使　　　　여용지겸관산양도지병마사
獬豸都將　　　　　　　　　　　　해치도장
宿松縣令李敏之充招討都知兵馬使　숙송현령이민지충초토도지병마사
張雄充白沙鎭將　　　　　　　　　장웅충백사진장

安再榮充行營都指揮使　　　　안재영충행영도지휘사

徐苺充権酒務専知　　　　　　서매충각주무전지

柳孝謙知白沙場権酒務　　　　류효겸지백사장각주무

行營都廬候　　　　　　　　　행영도여후

曹鵬知行在進奏補充節度押衙　조붕지행재진주보충절도압아

朱祝大夫起復　　　　　　　　주축대부기복

上都昊天觀聲讚大德賜紫謝遵符充淮南管內威儀指揮諸宮觀制置

상도호천관성찬대덕사자사준부충회남관내위의지휘제궁관제치

권16 제문祭文 서書 기記 소疏 10수

祭文. 書. 記. 疏.	제문. 서. 기. 소.
祭五方文	제오방문
築羊馬城祭土地文	축양마성제토지문
祭楚州陣亡將士文	제초주진망장사문
寒食祭陣亡將士文	한식제진망장사문
移浙西陣司徒廟書	이절서진사도묘서
手札	수찰
西州羅城圖記	서주나성도기
補安南綠異圖記	보안남록이도기
求化修大雲寺疏	구화수대운사소
求化修諸道觀疏	구화수제도관소

권17 계啓 장壯 10수

啓 壯	계 장
初投獻太尉啓	초투헌태위계
再獻啓	재헌계
謝生料狀	사생료장
獻詩啓附詩三十首	헌시계부시30수
謝職狀	사직장
謝借宅狀	사차택장
出師後告辭狀	출사후고사장

謝寒食節料狀   사한식절료장

謝社酒肉狀   사사주육장

謝疋段狀   사필단장

권19 장狀 계啓 별지別紙 잡서雜書 20수

狀. 啓. 別紙. 雜書   장. 계. 별지. 잡서

上座主尙書別紙   상좌주상서별지

賀除吏部侍郞別紙   하제이부시랑별지

賀除禮部尙書別紙   하제예부상서별지

濟源別紙   제원별지

迎楚州行李別紙二首   영초주행이별지2수

五月一日別紙   5월1일별지

謝降顧狀   사항고장

與金部郞中別紙二首   여금부낭중별지2수

與客將書   여객장서

謝宋絢侍御書   사송현시어서

答裵拙庶子書   답배졸서자서

謝高秘書示長歌書   사고비서시장가서

謝李珆書   사이관서

謝元郞中書   사원랑중서

謝周繁秀才以小山集見示書   사주번수재이소산집견시서

與壽州張常侍書   여수주장상시서

沙汀	사정
野燒	야소
杜鵑	두견
海鷗	해구
山頂危石	산정위석
石上矮松	석상왜송
紅葉樹	홍엽수
石上流泉	석상류천
和友人除夜見寄	화우인제야견기
東風	동풍
海邊春望	해변춘망
春曉閒望	춘효한망
海邊閒步	해변한보
將歸海東巇山春望	장귀해동참산춘망
和金員外贈巇山淸上人	화김원외증참산청상인
題海門蘭若柳	제해문난야류

華嚴一乘法界圖 화엄일승법계도

法性圓融無二相
諸法不動本來寂
無名無相絕一切
證智所知非餘境
真性甚深極微妙
不守自性隨緣成
一中一切多中一
一即一切多即一
一微塵中含十方
一切塵中亦如是
無量遠劫即一念
一念即是無量劫
九世十世互相即
仍不雜亂隔別成
初發心時便正覺
生死涅槃常共和
理事冥然無分別
十佛普賢大人境
能仁海印三昧中
繁出如意不思議
雨寶益生滿虛空
眾生隨器得利益
是故行者還本際
叵息妄想必不得
無緣善巧捉如意
歸家隨分得資糧
以陀羅尼無盡寶
莊嚴法界實寶殿
窮坐實際中道床
舊來不動名為佛